U0686122

作者采访 50 多年前的学生申修才，
2016.3.3 摄于务川县镇南镇同心村。

作者与雁翎（后），
2015.8.26 摄于丽江茶马古道。

从左至右：叶金国、石邦定、陈刘畅、作者，
2014 年端阳摄于遵义市九节滩。

作者与老伴，
2015.2.25 摄于思南县地质公园。

作者与作曲家李启明（左），
2015.6.28 摄于正安县新州镇尹珍故里。

作者和好友刘大林（右）谈诗，
2009.8.16 摄于花溪黄金大道。

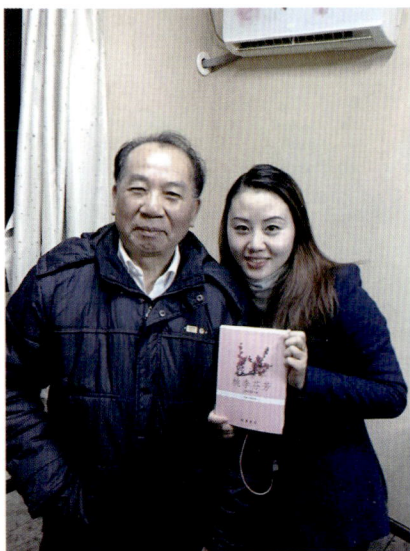

作者与贵阳市十五中学生陈红玲，
2015.3.9 摄于筑城。

大地歌吟

刘礼贵 ◎ 著

图书在版编目（CIP）数据

大地歌吟 / 刘礼贵著. -- 北京 ：中国文联出版社,2017.11

ISBN 978-7-5190-3205-0

Ⅰ. ①大… Ⅱ. ①刘… Ⅲ. ①散文集－中国－当代Ⅳ. ①I267

中国版本图书馆CIP数据核字(2017)第259337号

大地歌吟

作　　者：刘礼贵	
出 版 人：朱　庆	
终 审 人：奚耀华	复 审 人：王柏松
责任编辑：周小丽	责任校对：张　瑜
封面设计：東方朝阳	责任印制：陈　晨

出版发行　中国文联出版社

地　　址：北京市朝阳区农展馆南里10号，100125

电　　话：010-85923036（咨询）85923000（编务）85923020（邮购）

传　　真：010-85923000（总编室），010-85923020（发行部）

网　　址：http://www.clapnet.cn　　http://www.claplus.cn

E－mail：clap@clapnet.cn　　zhouxl@clapnet.cn

印　　刷：北京长宁印刷有限公司

装　　订：北京长宁印刷有限公司

法律顾问：北京天驰君泰律师事务所徐波律师

本书如有破损、缺页、装订错误，请与本社联系调换

开　　本：880×1230		1/32
字　　数：199千字		印　张：10
版　　次：2018年 6月第1版		印　次：2018年 6月第1次印刷
书　　号：ISBN 978-7-5190-3205-0		
定　　价：60.00元		

版权所有　翻印必究

内容简介

　　《大地歌吟》是行者的歌，以个人生活经历为线索，一路风尘，几番回首。前一部分叙述故乡苍茫沉浮的过往人事。童年和少年的身影，伴着稚气的童谣，祠堂的读书声，和街上唱川戏的锣鼓，行走在瓦檐错落的古镇，山径横斜的乡场；还有栈房春秋，茅屋风雨，见证解放，载歌载舞。往后是结伴跋涉数百里求学，只身远走他乡从教，艰难岁月回家探亲……风烟迷离，梦里依稀，凝眸是遥望历史的深情记忆与钩沉。后一部分则为移居省城的见闻，缤纷多彩的人物故事。街市风情，邻里纠纷，流浪人的戏谑与传奇，年轻喇嘛心中的伤痛，以及南垭那些平常人家曲折纷纭的悲欢离合……一系列切近现实的生活记录，竟也同样让人牵挂。

目　录

大地歌吟

大
地
歌
吟

行者的歌

石　定

最早读到礼贵的作品，是 20 世纪 60 年代《山花》上署名文杰的《漆树（外一章）》。文杰是礼贵的笔名。那是一篇借物抒怀，赞美奉献精神的散文诗。也正是文如其人，《漆树》应是当时作为乡村教师的作者的自身写照。五十多年过去了，山重水复，春秋辗转，礼贵辛勤执教之余，一直坚持写作。长夜清宵，孤灯挑尽，欣然以文学相依相伴，为伊消得人憔悴。退休后仍旧初心不改，著述不停，真也是白首不相离，如此的多情与执着！

《大地歌吟》是行者的歌，以个人生活经历为线索，一路风尘，几番回首。前一部分叙述故乡苍茫沉浮的过往人事。童年和少年的身影，伴着稚气的童谣，祠堂的读书声，和街上唱川戏的锣鼓，行走在瓦檐错落的古镇，山径横斜的乡场；还有栈房春秋，茅屋风雨，见证解放，载歌载舞。往后是结伴跋涉数百里求学，只身远走他乡从教，艰难岁月回家探亲……风烟迷离，梦里依稀，凝眸是遥望历史的深情记忆与钩沉。后一部分

大地歌吟

则为移居省城的见闻，缤纷多彩的人物故事。街市风情，邻里纠纷，流浪人的戏谑与传奇，年轻喇嘛心中的伤痛，以及南垭那些平常人家曲折纷纭的悲欢离合……一系列贴近现实的生活记录，竟也同样让人牵挂。

行者的歌流连于大地，历史与现实反映的，一面是风云激荡的时代画卷，一面是生动绚丽的人间风光。

岁月在不经意中老去，时光悄然流淌，正如作者所感叹："人生总是这样匆忙"……当鬓发如霜，眼眉低垂，远望灯火昏黄不定，夜的街市也已经这般朦胧……蓦然回首，有难以忘却的往事和无尽乡愁漫上心头，于是又开始在文字的天地间寻寻觅觅，不也令人欣慰？该经历的都自觉或不自觉地经历了，该做的事都认真做了，虽已是青山夕照，芳草天涯，却依然有情可寄，有志可托，此生便不曾辜负了！

一代有一代的风气，一代有一代的作为。我们这代人见证了中华人民共和国成立以来的历史，在各自注定的人生旅途上与国家和人民的命运不期而遇，丝缕相连，生活境遇则与各个时期的政治形势密切相关，也真是风雨兼程而心惊路遥。所以在生活困难年代，学校停办，礼贵会自愿申请下放农村，老老实实去当农民。日出月落，早行晚归，和生产队的社员一起劳动，一心盼望有个好的收成，却穷得连八分钱一张的邮票也买不起……后来顶编到乡镇学校代课，为度过饥馑而和老师们去高寒山区种苞谷，烧荒犁土，割草喂牛，因收得一季庄稼而爽快之至。此后几经周折，终于调回家乡任教。农村实行责任制，

— 2 —

便也满心欢喜，与妻子在教学之余，挑担荷锄，带着年幼的孩子们在承包的田地上播种、耕耘和收获，也曾是锄禾日当午，"一到春天抢水打田时便弄得手忙脚乱"……礼贵学耕，前后凡三十载，一边教书，一边种地，风吹雨打不离田土，耕云播雨是诗人的情怀，这份担当确乎很实在也很沉重。

米兰·昆德拉说过："沉重的负担也是一种生活最为充实的象征，负担越重，我们的生活也就越贴近大地。"这或许并非不幸。行走在大地上的人生经历，承载着泥土的芬芳和尘世的喜怒哀乐，记录了太多厚重的感悟，心有依恋，用心去体会，其实每一个日子应该都很美好。

时势造英雄，也造就一代人的精神风貌。我们这一代脚踏实地，崇尚的是朴实、真诚。为人为文，一如游子外在的流离与思妇内心的坚守，虽心气高傲却不曾浮华和轻狂，不会游戏文字，妄言生活的荒谬与历史的虚无。等闲白发，朝花夕拾，不也一样可以守望自己的精神家园，采菊东篱，种豆南山？

"仓颉作书而天雨粟，鬼夜哭"，文字一出，人类由蛮荒蒙昧而逐渐走向文明。古人对文字心存敬畏与尊重，不像时下一些人随意的矫情造作。风俗以文化移易，人心不古，也是无可奈何的事。礼贵为人严谨，为文庄重。我与礼贵以文字交，互相怜惜，细想都不是当今流行风气的对手。但《大地歌吟》，却是研究乡土文史值得一读的篇章。

2017.2.9 于九节滩

大地歌吟

老街童谣

　　故乡安场，素有黔北商贸文化古镇之称，直到新中国成立之后，古镇南北两端都还有城门。据专家说，过去要县城才建城门，而一个县以下的区级镇亦有城门实属少见。古镇北端被叫作下场口，下场口（城门外）向西拐了个弯再朝北延伸出去有一截街子，被后来的居民称作老街。七十年前，我家在老街开过栈房（旅店），从大背景看，那正是抗日战争后期，我的记忆便是从那时开始的。

　　我家原来在下场马家院子住，常听大姐和哥哥讲起在马家院子的事情，说我和隔壁的小姑娘惜梅天天在一起玩，搬家那天，惜梅舍不得我走，哭得很伤心；但我却一点印象也没有，一个人三岁以前的事大抵是很难记得的。

　　栈房为木心瓦屋，有楼，有安了香盒的堂屋，堂屋后面是客房，再后面是厕所猪圈，猪圈外边有围墙。房主姓贾，一年交一次房租。老街有几家开栈房的，但数我家常客多，常客多为四川人，也有下江（江苏、浙江）人，我们老家在四川，便认起了老乡。父亲负责挑水劈柴，母亲负责煮饭炒菜，母亲炒

大地歌吟

的菜客人都说味道好。客人中有个汉子姓刘，常常逗我玩，父母便让我拜寄他，让我喊他"保保"（保爷的意思）。老刘保保买过麻花给我吃，至今我还记得他那慈眉善目的样子。客人中还有两位叔叔——老孙、老寇，穿制服，梳飞机头，爱笑，是下江人，我也还记得他俩的相貌。

安场是个土特产集散地。客人收购的货物有桐油、桊油、黄丝、山丝、生漆、药材、牛皮、羊皮、干菌、辣椒、鸡蛋、鸭蛋……春节临近时，也有买了猪肉来熏制腊肉、香肠的。货物收齐了，就雇脚夫运到重庆或武汉去卖。后来我想，抗战期间大城市物质匮乏，故乡出产的这些物品，经老刘、老孙、老寇他们贩运而去，也应该是对抗战的一种支持哩。

开栈房很辛苦，鸡一叫母亲就得起来给客人做早饭。有时我醒来发现母亲不在床上，就光着脚丫摸进厨房依偎在母亲身边。母亲手里忙着择菜，嘴里轻轻地哼起了童谣：大月亮，二月亮，哥哥起来学木匠，嫂嫂起来推糯米，婆婆起来纳鞋底，糯米香，接姑娘……

为了防强盗偷货物，我家养了狗。晚上，有强盗来，狗就会咬。但父亲还是不放心，客人睡了，父亲便用两条板凳抵着大门在板凳上睡。后来父亲想了个办法：把一只洋油桶吊在门闩上；强盗进屋行窃先得拨门闩，这样洋油桶就会掉下来发出响声。一天半夜，强盗真的来了，哐哐哐！洋油桶掉到了地上；汪汪汪！狗跟着咬起来。父亲醒了，随手抓了扁担追出门去。狗蹿到父亲前头朝着黑影猛扑，强盗的小腿上被狗咬了一口，一路滴着血，朝桥上坡方向跑了。父亲追强盗回来，在门口阶沿下拾到一只稀眼背篼。老刘保保买了十只猪崽，准备运到綦江去卖，被强盗钓到了线——强盗背了稀眼背篼是来偷猪崽的。

白天，大姐帮母亲干活，哥哥上学去了，我一个人便趴在屋后边的墙脚逗蚂蚁：黄丝黄丝蚂蚂，请你嘎公嘎婆来吃尕尕，大头不来二头来，吹吹打打一路来……

家里买了只小白兔，我高兴得不得了。我到后园扯了些青草，又拾了些菜叶，整天忙着喂小白兔。我一边喂小白兔，一边唱着：立耳朵，立耳朵，吃青草，睡草窝，长大和我梭坡坡，哎咗！哎咗……

这是我自己编的童谣，也是此生创作的第一首诗歌。哥哥放学回家，听见我在伊伊呜呜地唱，问："你唱些哪样呀？"我歪着头乜了他一眼，又自顾唱开了。

我家对门是袁家，袁家有两个姑娘，大姑娘叫金娥，二姑娘叫孝二，孝二和我同龄。袁家隔壁姓罗，罗家也有两个姑娘，大姑娘叫翠凤，二姑娘叫银桂，银桂也跟我同龄。熟了，金娥、翠凤常和大姐一起踢毽子，孝二、银桂成了我的小伙伴。我家后墙外面是菜地，菜地里有座生基（古墓），生基前面的部分有个石窟，石壁上镂刻着二十四孝图。石窟成了孝二、银桂和我的乐园。在那里，我们用瓦片做碗、香香棍做筷子、泥土做米、野葱做菜，模仿大人的样子办"家家饭"。正玩着，马家院子的惜梅找来了。我问："你咋晓得我们在这里？"惜梅说："是贾大孃（我母亲）告诉我的。""好，吃饭吃饭。"我递了一块瓦片和两根香香棍给她。惜梅接过，咧开嘴笑了。四个小伙伴假装吃了饭，就坐成一排，拍着手，唱道：坐排排，吃果果，你一个，我一个，妹妹睡着了，给她留一个。

呵，童谣！在那个年代，任何时候都可从老街孩子的嘴里溜出来。每天下午，大姐、金娥、翠凤，还有素珍，几个姑娘就在街坝子上踢毽子，一边踢，一边脆生生地唱：重庆上来黄角垭，取名又叫幼棉花。爹妈生我一尺五，送到学校把书读，读书又怕挨屁股，丢了书兜跑江湖，跑江湖来游江湖，哪州哪县我不熟？云贵二省出麻布，丰都出的豆腐肉……

一首童谣唱完了，接着唱第二首：鸭子过河打哈哈，对门对户打亲家，亲家儿子会写字，亲家姑娘会挑花，大姐挑的灵芝草，二姐挑的牡丹花，三姐四姐挑不成，嫁到高山苦竹林，白天一碗黄麻饼（苞谷面饭），黑来一顿横起啃（嫩苞谷）……

接着是第三首：一颗豆子圆又圆，推包豆腐卖成钱，人人说我生意小，小小生意赚大钱……

大姐姐们轮着踢毽子，我们几个小弟妹就在旁边帮着记个数，自然也将她们哼唱的童谣记住了。

有月光的晚上，老街的孩子在家里是坐不住的。一个个溜出家门，聚集在一起，做着藏猫猫之类的游戏。我最喜欢的游戏是"牵龙尾摆水"（即"老鹰捉小鸡"），觉得很刺激。游戏之前，都有一段说词（即一首童谣），说词是用一问一答的方式进行的，至今我还记得三则。其一：我骑龙头，龙头有火；我

— 4 —

骑龙腰，龙腰有刀；我骑龙尾，龙尾摆水。其二：茶婆婆，会烧茶，她家住在半山垭。半夜三更来做啥？讨个狗儿去照家。其三：七营哥！八营嫂！你家营门高不高？万十万丈高！七匹骡子八匹马，请你营哥过来要！

那些在月光下捉迷藏、牵龙尾摆水的欢乐场面，至今还会在我的梦里闪现。我依旧记得，那年的五六月滴雨未下，老街孩子们的歌声笑声一下消失了。大旱望云霓，但每天都见明晃晃的太阳像个火球一样悬在空中，天上一点云花花儿也没有。镇上扎了水龙，通知每家门前都要准备一桶水。水龙的龙头扎得跟过大年玩的龙灯一个样，只是没有用纸糊而是缠了些柳枝。玩水龙的人上身赤裸着，下身只穿了条短裤。水龙玩到老街的时候，父亲就和街上的大人们一起舀着水朝水龙洒去。水龙玩过，街面上的水一会儿就被太阳烤干了。

水龙没有引来甘霖，镇上的人便议论着组织人去老龙洞求雨。一天，煤炭沟山王庙的老尼陈幺姑上街来了。陈幺姑双手掮着香，走几步就磕一个头，她是上街来领人去老龙洞求雨的。约莫一袋烟的工夫，陈幺姑从镇上回经老街，她的身后就跟着一长串半大汉子，每个人手里都掮着香，表情异常地虔诚。他们跟着陈幺姑大声祈求道：天公公，落大雨，保佑娃娃吃白米！大的落到干田头，小的落到菜园子……

求雨的人走过之后，我问哥哥："他们真的求得来雨吗？"哥哥摇摇头说："难！"第二天中午，一阵乌云飘来，眼看要下雨了，但只稀稀地洒了几颗，云朵就飘走了，天空依旧悬着火

大地歌吟

球般的烈日。直到七月中旬才下了一场雨，但迟了，大季扳不回来了。听大人们说，与往年相比，安场地区庄稼的收成一半也谈不上。

荒年！物价上涨，尤其是米价。遇上荒年，市面萧条，川客少了，我家的栈房再也开不下去了。父母商量提前与房主结算了房租，退了房子。父亲下重庆寻找出路，母亲带着我们三姐弟搬到了贾家湾外婆家。从此，我们再也没有回到老街居住，但老街的童谣却深深地刻在我的心上再也抹不去了。

2015.2.5 于花溪

贾家祠堂的读书声

贾家祠堂位于安场镇西边的高山寺下：白墙黑瓦，坐西向东；东面下临河沟，没有遮拦，任阳光朝来暮去。靠西墙立有贾家祖宗牌位，北墙外有间厢房，住着看管祠堂的贾幺嬢一家。南北墙各有一道门：南墙外是一条从麻窝流来的山溪，溪水清澈可饮；北墙的门供人进出，数步之外是厕所。1950 年，九路军（土匪）盘踞正安，全县学校停办。9 岁的我，就读于贾家祠堂所办的私塾。多少年过去了，那琅琅的读书声，不时会从贾家祠堂的瓦缝里飘逸出来，萦绕在我的梦里。

私塾先生叫贾世恒，戴瓜皮帽，蓄着白胡子，穿蓝布长衫，年纪当过了花甲。贾先生精神矍铄、嗓音清朗、书法娴熟、治学严厉。他有一副老花镜，教书写字才戴；一块长竹片，谁不专心谁就要挨打；一方醒木，若遇学生喧闹，啪！醒木一敲，顷刻鸦雀无声；一根长烟杆，倦了，裹上一匹叶子烟，点着，啞啞地抽上几口。贾先生的家在白杨坡，地势够高的，房子被柏香树和竹林掩映着。

私塾学生大多数姓贾，分别来自 4 个村寨和安场街上。来

大地歌吟

自白杨坡的有贾金木、贾祥用、贾祥万、贾火书、贾秋二；来自上湾的有贾祥牛、贾祥龙、贾昌林、贾昌学、贾瓜木、贾华周；来自下湾（庙林坪）的有贾福贤、贾福喜、贾福寿、贾祥容、贾祥琳（后两人是姐妹）；来自龙洞沟有贾其卫、贾祥富、彭祥木、王天元、哥哥刘礼富和我；来自安场街上的有贾祥春、贾祥秀、贾祥彩、肖春蓉（以上 4 人为女同学）、赵家昌。贾金木是贾先生的孙子，只有 6 岁；赵家昌是贾先生的外孙，挺顽皮，常惹他外公生气。

祠堂里摆着 5 张方桌（各有 4 条凳子），分别为 5 处学生围坐。贾先生的书桌靠近西北墙角，桌子上摆着笔筒、笔架、砚台，还有 1 块有柄的木牌。吃了早饭，我和哥哥提着装有书本和笔墨的园兜，约了龙洞沟的同学，经过水窦湖，最先走进了贾家祠堂。不一会，贾先生和他处的同学也到了。贾先生在桌前就位，同学们依次到他跟前"上"新书。新书没有标点。贾先生先用红笔在学生的新书上打上标点，若遇通假之类的多音字，就在该字的左上角画个半圆。每次只标点一段，然后教读；教一两遍，学生就回到座位上自读。以此类推。一轮新书上完，最先教读的学生已把标点的段落背熟了，就捧着新书到贾先生那里去背诵。贾先生认可了，就在一张用草黄纸折叠的书签上写上日期，再写上 12 地支的第一个字："子"，表示你已经完成了第一轮新书的背诵。记忆力好的学生，可以"子、丑、寅、卯"地背下去，记性不好的，背到"寅"就差不多了。当天上的新书段落，还得连起来背诵一遍。每个人读的书不同，祠堂里氤氲着各种韵味的读书声。上新书的过程中，有人开始上厕所了。上厕所叫"出恭"。出恭之前，得先捧着贾先生书桌上那块有柄的木牌，对着贾家的祖宗牌位行了鞠躬礼，然后才离开。接下来谁要出恭，必须等前一个出恭回来还了木牌，照样做了才能去。贾先生说，墙上本当挂孔子的像，但一时没有，只好用贾氏祖宗牌位代替。我和哥哥上过新学，觉得私塾的这个规矩很可笑。入乡随俗，我俩只能跟着做。

教了一阵子书，贾先生口干舌燥。这时，看管祠堂的贾幺嬢会给他送来一壶热茶。贾先生喝了茶，看看天色，觉得上新书的时间差不多了，宣布写字。贾先生讲了写字的姿势："手里捏个蛋，怀中放只斗，胯下夹只狗。"同学们合上书本，忙着打水磨墨。磨好墨，取出毛笔和用草黄纸钉的写字本，捧着本子去请贾先生排字头。贾先生说，先练习小楷，过些日子再练习大楷。他给贾秋二等几个发蒙生排的字头是个"一"字，叫作擀面条；一般的则排的是新书上的字。排好字头，就各自回到座位上去写。有时，贾先生会走到发蒙生的背后，握住他的手教他写字。字写好了，由桌长收起来交到贾先生那里。贾先生拿起红笔，一本一本地圈改，写得好的字，就打个瓜子圈。本子发下来，同学们就比谁得的瓜子圈多。

最后一道功课是"考字"。一个一个地考，考的都是当天所学的生字。贾先生说，看你是不是读望天书，看你读过的字是不是能搬家。叫到谁的名字，谁就走到贾先生的书桌前，认他在纸上写的生字。认得了，算过关；认不得，就要挨打——用

大地歌吟

竹片打手心，一个字一板。王天元难得记住一个字，挨打的次数最多。我和哥哥，还有贾祥牛，从来没因为认不得字挨打过，被说成是贾先生的"得意门生"。一次，贾先生写了个"闩"字让祥牛认，祥牛摇摇头，说认不得；贾先生又叫哥哥认，哥哥想了想，说读 shuan。贾先生问，这个字书上没有，你咋认得？哥哥说，是我猜的——门字里头一横，不就是门 shuan 吗？贾先生笑了，夸哥哥爱动脑筋。

哥哥比我大 3 岁，进私塾前，在安小读四年级，我读三上。可以说，我们兄弟俩原来识的字就比其他同学多。父亲说，杂书读了得用，安排我俩先读杂书。因此，哥哥先读了《百家姓》《增广》才读四书，我则是先读了《百家姓》《三字经》《千字文》《大全杂志》之后才读《大学》。像贾祥富他们，本来识的字就不多，一开始就读四书，读起来很吃力，一考字就心慌，经常挨打。贾祥牛的父亲死得早，家里生活困难，每天放了学，他都得背煤上街去卖，但数他的记性最好，读的书最多。四书分为《大学》、《中庸》、《论语》（包括《学而》、《述而》、《由之》《先进》）《孟子》（包括《梁惠王》《离娄》《告子》），我还在读《先进》，祥牛已背完了四书的包本，开始读《诗经》了，"关关雎鸠，在河之洲。窈窕淑女，君子好逑……"多好听呀！听说，要把四书五经读完先生才开讲。

私塾生活一天就是背书写字，没有其他活动，其实很枯燥，同学们都盼望去春游。那时不叫春游，叫"打野操"。贾先生说，等山上的野苞儿熟了，就放假一天，让你们去打野操。在

"薅草大婆"一声紧似一声的啼叫中，打野操的日子终于到了。那天的天气特别晴朗，太阳暖烘烘的。同学们走出贾家祠堂，一个个像无笼兜的小马驹，撒着欢，奋力向祠堂后坡的高山寺爬去。到了山坪上，只见到处都是一笼笼的野苞儿，大家尖叫着，边摘边往嘴里塞。哈！甜得很哩！野苞儿主要有两种：一种颗粒大，颜色黑红黑红的，叫煤鼎罐；一种颗粒稍小，颜色淡黄淡黄的，叫栽秧苞儿。大家吃够了，就跑去天星庙看菩萨。天星庙里的十二圆觉，塑造得神情逼真，姿态优美，给我留下了深刻的印象。

在贾家祠堂读私塾，哥哥和我因为学习好，很得贾先生的夸赞，但我们也受到过先生严厉的惩罚。而这惩罚的缘起，又都与贾先生的外孙赵家昌有关。赵家昌是个公子哥儿，别人背书的时候，他要么做怪相，要么瞎起哄；半年多了，他连一本《随身宝》也没读完。赵家昌在家养了许多鸽子，有时会捉上一两只到贾家祠堂来放飞。鸽子飞过天空的时候，尾巴上的鸽哨会发出清脆悦耳的声音，令人十分神往。赵家昌看出了我想喂鸽子的心思，说只要我跟着他说的做，就送一对鸽儿给我喂。跟着他做什么呢？就是在他和贾祥富、王天元等五六个人背书时，我加大嗓门掩护，以便他们"打啰呋"（蒙混）过关；我知道这样做不对，但经不住鸽子的诱惑，答应了。他们几个去贾先生跟前背书时，我依照约定做了，贾先生在他们的书签上画了押。

当时我正在读《论语》的最后一章，由于注意力分散，书

大地歌吟

背得倒生不熟的。我怀着侥幸的心理走到贾先生跟前，开始背书，他们几个的嗓门跟着高起来，以便我也"打啰吠"。没想到这番表演一下被贾先生识破了。贾先生容许他们几个"打啰吠"，但不能容忍我弄虚作假。啪！贾先生敲响了醒木，祠堂里顿时鸦雀无声。贾先生厉声吼道："重背！""尧曰，咨，尔舜……尧曰尧曰……"我心里一慌，下面的句子咋也想不起来了。贾先生念我初犯，没有打我；叫我到祠堂东边跪下读书，一炷香燃完了才准起来。跪在地上的我悔恨万分，我希望贾先生用竹片狠狠地打我一顿，让我永远记住"弄虚作假"的耻辱和教训。

事后，哥哥批评了我，问我为啥和赵家昌裹在一起。这话被赵家昌听到了，他也遭到了赵家昌的报复。贾家祠堂南侧的小溪，有的河段较深，夏天到了，男生常去那里洗澡。贾先生担心小同学去洗澡出危险，规定无论大同学小同学，一律不准下河洗澡；如果谁违犯了，就打20板。那天的确热，坐在祠堂里都流汗。贾先生教过一阵书之后，说他的头闷乎乎的，要去隔壁的厢房躺一躺，就安排学生写字。先生一走，祠堂里像赶场一样，走动的走动，说话的说话。我因为吃过罚跪的苦头，决心两耳不闻窗外事，只顾埋头写字。写完字，发现哥哥和贾祥富不见了；再一看，赵家昌和贾金木也不见了。他们去了哪里呢？不一会，贾金木抱着几件衣服裤子从南墙门外走了进来，我一眼看出有件衣服是哥哥的！又过了一会儿，赵家昌也从南墙门外进来了，他嘻嘻笑着。

贾先生回到祠堂，他已经从孙子金木口里知道了所发生的事。贾先生叫祥牛把衣服裤子给哥哥和贾祥富抱去。不一会儿，哥哥和贾祥富跟在祥牛后面从南墙门外走进了祠堂。他们两个低着头走到贾先生面前，贾先生问，刘礼富，嘣个办？哥哥说，打20板。贾先生又问贾祥富，你呢？贾祥富说，打20板。同学们都以为两人要遭打20板手心，不料贾先生却大声说，端板凳来！哥哥极不情愿地端来了板凳。贾先生说，趴下！哥哥趴到了板凳上。贾先生挥起竹片，一气往哥哥屁股上打了20板。同样，贾祥富也趴到板凳上，被打了20板屁股。哥哥摸着被打的屁股，小声说，还有赵家昌，他也洗了澡的。贾先生分明听见了，但却像没听见一样。回家路上，我问哥哥，痛吗？哥哥说，有点。我问，到底咋回事呢？哥哥说，还问啥，上了赵家昌的圈套呗！

那个夏天，再也没人敢下河洗澡了。贾先生此举，的确起到了杀鸡儆猴的作用。但是，贾先生对于外孙赵家昌的姑息，让赵家昌变得更加肆无忌惮。赵家昌闹了一出恶作剧，差点儿要了贾先生的命。那也是个大热天，贾先生教了一阵书，突然感到身体不适，叫同学们自己读书写字，他要去隔壁厢房眯一下。贾先生离开不一会儿，赵家昌用毛笔蘸着墨水涂自己的脸，涂得像黑脸包公一样。看着他那样子，大家只是嗤嗤地笑，但不知他要干啥。赵家昌举着出恭的木牌出了北墙门，大家以为他上厕所去了。谁知他却躲在厢房门后；待贾先生眯了一觉将要走出厢房时，赵家昌突然从门后趋出迎了上去，吓得贾先生

"呀"的一声，连退几步，差点儿摔倒。

这一次，贾先生再也没姑息赵家昌。贾先生叫赵家昌去洗了脸，然后当着同学们的面，挥起竹片，在赵家昌的两只手板上各自重重地打了 10 下。打过之后，贾先生老泪纵横，说，你母亲死得早，我实在不忍心打你。若再不给你一点教训，怕你母亲在阴曹地府也要骂我了！

1950 年 9 月 27 日，正安第二次解放。但我们在贾家祠堂私塾的学习，直到这年的腊月二十才结束，这是议学合同上签订的。议学合同上规定：一个学生一年要交给贾先生两斗学米；我和哥哥两弟兄读书，一共交了四斗学米。这四斗米，是赶乡场的父亲一根针一桄线地从碧峰、平安的农村兑来的。

2014. 1. 8

安场记忆（之一）

一、下街曹家

那时的安场是条独街，周围有城墙，南北两头有城门。街道北段要低一些，称为下街（或下场），下街的距离从北城门起至区公所止，从区公所至安场小学一段算中街，从安场小学至南城门一段就是上街（或上场）了。

20世纪中叶，我家在安场下街曹家住过，那里至今泊着我童年的记忆之舟——

曹家的房子分前后两部分。前一部分临街，黛瓦木心，四列三间，中间是堂屋，贴着门神，安着香盒，堂屋后面是厨房和饭室；两边是厢房，各有两个套间，前套间设有柜台，用于租佃，后套间主人自家居住。后一部分是个院子，东抵正房后壁，南北各抵两边封火墙，西抵后门石墙。靠南墙排着三间瓦舍、一间草房，亦用来租佃。厕所挨后门石墙，房东与佃客和用。

房东曹受祺，一副婆婆相（不长胡子），毕业于贵阳高中，当过安场小学的校长。我家搬至曹家时，曹受祺正赋闲在家，可能是思想消沉的缘故吧，常见他卷在床上吸鸦片，他的妻子陈翠花也乐此不疲，两口子过足了鸦片瘾，就窝在屋里放留声机。曹受祺的父母已过花甲之年，两老不吸鸦片而抽水烟。曹公公穿长衫，戴风帽，常眯着眼，他会杀鸡，切刀磨得亮花花的。曹婆婆身相富态，戴绒帽，缠过脚，左手中指尖长了个大肉瘤，她是曹府的当家人，谁要佃房子就跟她交涉。曹家的长年（佣人）叫武老幺，是个孤老汉，黑而瘦，系着腰带，负责挑煤挑水。

曹家前套间的两户佃客卖烛。一家是四川南部人，男的叫王刚林，女的叫白姣，两口子都年轻，自家浇烛卖。另一家是四川璧山人，男的叫赵志云，女的叫吴花。赵志云比王刚林年纪大，爱抽叶子烟，烟杆细长细长的。安场风俗，但凡婚丧娶嫁、生意开张、祭神贺寿、逢年过节都要点烛，烛生意向来好。红红的大蜡烛垂挂在竹竿上，看去抢眼，街对面冯家柜台摆着鞭炮，像在与之呼应。赵志云一家回了璧山，新入住的佃客是重庆人，男的叫杨华源。杨家做瓜皮帽卖，光头般的模具就摆在柜台上。做瓜皮帽需把半成品套在模具上敲打，夸夸夸夸，很远都能听见杨师傅敲打模具的声音。

曹家后院东头的第一户佃客就是我家。因为墙壁是"夹泥枋"，隔音差，搬进去的头一天母亲就叮嘱我们姐弟仨，说活要小声点。父亲赶乡场（做杂货生意），母亲料理家务，哥哥姐姐在安小读书，我才六岁，要到秋天才上学。我家隔壁的佃客是裁缝，男的叫王海滨，女的叫罗家翠。王海滨原是重庆兵服厂的裁剪师，日本飞机轰炸兵服厂，躲避不及，被炸断了右腿，走路不离拐杖。王师傅从重庆带来了一部缝纫机，裁的衣服式样好，做工精细，很受欢迎。翠嬢帮忙锁扣眼，她性格开朗，打着哈哈说，油炸豆腐干，各人心喜欢，别个讲王海滨是瘸子，可我喜欢他！王家隔壁的佃客也是裁缝，男的叫冯焕章，女的姓余（名字忘记了），石井坝的人。冯师傅戴着眼镜，专缝长衫之类的老式衣服，一针一线全凭手工。冯婶帮忙锁扣眼，性格阴沉。末尾一家佃客搬来晚一些，男的叫鲜国清，面孔黧黑，桐梓垭的人。女的叫王润娥，个子矮矮的，街上姑娘。鲜叔挑水卖，每天数他起得早。

　　曹家在熊家槽有几亩土，雇人种了苞谷。收苞谷时，我母亲、翠嬢、冯婶、娥嬢都去帮忙，掰完之后，一人从地里背了一大背苞谷回来。晌午房东喊吃饭，佃客谁也没去。曹婆婆好面子，过年熬了麻糖，一家送了一小撮瓢，算是补偿。一天黄昏，突然从曹受祺卧室里传出了婴儿的啼声，陈翠花生了个胖小子，房东全家高兴得不得了，但是，婴儿生下来三天就死了。医生说，陈翠花吸鸦片，婴儿是中了鸦片的毒而死的。

　　在等待上学的日子，我要么去看杨师傅制作瓜皮帽，要么去看王刚林大哥浇烛。浇烛可有看头了：第一步，准备烛芯，大烛芯是在一节一节的细竹竿上裹灯草，小烛芯则用竹签裹；

大
地
歌
吟

第二步，在大铁锅里将木油融化，然后倒进桶里让它冷却为糨糊状；第三步，浇烛，就是把烛芯放进油桶里上油，浇的时间依烛的大小而定，浇好了就取出来让它风干；第四步，上银珠，就是把白烛放进兑好的银珠液里浸一下，蜡烛变红，便大功告成。

　　一天中午，我正在观看王刚林大哥浇烛，突然附近传来了噼里啪啦的鞭炮声。儿时喜欢捡鞭炮的我，拔腿循声跑去，原来曹家北侧的徐公祠有人在搞庆祝活动，鞭炮正在堂口起劲地响。一个鞭炮落在地上，引线已经燃完，我以为它不会炸了，谁知捡起来一看，砰的一声爆炸了。顿时，我的两眼火辣辣的疼痛起来，啥也看不见了，我捂着两眼大声哭叫。母亲听到消息，赶来把我背了回去。我成了瞎子，躺在门口的凉椅上，让母亲喂饭，剥盐蛋给我吃，剐苞谷干给我嚼。母亲回屋后，院子里静极了。一阵脚步声走近，眼睛还痛吗？来人问。哦，是曹受祺老师！我说，不痛了。一点也看不见吗？嗯。不要紧，会好的，以后注意点。曹老师离开后，我的眼泪一下涌了出来。平时，总以为曹受祺只会卷在床上吸鸦片，不会关心任何人的，没想到他会来看望我、安慰我，他的心地原来如此慈善。

　　还好，失明两天，我的眼睛就复明了。暑假一完，母亲领着我去安小报了名。我走进一年级教室，开始了由蒙昧无知到文明进步的人生之旅。

二、盐务彩事

上学读书了，我的视野由安场下街延伸到了中街的安小。安场小学原是一座庙宇，处处残留着"神"的痕迹。就说礼堂正中那个戏台吧，原来是供奉许逊真君的神台。每到周六下午，中高年级的学生就要轮流上台去表演节目。上台表演的全是男生，女生害羞，几乎没有上台表演的。不久从省城转学来一位女生，名叫尹雪芬，插班读三年级。一旦轮到三年级演出那天，尹雪芬就要上台去唱歌，她的歌声清脆圆润，表演落落大方，赢得了师生的喝彩和掌声。在尹雪芬的带动下，女同学邓世群还和她同台表演了舞蹈，自然让同学们大开眼界。多少年过去了，我还记得尹雪芬演唱的那首《天山姑娘》：我们生活在天山上，/快乐又歌唱，/轻轻地飞呀，/慢慢地跳呀，/鞭儿一甩喜洋洋！/骑在我的马上，/马儿是多么地壮，/骑着那马儿跑，/好比那上战场。/哎哟打胜仗！

尹雪芬是"安场盐务运销分局"一位职员的女儿。安场人说话图简便，把"安场盐务运销分局"简化为"盐务局"。盐务局设在上街八圣宫，宫里"八圣"的牌位已被弄走，驻上了盐务局的职员和盐警队。盐警队有十多个兵，配备了轻机枪、冲锋枪、步枪、手枪等武器。有一天放了学，我想去盐务局里头看轻机枪，但大门口有持枪的卫兵把守，不准进去。不过，也有收获：我看见一位衣着时髦的太太从八圣宫走了出来，她牵着一只哈巴狗。哈巴狗的毛雪白雪白的，脖子上套着银铃，甚是乖巧，它妩媚地摇着尾巴，脖子上的银铃叮当作响——这是我第一次见到被安场人叫作洋狗儿的哈巴狗。

开门七件事：油盐柴米酱醋茶。盐是人们生活的必需品。正安不产盐，贵州也不产盐，吃盐要到外省去运。黔北人吃的是川盐，川盐一砖一砖的，靠被人叫作"盐巴老二"的力夫肩挑背驮运来。盐巴运拢了，先存放在仓库里，然后由经销商兑出销售。政府发了盐折，百姓每人一天按3钱盐（后增至5钱）计算购买。盐务局就是由政府派出，负责管理食盐的运输和销售的。安场是块宝地，盐巴储存在中街盐号的仓库里，不论多久都不会融化，若运到县城存放呢，要不了多久就化成盐水了。所以，省里在安场设立盐务分局，负责正安、凤岗两县的食盐运销。我上学路过盐号门前，有时会看见一拨力夫在那儿交货，有时会看见一堆盐商在那儿出货。

盐务局的局长和会计都是上海人。局长叫何冀，西装革履，蓄着分头，那个上街牵哈巴狗的女人就是他的太太。会计姓卢，人很年轻，安场人喊他卢师爷。卢师爷单身未娶，这就有了他和哑巴姑娘花容的一桩婚姻：

花容姓高，其父高隐达，是安场的头面人物。高隐达早年带过护商队，人称高司令官，继后经商，是"志成运输客栈"的经理。高隐达虽然不带兵了，可安场人仍然叫他高司令官。高司令官的女儿高花容，确也花容月貌，一直待字闺中。花容小时候生过一场病，导致耳朵失聪，说话靠手比画。一天，花容比画着对高司令官说，她看上了盐务局的卢师爷，要父亲去给她提亲。卢师爷知道后非常作难。高司令官采取迂回战术，将女儿的心事对卢师爷的上司何局长说了。何局长知道高隐达在安场的分量，答应出面做媒。婚事很快定了下来。结婚那天，安场可说是万人空巷，人们拥挤在八圣宫大门前，看见戴着花冠的花容从花轿里走出来，被卢师爷背进了八圣宫。内厅红烛高烧，何局长亲自为他们主持了婚礼……这件事一直在安场引为美谈。

何冀主持安场盐务，不仅让盐务局和安场地方势力联姻，盐务局的业务得以顺利开展，还组织了一次摸彩活动，让食盐的销售惠及安场平民百姓。

那是1946年的冬天，盐务局在镇公所门前、南北两头的城门上贴出布告：局里将拨出若干担盐巴开展摸彩活动，凡是镇上的居民都可参加摸彩，摸到彩的可将彩票换成盐票，备足资金，到盐号仓库出盐，一票出盐一担（100斤），然后按市价零售。零售价比出库价高出一倍，这样，彩民就可获得一倍的利润。这消息是白姣姐告诉母亲的，并同意借一半的钱给母亲，另一半的钱要母亲自筹。父亲赶场回来，母亲将此事告诉他。父亲说，只要你摸得到彩，我生意上的钱尽量打紧点，挤出钱来让你去出盐巴。盐务局每天投放的彩票为10枚，混在290枚无彩的竹片里，平均30个人中有1个人得彩。母亲去摸了两天都失望而归。晚上，母亲对我说，细娃儿比大人的手红，明天是星期天，你跟我一道去摸彩吧！

镇上人口年年增加，上场的街道往城门外延伸了足半里长，末端是郑周全家，郑家旁边有块坝子，摸彩的地方就设在那里，彩箱摆在坝子中央，周围拉着绳子，进出口和彩箱旁都有盐警维持秩序。摸彩的人排起了长蛇阵，寒风刺骨，人们冷得直哆嗦，流着清鼻涕，但分明又都怀着希冀。母亲牵着我，说，轮子到了的时候，你就像那些大人一样，把手伸进箱口里摸一块竹片出来，摸到的竹片若有一面是红的，那就是中彩了。昨天有个人本来摸到了彩票，可只看了一面，见不是红的，气得往斗框里一扔，竹片翻过来却是红的，差点儿误了事。我说，摸出竹片我们两面都要看。轮子终于到了，我把手伸进箱口，摸出了一枚竹片，红的！运气真好。母亲含着泪接过彩票交给监票的盐警，换成了盐票。当天，哥哥姐姐帮着母亲出了盐，然后摆摊子零售，很快脱了手。母亲用卖盐赚的钱购了杂货，像父亲那样赶起了乡场。

1947 年 9 月，安场盐务局奉命撤销，盐务局的人有的回了贵阳，有的回了上海。花容和丈夫已经有了一个女儿，卢师爷要她一道回上海老家，但花容说啥也不愿去。卢师爷只得带着女儿回了上海。

三、见证解放

1948 秋，我家从安场下街搬到了龙洞沟北侧。新居是间茅草房，坐南朝北，与桥上坡遥遥相对。

桥上坡有二十多户人家，一溜烟的铁匠铺，一到晚上，炉火熊熊、钢花迸绽，蔚为奇观。桥上坡还是下坝、羊心滩、桐梓垭等地通往安场的要道，每逢赶场天，前来安场赶集的人拾级而上，络绎不绝，如同朝圣。正所谓："白日里千人拱手，到夜来万盏明灯。"这副对联，出自识字不多的父亲之口，父亲说它的时候，神态十分得意。父亲作不出这样的对联，是他从重庆牛角坨逛来的。那时我已是安小三年级的学生了，大体上能领会它的含意。

桥上坡坡脚有座石拱桥，过了石拱桥再上数步石梯就是大嬢家。大嬢家的房子是一排瓦房，院坝砌有花坛，人口也多，有三位表哥、三位表嫂、三位表姐。大表姐易启芳，人才出众、知书达理，上门提亲的很多，可芳表姐就是瞧不上。后由易姑爷出面，请母亲做媒，提谈安场中街的彭元桂，一来二往，两人订了婚。彭元桂在正安县城上中学，说好中学一毕业就结婚……年年春节，我都会跟着母亲去大嬢家拜年，两家相距不远，可大嬢总要留我们住上一夜。离开时，大嬢不仅要给一袋麻糖果（加了芝麻的那种），而且总不忘给我揣上满荷包的炒米。

大
地
歌
吟

写桥上坡、写芳表姐订婚，都是为给后面的叙述做铺垫。本部分的题目是"见证解放"，桥上坡和芳表姐的婚事都与我亲眼见证故乡的解放有关。

第一次解放：

1949 年 12 月 11 日，梁子庠同志奉遵义地委之命，率领由杨鲁锋、李丽生等十余人组成的接收组从遵义出发，前往正安接收国民党旧政权；16 日，接收组抵达正安县城；20 日，正安宣告和平解放。因接收组人员少，只能在县城活动，各乡镇仍由旧政权把持着。旧政权推行的是保甲制度，安场街两边各为一、二保，龙洞沟、贾家湾、桥上坡、乱石坎、煤炭沟一带是三保，保甲长还是原来的人。镇长呢，还是被称作"野鸡项"的陈兆蒉，老百姓不知道脚下的土地已经解放了。父母亲忙于赶场找钱，姐姐、哥哥和我是茅草房的常住人口。

1950 年 2 月 10 日，雪凝霏霏。一早，有人在屋后喊父亲的名字，我们姐弟仨忙出门答应，一看，是满脸闹腮胡的甲长。我们说，爸爸不在家。甲长眼一瞪，说，你们三个听着，今天八路（他就是这样称呼解放军的）要来安场，天寒地冻的，来了要烤火不是？镇上发了话，要每家送 50 斤柴，不送的要背时！姐姐问，是送到镇公所吗？甲长说，送到龙洞沟坎上王家，有人来收。甲长走后，姐弟仨嘀咕开了，送不送呢？不送要背时呢，送吧！哥哥在一只七成新的背篼里装了柴花子，但他不愿送，姐姐也不愿送，他俩怕。二弟，姐姐说，你送去吧，你人小，碰上了八路，不会把你怎么样！于是就由我送。我把柴背到王家旁边的路口等人来收，等了一歇没人来收就回家了。哥哥问，柴交了吗？没人收。姐姐问，背篼呢？连柴一起放在那里了。

当天中午，一阵鞭炮声传来，桥上坡出现了一支队伍：兵们穿着黄军装，打着红旗，扛着枪，抬着炮，唱着歌，歌声雄壮有力。什么歌呢？尖起耳朵听——革命军人个个要牢记，三大纪律八项注意……第二不拿群众一针线，群众对我拥护又喜欢………还有人手里举着小红旗，跑前跑后，喊着口号。我们姐弟仨，站在茅草房门口，好奇地望着对面的桥上坡，一直到这支队伍过完。他们是不是甲长说的八路呢？我给他们送了柴，我要走近看看他们。我小跑着，很快把田坎、河沟、善堂撇到了身后，跑到下街城门口时，不跑了，因为城门上一幅新贴的标语吸引了我：热烈欢迎中国人民解放军！我走到中街镇公所门前，那里也贴着同样的标语，但没有看见一个解放军战士。听一位大伯说，队伍一刻也没在安场停留，直往县城方向开走了。我回到家里，把在街上看到的听到的告诉了哥哥姐姐。第二天早晨，我走到龙洞沟坎上，看见我送去的柴和背篼在那里原封未动，便把它背回了家。

后来听说，那天经过桥上坡的队伍，是中国人民解放军十六军四十六师一三六团一营的二连和机炮连，营长叫苏丕祯。那几个举着小红旗喊着口号迎接解放军的人呢，是地下党员冯明忠带领的青工队员刘友德、冯道长、潘立行、郑代明（标语

大地歌吟

是他们在拂晓前贴的），这些人我都认得，青工队队长刘友德还是我小学一年级的班主任。同时也弄清了八路军和解放军的关系，他们是共产党领导的同一支队伍，在抗日战争时期称八路军，在解放战争时期称解放军。

解放初我从未去过县城，所以，关于一营二连和机炮连进驻县城之后，正安发生过一千多神兵土匪攻打县城，被县委周书记和梁县长带领干部战士打退的动人故事，是后来到一中读书家在县城的同学告诉我的。1950 年 4 月初旬，一营和县人民政府奉命战略转移：5 日，县人民政府撤离正安，退驻绥阳旺草；6 日，一营撤离正安，前往指定地区剿匪。从正安宣告和平解放之日起，到解放军撤离县城之日止，故乡第一次解放历时 107 天。解放军撤离刚三天，谢银清匪部盘踞了县城，盘踞安场的匪首则是陈继虞。那是故乡最黑暗的日子，土匪到处抢劫绑票、行凶作恶，百姓不得安宁，学校成了"九路军"（土匪自称）的司令部，全县被迫停课，历时四个多月。

第二次解放：

1950 年 9 月 26 日，即农历八月中秋，这天是故乡第二次解放的日子，芳表姐出嫁也是在这天。

天刚亮，我跟着母亲去了大嬢家。大嬢家院坝已摆好了坐席的桌子板凳，厨房里热气腾腾，厨师们忙着准备婚宴。芳表姐戴着花冠、穿着红红的嫁衣，由芬表姐和秀表姐陪着。嫁妆摆出来了，作为媒人，母亲一一作了清点。客人陆续到来，总管宣布开席，母亲和我要送芳表姐，坐了头轮。唢呐声由远而近，接亲的队伍走下了桥上坡，一乘花轿摆到了大门前。芳表姐哭着，由两个表嫂扶进了堂屋。芳表姐跪在香火面前，给易姑爷和大嬢磕了头。易姑爷流着泪封证（祝福），去吧，千斤担子，自己去挑！大嬢流着泪封证，去吧，好好当家为人！芳表姐被扶了起来，有人将一把筷子递到她手里。堂屋中放着一张装满谷子的斗，芳表姐跨斗时将筷子往后一抛，二表哥三表哥争相接住。芳表姐跨过门槛，不哭了，门槛与花轿之间摆着一盆炭火，方表姐撩起衣角，勇敢地跨了过去，母亲忙将她扶进花轿。唢呐声和鞭炮声同时响了起来，轿夫抬着花轿上了路。母亲和打旗的人走在花轿前面，花轿后面跟着抬嫁妆的队伍。

中秋这天年月真宽，跟着花轿走到中街表姐夫家，途中碰上好几拨迎亲的人。那些出嫁的姑娘我大多认得，有邓世群同学的大姐邓世明，她嫁给老街的陈兆华；有赵明昌同学的大姐赵宜昌，她嫁给下街的余邦均；有菊儿的二姐陈太英，她嫁给药铺的马医生。第一次见到表姐夫彭元桂，他个子真高，跟每个新郎官一样，戴着博士帽，穿着长衫马褂。等新郎新娘拜过堂，入了洞房，我就跑上街捡鞭炮去了。捡了满荷包的鞭炮回到表姐夫家，肚子也饿了，便和母亲一起坐席。倏然听人说，解放军来了！因为数月前安场过过解放军，知道解放军纪律严明，人们并不惊慌，况且，陈继虞的"九路军"和陈兆裳的保警队早已逃之夭夭，不会打仗的。北城门和南城门各有一个班的解放军开了进来，我终于近距离看见解放军了，他们举着红

— 27 —

旗，端着冲锋枪，威武极了；他们挺着胸膛，胸章上印着"中国人民解放军"七个字、帽徽是颗红五星，不像国民党溃军那样，帽徽是十二只角角。两个班的解放军径直开进了镇公所。接着听人说，两头的城门都有解放军站岗，只准进不准出。我和母亲本来坐了席要回龙洞沟的，这下走不成了。

　　擦黑，六七个年轻人来到表姐夫家，他们是表姐夫的同学、朋友，来闹房的。新房里顿时热闹起来，人们嗑着瓜子、吃着喜糖，相互打趣。王安全是表姐夫中学的同学，点子多，要芳表姐给闹房的人点烟，芳表姐刚把火柴擦燃，一下又被吹熄了，一连几次点不着，逗得小伙们哈哈大笑。新媳妇却不能笑，也不能生气，所以，无论叫作什么，芳表姐总是一本正经的样子。新郎官自由多了，同学朋友们笑，表姐夫也跟着笑。母亲和彭大妈在堂屋拉家常，母亲说，元桂他爸走得早，你独自把元桂拉扯大，又送他读中学，不容易！彭大妈说，今天给他娶了媳妇，我的心愿总算了了。正说着，一位解放军敲门进来查房，问，里面是些什么人？彭大妈说，我儿子今天结婚，那些是他的同学朋友，他们在闹房。解放军点了点头，向彭大妈敬了个军礼，离开了。彭大妈把王安全叫出新房，说了解放军来查看的事。王安全说，好，一会儿就散伙！闹房的年轻人走了，彭大妈把两条长凳并在大门背后，给我铺了铺，便和母亲一起去睡了。睡到半夜，我醒了，把耳朵贴着门缝，听见街上有脚步声……

　　第二天早晨，我起得很早，开门一看，街道两边的屋檐下打满了地铺，一个个解放军睡得正香哩。他们应该是昨晚半夜到的，怕惊动老百姓，就露宿街头呀！当我和母亲吃了早餐路过街上时，解放军已打好了背包，他们一个个坐在背包上，步枪就倚在怀中。有两个解放军在安放铁锅，准备煮饭——那煮饭的锅又大又厚，锅底是平的，称为罗锅，和我们煮饭的锅不一样。我和母亲回到龙洞沟家里，哥哥急着告诉我昨晚发生的事，说，天一黑，四面八方升起了信号弹，红的、绿的、黄的、蓝的，各种颜色的都有，真好看！爸爸以为要打仗了，叫我和姐姐躲到房子旁边的石岩下，躲了一歇，没啥动静，我们就过来了。今天一早，有两个解放军来家里登记户口，爸爸问那是怎么回事，一位解放军说，那是各个班的战士到达了指定地点，向团部发回的信号。解放军说话很客气，问我读书没有，我说和弟弟一起在贾家祠堂读私塾。解放军还说，他们班就驻扎在贾家湾贾祥州家堂屋，要我们去那里教我们唱歌。

　　上述就是故乡第二次解放的头两天我的所见所闻，现在回忆起来，仍旧那么新鲜。后来听说，中秋那天到达安场的是十一军三十一师九十一团，团部就设在镇公所。第二次解放正安，三十一师九十一团由北向南，分兵百路，从新洲、庙塘、黎垭、安场、格林等地分进合击，向凤仪和县城推进；一三六团一营由南向北，以班组为单位，采取梳篦式的战术，从土坪、流渡、谢坝等地多路前进，向县城压缩。指战员们不怕山险路滑、沟深林密，忍饥挨饿，一天爬山越岭几十里，一座座山头、一个个村庄地进行清剿，取得了剿匪斗争的伟大胜利，正安县人民

大地歌吟

政府随之迁回正安县城。保甲制度被取消，我家所属的三保改叫三村（赤化村），村长先由解放军的班长韩居堂担任，后在村民中选出了一正一副两位村长：村长贾其福、副村长贾祥序。

2015. 8. 20

安场记忆（之二）

一、汪师"号喻"

在《安场记忆》一文里，我写了下场曹家，特别提到心怀慈善的曹受祺老师。曹老师后来怎么样了呢？这得补叙一下：我家搬到龙洞沟不久，曹老师戒了鸦片，又娶了媳妇（讨小），女人姓赵，是龙岗的姑娘。赵姑娘一连给他生了一个儿子两个女儿，临近解放病故，三个孩子由原配陈翠花抚养。我在安小读书时，常从曹家门口路过，均未见到曹老师的身影，直到考进正安一中之后，才从流渡来的同学李世金嘴里，了解到曹老师的有关信息——他多年执教于远离县城的流渡完小，既教书又育人，很受学生敬重，李世金（重庆邮电学院毕业）即是他的高足。曹老师后来调回了安小，我们见面的机会也多，有件奇怪的事我很想问他，可一直没有开口。

那时我家还在曹家后院居住。

大地歌吟

　　与曹家南侧挨邻的一家也姓曹，房主很年轻，小名林生，书名曹受荣。曹受荣家的房子是座四合院，临街也有柜台，不同的是堂屋后面有天井，天井里摆了鱼缸。曹受荣的父亲和大哥均已去世，寡母寡嫂和他守着幽深的四合院。天井后面的房子佃给薛胖子一家住，薛胖子生意亏本疯了，发起疯来，叫喊声炸耳。曹受荣的母亲形容偏瘦，常常思念去世的丈夫和大儿子，说他们多次给她投梦，很想回家看看。于是，一家三口商量：请会作法的汪师来"号喻"。汪师叫汪敬陶，原籍南川，善金石，平时刻章为生。谁家的娃儿不见了，去请汪师卡时，汪师捏着指头默念少顷，指出娃儿去向，一找一个准。

　　曹受荣和曹受祺同祖。

　　曹受荣的母亲过门来给曹受祺的母亲讲请汪师号喻的事，凑巧被我听见。虽然似懂非懂，但大致明白了号喻过程：曹受荣家在楼上安好桌椅，然后将香烛纸钱、笔墨喻簿、酒和酒杯摆在桌上，等汪师上楼去号喻。号喻须在晚上进行：汪师点燃香烛纸钱，酒过三巡，开始作法走阴。一会儿，冷风飒飒，曹受荣父亲和大哥的鬼魂从阴间回到自家后楼，先后附身于汪师。汪师端坐桌前，摊开喻簿，文思泉涌，奋笔疾书。汪师是给曹受荣父亲和大哥的魂魄代笔，书写的自然是两人生前经历。号喻是不能偷看的，谁若偷看，谁的眼睛就会被喻师的笔尖点瞎……大嫂，曹受荣母亲说，只要汪师把他们父子未了的愿写出来，开好多利市钱我都乐意。大妹，曹受祺的母亲说，你把他们父子的愿了了，你的心就安了，你们家也就顺了。

一天下午，曹受祺老师在后院纳凉，曹婆婆（曹受祺母亲）捧着毛边纸订的喻簿来到他身边，曹婆婆说，这是你婶中午送来的喻簿，上面是汪师昨夜号的喻，我已经看过；咦，喻簿里写的一桩桩事，莫不是你叔你堂哥做的，说话的语气，都活脱脱是你叔你堂哥的，不由人不信！要说是汪师编的吧，他一个外地人，咋会知道我们曹家过去的事？咋会编得那么圆？听了母亲的话，曹老师接过喻簿翻看起来。他一边看一边点头，嗯，连细节都清楚，叔和堂哥当年生病，看的医生、吃的药都对——依我看，不会是编的！嗯，汪师的行书不错，只是后面两页写得太潦草了，好像还被撕过！曹婆婆接过说，你叔你堂哥的鬼魂是戴了脚镣手铐，被鸡脚神无常二爷押着来的，鸡一叫就得从阳间回到阴间，他们要说的话很多，怕时间不够，后面的就写得潦草了！那几处撕过的痕迹，是鸡脚神不耐烦了，用爪子抓的……

听过两位曹婆婆的交谈，又听了曹老师母子的对话，我觉得"号喻"真是太奇怪了！唔，阳间——阴间，活人——鬼魂，如此神秘又那么恐怖！当天晚上，我不敢在院子里玩。因为我家的住屋和曹受荣家院落只隔着一壁封火墙，汪师还要在曹受荣家楼上号喻，若是望见两个鬼魂及鸡脚神无常二爷，岂不要吓个半死！我躺在被窝里，脑子里塞满了乱七八糟的想象。忽然，房顶上传来一阵踩动瓦片的响声，我赶紧扯被条把头蒙住；心想，那可能是两个厉鬼被鸡脚神无常二爷押着找汪师号喻去了，别惊动他们吧……过了些日子，我看见在街旁摆摊刻章的汪师，心里便生出一种敬畏的情愫：别看他穿着普通的对襟汗褡，默默实实的，可会号喻，神通广大哩！

二、"轧轧"机声

"号喻"的玄机，我至今也没弄明白。理智地想，它也许是汪师设置的一种骗局。谁有兴趣探究，上文即为案例。至于那晚上瓦片响动的声音，极有可能是猫爬上房顶弄出来的。

那以后不久，秦老板的丝烟加工铺在曹受荣家堂屋开业了。秦老板叫秦树清，中等个子，脸包突突的。他自重庆来安场创业，是看中了这块商机卓卓的风水宝地。所以，秦老板来安场不是只身一人，而是举家搬来了。他的儿子秦文余，又叫樊家毛。我和文余在安小同班，开初在校喊他的书名，放了学就喊樊家毛，文余也不介意，照常答应，后来自觉不雅改了口。语文老师要求一天交一面大字，文余习过柳体，一笔一画很见功力。有了文余这个同窗，秦老板的丝烟加工铺就成了我随常光顾的景点。看，那一人多高的"千斤榨"就蹲在堂屋中央，雄赳赳的，活像一头狮子。旁边的宽凳安着铡刀，刀口雪亮。

加工丝烟的烟叶经过严格挑选，叶片宽大，颜色金黄。千斤榨下面有个木箱，工人把一张张晒烟平铺箱内，往下扳动榨杆，铁榨落下，烟叶遂被榨紧；然后取出摞摞烟叶，用铡刀切细，洒上香料，香味扑鼻的丝烟即告制成。操作千斤榨是个重体力活。秦老板雇了徒弟，徒弟名叫冯道义，是个膀粗腰圆的小伙子。小伙子往下扳动榨杆时，榨身就发出"轧轧"的响声，而大颗大颗的汗珠，就从小伙子的腮帮上、光光的脊背上淌下来，可见其劳动的强度。秦老板加工的丝烟一向畅销，除安场之外，还销至县城和道真。丝烟算奢侈品，是身份和地位的象征，穷人是享用不起的。两位曹婆婆都嗜好丝烟，她俩端着黄铜水烟杆，噗，吹亮纸煤子，点燃烟丝，有滋有味吸着，那做派，还可在今天的电视剧中看到。

九路军（土匪）盘踞安场期间，百业委顿，秦老板的丝烟加工铺倒闭了，秦树清也忧愤而死。四合院冷清下来，曹守荣养起了鸽子。那些鸽子在天井坝觅了食，一忽儿展开翅膀，从天井里飞出去，在安场上空盘旋，好像在期待什么。解放了，学徒工冯道义当上了民兵；稍后，参加了中国人民志愿军，扛上枪，赴朝作战。抗美援朝胜利，冯道义复员回乡，任安场镇人民法庭庭长，在此任上，他严于律己、秉公执法，很受群众拥戴。老同学秦文余初中毕业后，长期在粮食部门任会计，工作兢兢业业，退休后纸烟不离手，死于肺癌。

1956年，安场镇缝纫社成立，曹受荣家堂屋的"轧轧"机声再度响起，不过，其声不是加工烟叶的千斤榨所发出，而是来自十多部缝纫机，其声如春雨飘洒，节奏细密而欢快。那时穿衣服要买好布料，带着布料去缝纫社请师傅量尺寸，然后剪裁、缝纫。我家做新衣早先请王海滨师傅裁，王师傅眼力不行了，以后就请万必辉师傅裁。万必辉虽然年轻，但肯动脑筋，

大地歌吟

裁的式样好看。安场缝纫社还有李世维、李长现、马德安等师傅的手艺也不错。将近30个春秋，是缝纫社的工人师傅辛勤劳动，给安场百姓制作了一件件新衣，装点了安场人的生活。改革开放后，大城市各式各样的成衣涌入市场，失去了竞争力的安场缝纫社便悄然退出了舞台。如今路过曹受荣家门口，听不见了那春雨般的机声，还有些不习惯哩。

三、徐公祠

与曹家北侧一墙相隔的徐公祠，是我和小伙伴的游乐场。何以这样说，暂且放一放，我们先来了解一下徐公祠的来历：

方志上讲，徐公祠是为纪念正安州吏目徐阶平而修建的。徐阶平字旬令，浙江嘉善人，清乾隆十三年（1748年）受任正安州吏目，见地瘠民贫，耕作粗放，继察知境内多柞、柘树，兼有少量桑树，气候、土壤适宜种桑、养蚕。于是，徐阶平在教民养柞蚕同时，请来技师，传播烘种、饲养、缫丝、纺织方法；还从浙江购买桑蚕种，教民发展蚕桑，加工丝绸。初因桑叶不足，兼用柘叶饲养，蚕层薄、颜色差；用桑叶饲养的茧质则不次于浙江所产，徐阶平又引导百姓种桑。几年时间，境内蚕农均获得其利益。自此，正安蚕丝和丝织品，以品种齐全、优质价廉，招来省内及陕、甘、川、鄂客商。徐阶平任正安州吏目13年，廉洁自守，兴蚕利不遗余力，还多次捐廉助学……

像这样的好官清官，百姓为其修祠，以兹纪念，完全是应当的。

安场徐公祠为一进四合院，由门厅、天井、两厢及正殿组成，砖木混合结构封火墙青瓦顶，正殿塑徐公之像，正门前立有"做九品官，享百世祀；谋一州利，留千古名"石柱联。但我小时候所见到的徐公祠，除正殿及两厢、天井保存完好外，门厅、门楼、塑像及石柱联等已毁。紧靠徐公祠后檐，檐坎下有一间仓库，仓库里装了半仓谷壳。我和小伙伴们在檐坎上站成一排，一起往谷壳里跳，不会碰伤身体。我们在厚厚的谷壳上立桩、打滚、嬉闹，仓库里装满了笑声。跳累了，笑够了，我们就攀着窗棂，窥看另一间库房里存放的物品，有织布机、纺车、线筒等等。然后，沿着后檐的石梯走下去，就进入了染坊。那里摆着几只圆形的大染缸，缸里装着蓝色染料。染布的夏师傅忙碌着，他手握长棍，不时搅动浸在染料里的布。一会儿，他又举着竹竿，把那些晾干的蓝布挑下来，放到布滚子下面去碾压。夏师傅凌空蹐踩布滚子的情景，很像在玩马戏……

听老人们说，徐公祠后面的房子，是"裕安染织厂"的厂房。民国二十六年（1937年），郑代安、冯道维、霍长治等人集资创办了裕安染织厂，霍长治是首任经理。招收学徒工60余人，分批送到重庆纺织厂培训。有织布机30台，实行扎花、弹花、纺纱、织布、印染一条龙，是当时正安最大的布匹生产工厂。生产的布叫"六二"涤蓝布，也叫细沙窄布，群众泛称"六二"布。之所以这样叫，是因其布每匹长六丈二尺。年产2800余匹。厂里染的布，颜色鲜艳，技师也是从四川请来的。

大地歌吟

抗日战争爆发，纱源短缺，工厂逐渐停产。我和小伙伴所见到的纺织机具，就是裕安染织厂留下的。徐公祠做过仓库，那供我们"跳水"戏玩的谷壳，就是加工大米留下的。

匪患一度猖獗，陈继虞的九路军将安小占作司令部，学生无处读书；郑彩娥先生应家长要求，在徐公祠开办私塾，招收了30多名弟子。新中国成立之后，徐公祠划归安场粮管所，米市新仓库竣工，粮管所搬了过去，徐公祠成了粮管所职工家属院。

四、对门马家

曹家对门是马家。曹家是书香门第，马家是实业世家，正所谓门当户对，但两家没姻亲关系。马家主事人马继坤，人称马二老者。马二老者瘦骨伶仃，穿长衫，蓄山羊胡子；膝下两子一女，均已长大成人：大儿子马续宗已婚，媳妇叫王雪，是三江王双月的侄女；二儿子马续良，已和羊心滩"猫三老爷"家小姐订婚；女儿菊英，心高气傲，择人，未定亲。马续宗在南京上大学，回家结了婚不想走，马二老者急了，说，新婚燕尔，让王雪去南京陪读！在培养子女读书方面，马二老者舍得花钱。马家在乡下有几千亩田土，每年收租若干担，家里两座大仓装满了稻谷。但是，在安场人眼里，马二老者是个出了名的"土佬肥"。马继坤勤俭持家，尽管家业富甲一方，却常年和榨油工人同吃三造饭（大米、苞谷面、红苕），过年只炒一个回锅肉……这些都是母亲讲给我听的，我家曾在马家后院住过八年，母亲自然知道。

这里，顺便说说我家过去的一段历史：

二十世纪 20 年代末，父亲在盘县当巡丁（警察），结识了在盘县任税务局长的郑瑞蓂（安场人），两人成了莫逆之交。郑瑞蓂调任正安县税务局长，父亲也跟随来到正安。父亲担任了安场的税务员，负责收猪厘金（屠宰税）。经人做媒，父亲和母亲喜结良缘，把家安在马家后院。父亲识字不多，不会记账，私自出钱请坪上的郑德郊担任会计。对此，母亲甚为感叹：要是父亲有文化，自己会记账，就会省下请会计的钱了。有了姐姐、哥哥和我，父母达成共识：家里再困难，也要让儿女读书，成为有文化的人——此识令我永生感念。八年之后，郑瑞蓂奉调他县，问父亲愿否同往。父亲虑及家口，没有随去，一家人在安场定居下来。父母佃马续觉（马继坤侄子）家柜房做生意，并写了当约，拿出积蓄交了当金，当期三年，如果到期马家还不起钱，柜房即归我家。谁知钱连年"变政"（贬值），马家轻易地取回了柜房。这便有了我在《老街童谣》一文里写到的搬家之举……

马家的房子跟曹家一样，分前后两部分，由一口天井隔开。前面部分临街，马家六口分住。柜房开中药铺，请了四川籍医生金洪昌坐堂诊病。堂屋收购桐瓣，销售大米、桐油，马继坤夫妇自己料理。后面部分比曹家后院大两倍：靠前瓦房数间，用于租佃；靠后设有碾槽、煎锅、木榨，用来开办油坊。听母亲说，马家天井曾经出过一桩怪事：一到天黑，就有一颗接一颗的石子从天井外飞来，不偏不倚，落进天井坝；偶尔会砸着厢房的板壁，砰然作响。倒腾个多时辰，飞石方才停息。捣腾时，人们怕飞石击中，不敢从天井经过。街上好多人都来看过这一奇观。这个状况足足延续了半个月，它就跟"号喻"一样，是我此生未能解开的谜。

　　入冬，我常去的地方就是马家油坊，因为那里有火烤——桐壳火。去的时候，会在兜里揣上两个红苕，把红苕埋进红红的桐壳火里，一会儿就烤熟了。桐壳火烤的红苕真香！我一边吃红苕，一边观看拖着铁轮的黄牛转悠：牛的双眼被眼罩蒙着，绕着碾槽不停地转悠，要是转慢了或者停下来，不是受到呵斥，就是挨棍子。就在一圈一圈地转悠中，碾槽里的桐瓣被铁轮碾碎了。这时，牛才站住，让榨油工人起槽。榨油工人筛去桐壳，将桐面倒进煎锅里炒；炒成金黄色之后再下槽碾成熟料，熟料还得放进大木甑里蒸，蒸熟了倒出来用谷草包着上圈，然后将圈好的油饼放进榨槽里，楔紧木楔。高亢的号子声中，一位榨油工人掌握缆索，一位榨油工人推动撞杆，猛力向楔子撞去。在一次接一次的撞击中，一缕缕桐油便从榨槽间流了下来……

　　土地改革时，马家被评为地主，马继坤成了地主分子。土改工作组动员榨油工人揭发斗争马继坤。榨油工人说，马二老者天天与我们同桌吃饭，吃一样的饭菜；一个月到了，按时发工钱，过年还发红包，不好昧心斗他呢！马继坤也通达，把家里的地契、账本全部交给了工作组，说，我乡下的田土、仓里的谷子、后院的油坊、柜房的药铺，都是明摆着的，按政策该没收就没收。但工作组听人反映，马继坤为人抠门，把金银珠宝藏起来了，就组织群众揭发。马继坤跪在地上，闭着眼睛，咋也不开口。有人提议，让他的三个子女来揭发。马续宗、马续良、菊英被叫到会场。有人高喊，划清界限！只要抽老地主一耳光，就算划清了界限！马续宗咬咬牙，抽了父亲一耳光，过了关。马续良说啥也不抽，被点了"猴子扳桩"（用麻索将两个拇指捆在一起，插上油鞭，烧！）菊英死活不抽，被两个女人押到厕所，脱掉裤子，用荷麻抽打。菊英不堪凌辱，拿菜刀抹了脖子。幸亏金医生及时抢救，给菊英捡回了一条命。县里知道了这件事，派干部赶到安场，当即作了纠正。历史在故乡的土地上这么颤抖过。

2017. 2. 1

大地歌吟

乡场往事

　　二十世纪四十年代，我家曾经在安场老街开过栈房，客人多数是下江人，抗战胜利，下江人回了老家，又逢天旱，栈房再也开不下去了。父亲到重庆找事做，按月汇钱回家，物价飞涨，父亲挣的钱难以敷持一家人的生活。母亲想到了赶场，也就是做杂货生意。母亲买了杂货背夹（扁扁的、有盖，可锁），置办了针、针头、棉线、花线、花样、线底、梳子、篦子、剪刀、扣子、头绳、绸帕等货物，开始赶起了乡场。母亲赶的乡场一个是桐梓垭、一个是羊心滩。一年之后，父亲从重庆回来接替母亲做杂货生意，父亲赶的却是另外两个乡场，即下坝、董家湾；父亲赶乡场不背背夹，而是挑包箩，父亲卖的物品也比母亲丰富，除母亲置办的品种以外，还有纸笔墨砚四书五经首饰烟嘴之类。于是，在我的童少时期（直至工作之后），便有了关于乡场的故事。

一、桐梓垭

桐梓垭位于安场东北，距镇上 40 里，因盛产油桐而得名。

场址所在地叫大岩角，街长 200 多米，街道虽然狭窄，却也商铺林立，夏天若扯上遮阳的布篷，街心便有一种朦胧色彩。就是这样的一截街子，赶场天只见人头攒动，摩肩接踵，热闹得很。赶场的人来自龙岗、大城、羊心滩、落岭坝、下坝、包家坡以及属于道真县的双河、平木、三江、云峰等处，人们做着桐籽、桐油、茶叶、药材、皮革、生漆、粮食、布匹、食盐以及日用百货方面的交易。我查看过一幅过去的地图，赫赫有名的黔北古镇安场不见其上，而作为安场镇卫星场的桐梓垭却标了出来，足见桐梓垭建场之早和地理位置的重要性。

桐梓垭兴场已有 170 年的历史。因其地理位置的优越，市场兴隆，吸引不少外籍客商来这里投资经营，至今保存完好的"万寿宫"（此乃江西籍客商的商务会所）就是最好的佐证。早期的房屋向街面建有凉亭，这是典型的江西建筑风格。不少外籍客商甚至落户这里，成为当地的名门大户，如邹庆祥（祖籍四川）、焦忠财（祖籍四川）、王金泰（祖籍陕西）等。他们在桐梓垭经商建房婚娶繁衍，尤其是送子弟外出读书，让人频生羡慕。建国前夕安场小学的校长王进修、教师王进英、王雪岩都是王金泰后代。母亲在桐梓垭赶场的日子久了，颇熟悉当地的轶闻趣事。她赶场回家对我们说，桐梓垭街上姓邹的邹不是门吉周，而是包尔邹，有叫邹垂巩、邹垂匾、邹垂善的，我们几姐弟听成了捶拱、捶扁、捶散，不禁哈哈大笑。桐梓垭人把豆腐说成豆壶、把屁股说成屁骨也让我们觉得好笑。

我最初对桐梓垭的了解大都来自于母亲的摆谈。

大地歌吟

从安场去桐梓垭要经过石井坝，石井坝有三道箍井，箍井就在大路边，饮用很方便。过了石井坝转个弯就下坡，坡脚就是下寺沟，清清的河水从新州流来，滚滚滔滔奔三江而去；渡口没有船，只有一根横卧在河面上的木棒，称作独木桥，走在上面须格外小心，不然会掉下河去。河里鱼多，常有人用麻柳叶和苦楝子"闹"鱼，鱼闹昏了会蹿上河沙坝来，凑巧碰上了，可随便捡——母亲有次真的捡回了几条鱼。河对岸的岩穴有函石棺，谣传葬于石棺者后人要出草寇王，被阴阳点破，撬开棺盖察看，棺里出现了蚂蚁堆砌的泥人泥马，那泥人的一条腿已跨上马背了。过沟傍河而上便到了张茅村，张茅村是个幺店子——该吃早饭了。母亲说，张茅村幺店子的酸鱼特别好吃，我听了直吞口水。吃了饭仍要赶路，抹斜抹斜的石板路，然后翻下山坳，桐梓垭便到了。

关于桐梓垭，母亲说得最多的是栈房老板娘黄香二及黄香二一家。黄香二家在乡街上场口，一楼一底的木心瓦房。她年纪和母亲差不多，也是40来岁，脸上有几颗雀斑，身材不胖不瘦的。她为人随和，做事勤快，有两男一女，分别叫朝海、绍全、九春，母亲和黄香二脾气合得来，认了姊妹。黄香二把九春抱给母亲做干女儿，两人便是干亲家了。没听母亲提起黄香二的丈夫，我们便问，黄嬢嬢的男人呢？母亲说，黄香二的男人叫王成方，一表人才，读过书，生下九春不久，王成方就出去当了兵，当的是国民兵。后来王成方在信中说，他不在国民党的部队里了，到底去了谁的部队呢？信里说得很含糊。他要黄香二不要出去乱讲，将来自然会明白的。话虽这么说，黄香二总是担惊受怕的，心中的苦水只有向母亲倾吐。

我家一向租房子住。安场下街的马家、罗家、耿家、曹家的房子都租过。在曹家后院居住的日子，姐姐、哥哥和我都在上学，母亲要料理家务不能去桐梓垭赶场了。一天，贾家湾的舅舅上街来对母亲说，他家在龙洞沟附近有三块地，前年当给了杀猪匠高树清，当约上写得明白，若不按时取回，那三块地就归高家所有了。舅舅说他是没能力取回了，若父母有意，拿钱取回就是我家的了。舅舅建议，可以在那里起房子，一时没有那么多钱就先搭间草房。父亲赶场回家听了舅舅这番话甚是高兴，他早就想有属于自家的土地和房子了。于是便去高家交涉，高树清同意分期交付当款，并划出一块地给我家作宅基。父亲边赶场边买木料，母亲忙着上丁家坡割茅草，两个月之后，茅草房立起来了。一天黄昏，秋风撵着地上的落叶，我家从安场街上搬到了乡下。

新家离街上不远，哥哥和我继续上学，姐姐却不能上学了。母亲说，要按时还清高家的当款，光靠父亲一个人找钱不行，她也得去赶溜溜场。这样，姐姐便休学挑起了家务重担。母亲赶桐梓垭和羊心滩，父亲赶下坝和董家湾，他们各赶各的场。父亲三天回家一次，母亲要半月才回家一次。社会不安宁，纸币已经不用了，买东西全凭盐巴（自贡出的砖盐）。星期天，哥哥就背着父亲为母亲采购的货物去桐梓垭，然后背了母亲积攒的盐巴回安场。满了一个月，我们兄弟俩就背着盐巴上街交到

大地歌吟

高家。交了半年，总算把高家的当款还清了。母亲欣喜地说，挣脱了高家的账，取回了土地，全家人都有功劳，过年的时候，她要用做生意赚的钱给每个人缝一套新衣服。但是，厄运很快就降临我家，先是母亲在桐梓垭被"老二"（土匪）抢走了盐巴，接着是父亲在双山被"老二"把货物洗劫一空，不要说穿新衣服，就是喝苞谷面汤汤也难以为继。那年我10岁，认识了"天下不太平"、"民不聊生"这些沉重的词语。

夜风吹进草房，桐油灯幽幽闪着，我们坐在母亲身边，听她讲述在桐梓垭遭老二抢劫的经过：

那天赶场的人特别多，人们像往常一样讨价还价，做着生意。母亲的摊位在场中间，旁边有株老柳树，为图方便，她把装盐巴的麻布口袋拴在柳树上。生意很好，麻布口袋很快鼓了起来。场齐时没见什么异常动静，她只顾忙着生意。快散场了，街上突然骚动起来，有人大喊，老二来了！母亲抬头一看，只见一伙脸上糊了锅烟墨的汉子，手里抢着明晃晃的马刀，正在那边抢人，他们抢盐巴、抢货物，见啥抢啥。母亲忙把摊子上的货物收进背夹里，哎！这不是给老二帮忙吗——老二若见了背夹，定会将背夹连同货物一起抢走的——不能眼睁睁瞅着老二把货物抢走！门口有个大脚盆，母亲急中生智，倒了脚盆里的水，然后将它反扣在背夹上。母亲正要解拴在柳树上的麻布口袋，一个老二蹿过来，挥起马刀，斩断拴在柳树上的麻绳，拎着满口袋盐巴跑开了。幸好被脚盆盖住的背夹没被老二发现，卖剩的货物得以保存下来，那可是母亲的命根呀……

若干年后，已是正安二中教师的我和老家在桐梓垭的张老师谈起这桩抢劫案，张老师说，这个抢劫案我晓得——是当地的坐匪干的。我想让他说出那些坐匪的姓名来，张老师却把话题岔开了。他不愿讲，我也不便追问。是的，几十年了，又没有死人，没必要追究那些旧账了。

……在我幼小的心灵里，觉得桐梓垭既恐怖又神秘。只要母亲赶场回家，我就对她说，我要去桐梓垭！可是，直到1951年的夏天，放暑假了，我想去桐梓垭的梦才如愿以偿。一路上，我肋下像长了翅膀，一忽儿飞到这里，一忽儿飞到那里。路过石井坝三道箍井，我就去井边捧一把水尝尝，比较哪口井的水凉快。快到下寺沟了，我担心独木桥不好过，但下到坡脚，河上架着的却是一张梯子，走起来并不害怕。岸边岩穴里的石棺还在，我俯身看了看，空空的，没有泥人泥马。到了张茅村幺店子——该吃早饭了，我坐到桌边，期待老板娘把诱人的酸鱼端上桌来，端上桌来的一盘菜的确像酸鱼，长长的，糊着眚面，夹了一块放进嘴里，却是苦瓜。没有吃到酸鱼，走路有点泄劲，可太阳快当顶了，得努力往前赶。

到了桐梓垭，场快齐了。找到摊位，母亲忙着从背夹里取出货物，把它们一一摆在门板上，那些五颜六色的丝线、头绳、绸帕很快吸引住了村姑的眸子，她们挤过来问价、挑选。选中了，姑娘们掏出的是新崭崭的人民币，不再是九路军（反动军队）盘踞时的盐巴了。摊位旁边的老柳树洒下一片荫凉，我仰望着它，想起老二挥着马刀抢走盐巴的情景，真有一种乌云消散的感觉。桐梓垭与安场相比，简直太小了，它只有安场那截老街长但没有老街宽。我想，街跟人跟树一样会长的，不知道桐梓垭将来会长成什么样子。散场了，收了摊子，跟着母亲走进了上场口王家客栈。认了黄香二孃孃，认了朝海绍全九春，便坐下来吃晚饭，饭是米饭，菜是煮南瓜、泡豇豆——解放初人们对生活的要求不高，有米饭吃就不错了。黄香二孃孃洗刷完毕，挨母亲坐下，说起她丈夫王成方来：王成方先当国民兵，后起义参加了解放军，现在桐梓县工作，不久就要调回来。黄香二孃孃眉宇间漾着喜色，母亲说，你算苦出头了！

次日母亲去赶羊心滩，我留下来跟我同龄的绍全玩。

他家喂了一只羊。早晨，我和绍全把羊追上后坡，让它在坡上放牧，我们则爬上崖去摘八月瓜。"八月瓜，九月喳，放羊娃儿讨吃它！"时令未到，八月瓜吃起来酸溜溜的。接着比赛爬桐树，看谁爬得快。后坡的桐树长得密密的，一棵棵结满了青青的桐子。绍全说，春天桐花盛开的时候，后坡就像被大雪覆盖了一样，好看极了。我说，桐树安场也有，只是没有这里多。吃过早饭，我和绍全先去当坝田坎上捉蜻蜓，我们捉了又放了，因为蜻蜓是益虫。当坝的一块块稻谷正在黄熟，空气中有一种好闻的香味。然后下河沟拉螃蟹，拉到母蟹就放生，让它在沟里产小蟹。玩够了，找一处可游泳的河段，脱光衣服，跳进水里，游个痛快。两只高脚鹭鸶立在河滩上，人走近了也不飞。夕阳落山，母亲赶羊心滩回来了……

30年后，我曾两次到过桐梓垭，但皆若蜻蜓点水，匆忙之至。一次是 1981 年 3 月，陪《山花》编辑女诗人陈佩芸去桐梓垭看桐花，只逗留了一小时，即驱车去了龙岗，似乎除了已通公路，桐梓垭变化不大。另一次是 1995 年 10 月，一位家在桐梓垭乡下的同事父亲年晋八旬，我们前往贺寿。我打听到黄香二孃孃还在，便称了两斤糕点去上场口看望她。王家栈房跟桐梓垭街上的多数房子一样，已经由破旧的木板房换成了水泥平楼，85 岁的黄香二孃孃双目失明，独自一人在家。我向她说明来意，她还能记得我，并知道我母亲已谢世多年。她的老伴王大叔也还在，不巧吃酒去了。朝海在经商，绍全已去世，九春嫁到了道真的大阡……正聊着，汽车喇叭响了，我即向黄香二孃孃告辞出了门。坐在回安场的车上，心里不禁感叹：人生总是这般匆忙，想看看当年桐梓垭的小伙伴绍全亦错过了！

二、下坝

下坝处于安场至桐梓县芭蕉的古盐道上。

追溯起来，下坝场叫下坝之前还有三个名字，依次是：李家铺子、双河场、骆家场，至于把下坝改叫碧峰，却是成立公社那年的事。从上述五度命名不难看出：两个关乎人文，三个关乎地理。从人文的角度看，下坝场最初是一户姓李的人家开的客栈，几何时姓骆的人家在此发迹了，场之名又改冠骆姓，但这两个地名皆遭遇过非议，故难以持久。从地理的角度看，

大地歌吟

三个地名各自说了该地的一个特征，组合起来便是它的全貌——一块地势低洼的坝子，周围青山环抱，坝上双溪蜿蜒，溪流交汇处，两排木板房相向而立，是谓乡场。1947 至 1957 年，乡场还叫下坝，十年光阴，父亲每年有三分之一的日子是在下坝度过的；我们一家吃的粮食呢，每年有一半是下坝这块土地提供的。

下坝在安场北面，两地相距也是 40 里。

父亲赶场做杂货生意，下坝是他所赶的乡场之一。晓色未明，父亲就挑着装了货物的包笼出发了，两天之后，父亲赶场归来，肩上的担子总是沉甸甸的，因为包笼里有一半装的是粮食。从父亲的口里，我知道赶下坝要经过落岭坝、蒲扇台、双山坡、唐大路。春天，唐大路常发洪水，父亲绾起裤管先下水试试，如果过不去，他决不莽撞，而是从原路折回安场绕道石夹口去董家湾。父亲说，"欺山不欺水"，这话蕴含着他的人生经验。寒冬腊月，赶场的路结了桐油凝，为了防滑，父亲便在鞋底套上铁脚马（抑或草脚马），无论是刮风下雨，还是落雪飞霜，他总是毅然前行。父亲吃苦耐劳、为人和善、讲诚信，下坝、董家湾一带的农民都认识他，喜欢和他打交道。

回忆起来，父亲还真有经济头脑。父亲添置货物，总是注意市场需求，比方镇上任银匠制作的头饰首饰，式样好看，做工精细，妇女特别喜欢，常常供不应求，父亲就与任师傅办好交涉，保证了货物的供应。九路军盘踞期间，私塾兴起，对儒书课本的需要量陡然增大，父亲特去黄泥坳批发来《三字经》

《百家姓》《四书》之类的读本，解决了书荒问题。一般商贩卖货，只收现钱，不兑粮食，而农民上街赶场，往往手头没有现钱，只有粮食或鸡鸭蛋之类。父亲告诉顾客，购货有钱拿钱，无钱可用粮食鸡蛋兑换，所以，每次父亲赶场回家，揭开包箩盖，大米、苞谷、黄豆、米豆、爬山豆、鸡蛋、竹荪等都能见到。父亲说，一根针兑一个鸡蛋，挺划算的。一个月逢十为转角场，这一天父亲就挑起包箩窜乡，送货上门，当然，收取的往往是粮食。父亲兑来的粮食，不仅供全家人吃，还要为读私塾的哥哥和我交学米。

我在《乡场往事》桐梓垭篇章里，写了母亲在桐梓垭遭老二抢劫的故事，这里该写写父亲在双山垭口遭老二拦路洗劫的故事了：

临近解放，社会动荡，九路军到处设卡收税，土匪多如牛毛。路途凶险，父亲不是不知道，可为了挣钱养家，依旧去赶场，年关到了，生意比平日要好。那天赶下坝，货物卖去了多半，包箩里的粮食盐巴加起来足有 80 斤。父亲收了摊子，当晚歇下坝骆家栈房，次晨与张永安结伴返程。两人挑着包箩，过了唐大路，开始爬双山坡，只要翻上双山垭口，回安场就不难了。父亲走在前面，脑壳刚冒上垭口，胸口即被一支梭镖抵住了。持梭镖的是个大汉，脸上糊着锅烟墨，也不说话，用梭镖指指垭口旁的一间空屋。父亲心中叫苦，但不得不挑着包箩朝空屋走去。守门的黑脸汉子手里挥舞着马刀，像哑巴那样比画着，叫把包箩挑进屋。进了屋，另一个手持梭镖的黑脸汉子暗示净身上楼，父亲只得放下担子上了楼。不一会，张永安也被逼上楼来了。楼下响起了倒腾粮食货物的声音，张永安铁青着脸，猛然冲下楼去，接着"哎哟"一声，倒在了地上。直到楼下没有了声音，父亲才下了楼。张永安当时腰部挨了一刀，吓晕过去了，幸亏隔着棉衣，只砍伤了皮，血流了出来，把裤子都染红了。父亲忙从头帕上撕下一绺布，帮张永安包扎了伤口。永安，父亲问，你刚才冲下楼做哪样？我想抢回货物，张永安说。落入虎口的东西，你抢得回来吗？父亲深深地叹了口气……

回到家里，父亲什么话也没说。看着他一脸的戚然，看着空空的包箩，姐姐、哥哥和我眼里泪花直转，我们都明白发生了不幸的事。直到母亲赶桐梓垭回来，父亲才对一家人讲了遭老二洗劫的经过。母亲安慰父亲：人没吃亏就好，生意还得做，你的货被抢了，我的货还在——开了年分一半给你，算给你做本钱……父亲遇事时候的沉着，母亲在灾难面前的坚强，一下注入了我的灵魂。

春雷一声，解放了！清匪、反霸、土改，拨云见日，乾坤朗朗。

又到年关，镇商马正淑托父亲在下坝收购小肠（刮肠衣销往重庆），大年三十，父亲估计小肠收得多，嘱哥哥和我去下坝接他。兄弟俩背着背篼出发，过煤炭沟、羊鹿湾、落岭坝，沿着云梯似的石级登上巍峨的蒲扇台；到了双山垭口，但见脚下雾岚浮动、深谷幽幽、树影绰绰，想及父亲在此遭抢，不禁倒抽冷气。伸向山谷有一左一右两条石板路，我们记住父亲的话，左边一条才是伏在双山坡上的。下了双山坡，石板路变得平缓了，两旁长满了杂树。不觉到了唐大路，踩跳磴过河，再走一阵，下坝到了。场已散去，街子短短的，一眼望得见那头场口。父亲还未收摊子，见我们来了，非常高兴。说，天色不早了，你们背了肠子先回，我收了摊子追你们，我跟蒲扇台的栈房老板说好了的，去那里吃年夜饭。一共 14 副小肠，哥哥背 8 副，我背 6 副，在下坝街上停留不到 5 分钟，兄弟俩就来了个向后转。

刚到双山坡脚，父亲挑着包箩把我们撵上了。父子仨气喘吁吁地爬上双山垭口，暮色降临了。摸黑走了一段路，前面出现了光亮，接着传来了汪汪的狗叫声。父亲说，栈房到了。走进栈房老板家，父子仨放下行李，被老板请到了高脚火铺上。火塘架着三脚，三脚坐着铁锅，铁锅下柴棒吐着火舌，铁锅里大片大片的肥肉冒热气。蔡兄，父亲问，过年猪杀了多重啊？喂了两年，蔡老板摸摸胡碴，杀了两百多斤哩。正说着，又来了两位客人，也被请上了火铺。老板娘手里挥动锅铲，一边翻着锅里的肥肉，一边说，饭是蒸好了的，肉也炒好了，马上开饭。饭是三造饭，那肉（除了盐，没放其他佐料），一片有巴掌那么大，我吃了一片，再不敢拈第二片了。吃过年夜饭，兄弟俩被安排在门侧睡地铺，下面垫松毛，上面盖蓑衣，由于疲倦，很快进入了梦乡。半夜，冻醒了，听着门外呼呼的风声，以及牛吃夜草转动脖子弄响的帮铃声——叮当！叮当！睁着两眼直到天明。初一早晨，老板娘煮了汤圆，没有糖，用辣椒水蘸，怪不习惯，我也只吃了一个……

若干年后，已经是正安二中教师的我，对一位来自蒲扇台的学生谈起这番经历，那个学生说，老师，欢迎你再去蒲扇台过年，你会发现，我们那里，除了热情好客的风气没变之外，其他一切都变了！这话，我相信！

写到这里，我的下坝篇章应当打止了，且慢，还有故事呢。

我有个弟弟，曾是上坝茶场知青群落（本土作家如此称谓）的一员。弟弟和贵阳来的一位女知青好上了，后来因故分手。弟弟思想受到了刺激，愤然离开了上坝茶场。他到处漂泊，卖过电子手表、赌过"人人马马"，做过灰工。一天，弟弟回家对我和妻说，有个下坝来的姑娘想嫁给他。我们问姑娘叫啥名字，他说叫韦复柳。多少岁？17岁。我们叫弟弟把复柳引来看看，他真的把复柳引来了。复柳倒比弟弟大方。她说，她家在下坝街上开缝纫铺，父亲叫韦应开，一只脚残疾，但会打衣服。母亲是涪陵人，生活紧张时逃难到楠木（老家）嫁给她父亲，生了大哥二哥和她。两个哥哥年龄大了，都没结婚。我问，为啥呢？她说，办不起彩礼。我知道下坝一带的风俗，不管是男是女，很小父母就给他（或者她）订了婚。便问，你订婚了吗？订了。你愿意吗？不愿意——是父母包办的，我要自己找。复柳接着说，男方怕韦家变卦，催着结婚。她父母也乐于这样做，因为这样，韦家可获得一份彩礼，这份彩礼可用来给她大哥娶媳妇。复柳气愤地说，父母逼她嫁人，她就跑到安场来了。妻说，你这不是逃婚吗？

当时，弟弟在一个建筑工地打工，征得建筑队长的同意，复柳就去那里做饭。下了班，复柳就跟着弟弟来家里玩。妻对我说，刘平（弟弟的名字）和复柳，男大女大的，长期这样咋行？你说咋办？妻说，复柳在下坝是订了婚的，她要和刘平好，必须先跟男方解除婚约，而要解除婚约，必须归还男方家的聘礼，从韦家目前的情况来看是还不起（也不愿意还）聘礼的。在给弟弟娶媳妇这件事情上，我和妻的观点一致，就说，我们问问复柳，男方家下聘到底花了多少钱？复柳说，360元。我对妻说，刘平由于第一次恋爱受了刺激，领了工资就拿去买酒喝，没有积蓄，父母不在了，我们当哥嫂的是不是帮帮他，给他出这笔钱？光是我们出啊，还有大哥大嫂呢？我去跟大哥大嫂商量，他们会出的。找到大哥大嫂一说，大哥表示支持，大嫂却不乐意。大哥冒火了，说，别管她，我有钱！钱的问题落实了，我叫刘平跟复柳去下坝，把我们的做法跟复柳的父母和哥哥讲清楚，如果认为恰当，就一起来安场立字据。几天之后，复柳的父母和哥哥来到安场，收了360元钱，在字据上盖了手印。韦家归还了男方的聘礼，解除了婚约，复柳自由了，不久，刘平和复柳结了婚，我们和下坝韦家成了亲戚。

嘿，下坝——碧峰，我们是亲戚哩！

安场人与戏剧

一、安场人与川戏

安场是黔北有名的商贸文化古镇，居住在镇上的多为四川人（抑或祖籍为四川者），听（或者看甚而唱、演）川戏成了安场人的爱好。说黔北文化深受巴蜀文化的润泽，川戏的流行便是其主要渠道。安场人喜欢"打围鼓"，打围鼓即川戏的一种坐唱形式。小时候只要听到围鼓一响，我在家就坐不住了。吃过晚饭，依照母亲的规定：洗碗、和稀煤、背妹儿这三件事，任姐姐、哥哥和我各自选择一件；背妹儿一向是我的首选，因为我可以背着妹儿上街去看打围鼓（听川戏）。

围鼓班子练习的地点设在下场梁家堂屋。鼓师梁夷清是其房主，梁的身相矮胖矮胖的，虽然其貌不扬，却多才多艺。梁夷清平时絷灵屋卖，排戏时坐统子敲板鼓。围鼓班子其他成员亦各有专长：冯帝品拉川胡、王树林敲铙、王伯熙打锣、罗昭贤（或者陈坤泰）打钹，他们侍弄乐器，又都担任戏中的某一角色，边敲敲打打边张口演唱，一段戏文唱至末尾，大家就亮开嗓门帮腔，形成一波一波的小高潮。鼓师是围鼓班子的灵魂，一班人都得按梁夷清的手势、鼓签、鼓点指挥行事。梁夷清的一些滑稽动作，常令围观的人忍俊不禁。镇上谁家有红白喜事，围鼓班子即被请去坐唱，锣鼓声骤然响起，场面随之热闹起来。这既是古镇的一种时尚，也成了故乡的一种习俗。

请川戏名角来镇上演戏，让安场人大饱眼福的盛况，在我的记忆里有过两次。

第一次当在1945年。是年8月14日，日本投降了。中国人民浴血奋战8年，终于赢得了抗日战争的胜利。安场人和全国同胞一样，要通过自己喜爱的庆贺方式来表达胜利的喜悦。由镇商会牵头，派人赴重庆请来了三位川戏名角：唱小旦的黄碧霞、唱老旦的恒菊花、唱花脸的李天元（外号李花脸）；正安县城演武生的江坤也被请来加盟；镇上的川戏票友高隐达、郑杰培、肖斌武、霍长洪、郑银州、张希岳、李庚、吴芝林、梁夷清等人亦加入了演出班子。戏台搭在区公所后操场城墙边，坐西向东；台子南北两边围着晒席，东边的台口挂着幕布，后台亦被一袭幕布遮着，那是演员化妆和休息的地方。那时没有电灯，晚上演出靠煤气灯。两盏煤气灯吊在台口的横木上，雪亮雪亮的。要演什么戏，提前贴出海报。演出分日场和夜场，日场白天的中午开演。开演之前先打闹台。听到闹台锣鼓响了，街上的男男女女便带着板凳来到后操场，在戏台前一排排坐好，

大地歌吟

等待演出。安场附近的农民因白天要下地干活，一般都是看夜场。

那时我家在下场曹家后院住，父亲赶乡场卖杂货，母亲炸油糍卖。母亲是个川戏迷，为了能看到川戏名角的演出，吃罢早饭，就把锅灶和米浆米豆泥之类的东西搬到后操场，一边炸油糍，一边抽空看戏。母亲交给我一项任务，要我到后台去问那些演员，谁要吃油糍，就用碗盛着给他送去。我正想去后台看看那些演员是如何化妆的，乐意地接受了这个任务。演出间隙，我端着一碗油糍钻到后台，没想到黄碧霞他们闻到了油糍的香气，都过来买，他们品尝着油糍，直道香脆好吃。李天元当即拍板，要我每天下午给他送20个油糍到后台去。李天元演的是武打戏，体力消耗大，食量自然大；而且，他还带着老婆孩子。我在后台看见李天元的老婆又黄又瘦，正敞着衣襟给孩子喂奶。川戏在后操场演出期间，不惟我家的油糍生意好，其他的吃喝生意，如卖凉粉的、卖抄手的、卖炒米糖开水以及卖瓜子水果的，生意同样的好。这大概就是人们所说的文化的繁荣拉动了经济的发展吧。

此次川戏名角和安场票友在后操场同台演出，大约持续了两个月。仅凭我的记忆，演出的剧目有《甘露寺》《古城会》《长坂坡》《走麦城》《空城计》《四郎探母》《三岔口》《秦香莲》《薛丁山与樊梨花》《单雄信》等。我最爱看李花脸的演出，他不仅武功高强，嗓音洪亮，而且会变脸、吐火，能一气翻18个跟斗，常常获得观众的喝彩。我还喜欢看江坤的《皮心滚灯》。皮心是个丑角，他额上放着一盏燃着灯芯的油灯，身子从板凳下钻过，油灯不会掉下来。演出经费和演员工资来自镇上各商号的赞助。闹台打过，管理人员双手举着牌子，大步走上台去，高声宣布：某某商号某某老板偿元多少万（那时钞票的票额大）！至于街上的居民和附近的农民，天天到后操场看戏，并未掏过一分钱。时光流逝了一个多甲子，我还能记得挤到戏台前去看李花脸翻跟斗的那股兴奋劲儿。

第二次请名角来安场演川戏当在 1952 年。是年岁末，全县土地改革结束。安场区的农民家家分得了土地，人人笑逐颜开。为了庆贺土改工作的伟大胜利，镇上派人赴重庆请来了白胜雪等旦角，结合镇上的川戏票友，演出整本川剧《白蛇传》。演出时间安排在晚上，演出地点是安小的那座旧戏楼，照明仍然是点煤气灯。白素贞由扮相唱腔俱佳的白胜雪扮演，小青和许仙的扮演者也是从重庆请来的。本地票友参演的有黄祥端、赵碧如、赵瑞如、骆子均、周明珠、罗祥正、罗祥福、支应学、张朝栋、刘寿禄、熊长荣、杨忠信等人。黄祥端块头大，平时剃光头，不化妆都像和尚，成了法海的不二人选。上演《白蛇传》时，还穿插了一些折子戏。比如《辕门斩子》这折戏，演出者皆为票友，支应学扮演薛丁山、张朝栋（男扮女装）扮演樊梨花、罗祥福扮演薛应龙。

当时我家已搬至下烟房住。下烟房到街上的那段距离被称为关山，全是一座挨一座的坟墓，经常闹鬼，一到晚上，很少有人行走。为了看川戏《白蛇传》，我和哥哥做完家务和作业就

大地歌吟

上了街，看完戏已是晚上 10 点过，经过关山时昏天黑地的，听到狐狸在坟地里呱呱叫唤，浑身毛骨悚然，害怕极了，但第二天晚上兄弟俩依然上街看戏。白胜雪主演的《白蛇传》足足演了一个月，我们也足足陶醉了一个月。

那以后，镇上再也没请川戏名角来安场演出过，但安场人打围鼓坐唱川戏的习俗却作为非物质文化遗产保留了下来。川戏所演绎的虽然是历朝往事，但其蕴含着惩恶扬善、见义勇为之类的传统美德，它就像年年必至的春雨一样，滋养着故乡人民的精神家园。

二、安场人与歌剧

歌剧是一种主要或完全以歌唱和音乐来交代和表达剧情的戏剧。新中国成立后，安场人见识的第一个歌剧是根据诗人李季的同名长诗改编的《王贵与李香香》。

剧情是这样的：1930 年，陕北地区死羊湾遭受旱灾。被地主崔二爷强行拉去当长工的王贵，经常帮助邻居李德瑞家砍柴挑水，逐渐与李家女儿香香产生了爱情。崔二爷调戏香香不成，就回家毒打王贵出气。备受折磨的王贵秘密加了党领导的赤卫队，为地主发觉后被捕。香香领着游击队及时赶到，救出了王贵。然而国民党军反攻入庄，游击队暂时撤离。崔二爷又抢走香香，大摆喜筵，与匪军官们喝得烂醉。谁料游击队从天而降，这伙无恶不作的魔王终于成了人民的阶下囚。王贵与李香香终于幸福地结合。

1951年春，安场镇成立了歌剧《王贵与李香香》剧组，女主角李香香由社会青年郑传秀担任、男主角王贵由青年教师陈昌槐扮演、李德瑞由工商联秘书陈礼贵扮演、恶霸地主崔二爷由张兴国老师扮演、地主狗腿子三毛子由吴承宗老师扮演，沈泽云老师负责音乐伴奏。为了歌剧《王贵与李香香》的演出，镇里在区公所后操场搭建了戏台。演出那天晚上，操场上坐满了观众。安场人刚刚经历了解放，观众极易和台上剧情的发展产生共鸣。台上：恶霸地主崔二爷挥起鞭子，抽打被捆在树上的王贵，王贵唱道："你是个人来我也是个人，你为什么这样没有良心？"台下：许多观众都在流泪。当时我在安小读三年级，演三毛子的吴承宗是我们的班主任，吴老师上课十分严肃，可演起戏来却是那样滑稽：正在吃面条的三毛子听到了游击队打来的消息，惊得把呼进嘴里一半的面条一爪扯掉了（数十年后看陈佩斯的小品《吃面条》，我便联想起吴老师的这一动作）。歌剧《王贵与李香香》的演出，很好地配合了当时正在开展的土改运动。

时隔半年，安场人又观看了由镇上业余剧组演出的歌剧《刘胡兰》。

刘胡兰是山西省文水县云周西村人，14岁就参加了共产党，是众所周知的女英雄。歌剧《刘胡兰》的剧情是在解放战争的紧张气氛中展开的：1946年秋，国民党大举进攻解放区，留在

大地歌吟

村里坚持斗争的刘胡兰勇挑重担，组织群众做军鞋、送军粮、掩护伤员，与暗中和敌人勾结的地主石三海做斗争。一天，阎锡山的军队突袭云周西村，刘胡兰不幸被捕。在敌人威逼利诱面前，刘胡兰不为所动，被带到已连铡几人的铡刀前，怒问匪军："我咋个死法？"匪军喝叫："一个样！"她面不改色，自己坦然躺在刀座上，英勇牺牲。毛主席知道了刘胡兰牺牲的消息，为之题词："生的伟大，死的光荣！"

安场镇业余剧组演出歌剧《刘胡兰》的海报贴出来了：刘胡兰由尹瑶华老师主演，二饭店的会计冯其茹演刘胡兰的母亲、我们班的女同学熊长英演刘胡兰的妹妹艾兰子、骆子均演民兵班长阎龙哥、熊长荣演八路军伤员老赵（熊长荣本身腿瘸，不用做作）、陈礼贵演八路军政委、张坤福演八路军武工队长；张兴国演地主石三海，赵文学演石三海的侄子石头、瞿万元演阎锡山军队的徐连长。尹瑶华老师已是三个孩子的妈妈，她能演好刘胡兰吗？幕布拉开了，尹老师扮演的刘胡兰出台亮相：她头上搭着白毛巾，臂弯里挎着篮子，神色凝重，唱道："数九（那个）寒天下大雪，天气（那个）虽冷我心里热……"观众随着她深沉的表演一下进入了剧情，觉得刘胡兰就是尹老师演的那个样子。当演到刘胡兰被凶恶的敌人铡死的瞬间，台下到处是一片抽泣声。歌剧《刘胡兰》的演出获得了成功，由尹老师演唱的刘胡兰插曲也在安场流传开来。

安场人观看的第三部歌剧是《李顺达》。

李顺达 1915 年出生于河南省一个穷苦的农民家庭。15 岁时，随母亲携带弟妹逃荒到太行山深处的平顺县西沟村，租种了当地地主的几亩荒坡薄地，苦度年月。抗日战争爆发，八路军129师挺进太行山，建立了革命根据地；李顺达在减租减息斗争中加入共产党，先后担任民兵大队长和党支部书记。他一面带领本村农民发展生产，一面组织民兵配合八路军抗击日寇的"扫荡"。为了克服因日军"扫荡"和自然灾害带来的困难，响应党中央"组织起来，发展生产"的号召，李顺达联络了6户农民，于1943年2月6日建立了农业劳动互助组，被评为劳动模范。1951年3月6日，李顺达领导西沟村互助组，响应全国农业工作会议开展全国性的爱国生产运动的号召，向全国各地互助组发起了开展爱国丰产竞赛运动的倡议。李顺达互助组被誉为"全国丰产模范互助组"。歌剧《李顺达》就是根据全国著名劳动模范李顺达的事迹创作的。

1953年春，安场地区土地改革完成，党和政府积极组织分得了土地的农民参加互助组，走共同富裕的道路。为了配合这一政治中心，安小教师承担了排演歌剧《李顺达》的任务。排练地点设在安场荷花池的凉亭上。那些日子的下午和星期天，只要从荷花池边经过，就会听到悠悠的二胡声。扮演主角李顺达的是教导主任余世昌老师，我们班的同学霍克俭演李顺达的弟弟，赵永珍老师演李顺达的母亲，张兴国老师演地主马娄。当时我已经读五年级了，但对于观看歌剧《李顺达》的演出，反而没有《王贵与李香香》和《刘胡兰》印象深刻，只记得李顺达的两句唱词："穷西沟穷西沟，西沟的人儿泪长流……"张

大地歌吟

兴国老师是个胖子，三部歌剧里的地主都是他扮演的，跟扮演黄世仁和南霸天的著名演员陈强一样，成了扮演恶霸地主的专业户，这不能说不是安场歌剧史上的佳话。

据享誉筑城的音乐家李启明讲，他之所以走上艺术道路，亦是受了安场人排演歌剧的影响。

2014. 8. 27

解放初安场的秧歌

电影或电视剧常出现扭秧歌的热闹场面，每每观之，总激动不已。60多年前，解放大军南下，也把这种北方民间的舞蹈扭到了大西南，扭到了黔北古镇安场。也正是那时候，少时的我参加了我们村的秧歌队，也像剧中人那样在故乡的土地上扭过秧歌。

秧歌队中，男女队员人数相等。男队员头扎毛巾，穿蓝布对襟汗褂；女队员穿斜襟便装，腰间系红绸子。为了好看，还用白纸剪成花边贴在衣襟上。秧歌分大秧歌和小秧歌，大秧歌手脚摆动的幅度更大，跳起来更热情奔放。跳的时候男女队员各站一行，前后左右可相互交换位置，使之有所变化而不至于单调。扭秧歌必须配合锣鼓。锣鼓的节拍为：锵、锵锵齐！锵、锵锵齐！锵锵锵锵锵锵齐！原来没见过秧歌的地方兴起了秧歌，扭秧歌便成了当地百姓获得翻身解放的时代标志。

那时的安场（常）镇是条独街，两边街道各为一、二村，他们人才济济，参加秧歌队的人数多。一村的秧歌队员用柳枝编成帽子戴在头上，女队员也穿对襟汗褂，别有一番风味。四

大地歌吟

村（官井至马石田一带）有两个秧歌队员装扮成土匪头子雷三、黄守瑛，跟在秧歌队后面做着怪相，逗得观众哈哈大笑。我们村是三村（贾家湾至桥上坡、老龙洞一带），秧歌队由14人组成，教练是解放军，学会之后，即由村委会管宣传的贾其贤负责训练；训练地点在下湾庙子的院坝里。敲锣打鼓打钹的人是贾其贤、贾其华、贾其福三人。一、二村的女队员后来还组织了腰鼓队。

每逢区里、镇上开大会，或者节日、给军属拜年、欢送志愿军入朝，各村秧歌队必然参加。队员一律化妆，打桃红脸。在热烈、欢快的锣鼓声中，按次序上街游行，领队手执红旗，吹口笛，队员们踩着锣鼓节拍，扭着秧歌行进；各村的群众跟在各村秧歌队后面，从上场游到下场，然后回到区政府后面的操场上。开会之前，秧歌队在操场上拉开圈子进行表演、比赛；唱歌、拉歌，此起彼伏，高潮迭起。后来秧歌队还表演打钱竿、踩高跷。当时唱的歌有《解放区的天是明朗的天》《走，跟着毛泽东走》《没有共产党就没有新中国》《团结就是力量》等。

1952年3月，安场小学恢复上课，也就很少扭秧歌了。

附：一至三村秧歌队队员名单：

一村（安乐村）秧歌队

男队员：高正安、贾祥贵、郑世杰、李昌贵、贾祥明、曹其宇、陈必明、秦文馀、赵家昌、张文彬

女队员：高正碧、秦文秀、幸化其、邓世群、郑传和、邬

天碧、赵明昌、周志仙、谭秀容、郑传伟

二村（安静村）秧歌队

男队员：杨永福、刘安华、刘文俊、梁隆炎、周明富、万文华、贾祥俊、吴芝畔

女队员：熊长英、赵文仙、杨琼珊、张忠明、冯惠英、冯桂英、霍克明、彭其华

三村（赤化村）秧歌队

男队员：周万全、贾其忠、刘礼富、刘礼贵、丁永安、丁永兴、丁纯桂。

女队员：易启芬、易启秀、王　仙、许复英、许秀英、丁永兰、骆敏书

2014. 2. 26

大地歌吟

抗战老兵易奎

易奎：屏东贵州同乡会常务理事

易奎麦面饭餐馆：屏东市南昌街 13 号

住宅：屏东市崇武里华昌孝巷 41 号

上面这张名片，是抗战老兵易奎 1992 年从台湾回安场探亲时给冯明忠老师的，冯老师已将它珍藏了 23 年。今年国庆前夕，当我坐在冯老师对面请他讲述有关易奎的故事时，冯老师即找出这张名片让我看。从名片可知，易奎退伍后在台湾屏东市开餐馆，他不仅是餐馆老板，还是那里的贵州同乡会常务理事。冯老师虽然 89 岁了，但精神尚健，一直坚持笔耕。听我说明来意，立刻放下手头的文稿，开始了他的讲述：

易奎原名易世禄，因排行第六，亦叫易老六，易奎是他 1949 年去台湾后改的名字。易世禄生于 1924 年，比我大两岁。在安场老街，和我年龄相当的还有潘润明、郑代明、李龙、袁玉成，我们都叫易世禄六哥。他长得虎头虎脑，胆子也大，算是我们那截街的娃儿头。我们在安场小学同读一个班，我的学习好，易世禄的学习差，每逢考试，他都要央我帮他勾题，不然就考不及格。同学们说，我和易世禄，堪称一文一武。易世禄手巧，会扎风筝。他扎的蜈蚣风筝，头部用蛋壳安了眼睛，节数也多，放上天去，长长的蜈蚣随风飘荡，蛋壳眼睛不停地转，常获观众喝彩。冯易两家是邻居，易世禄的母亲蒸麦粑卖，放了学，易婶把麦粑放进篅箕，让我端到城门口去卖，卖了十个，我会得到两个的工钱。

有个叫张泽林的绥阳人，年纪比我们大，在老街做生意，喜欢和我们交往。1941年春，张泽林把老街的六个小青年（包括坪上的贾世臣）召集在一起，问我们愿不愿像刘关张那样"桃园结义"，结成拜把兄弟，易世禄首先响应，见六哥表了态，大家都说愿意。结拜地点选择在梓橦寺。张泽林准备了公鸡和酒，我们在梓橦寺关公塑像前点燃了香烛，烧了纸钱，放了鞭炮；张泽林拎起酒壶，往一只大碗里泻满了酒，易世禄捉住大红公鸡，用刀在鸡冠子上划了个口子，将鸡血滴到酒碗里。七个男子站成一排，给关公磕了三个头，齐呼：关圣帝君在上，弟子在下！依次报了自己的名字，接着齐呼：有福同享，有难同当！张泽林年纪最大，是大哥，其次是易世禄，七个人依次喝了血酒，宣告结拜完毕。张泽林说，我们七个人今天拜了把，结成异姓兄弟，就要走正道，讲义气，谁家有了红白喜事，都要出来帮忙，哪个有了难处，都要伸出援手！

安场是个旱码头，客商云集，赌博也盛。最流行的赌博是掷骰子，掷骰子玩起来简单，只需一个碗，几颗骰子，参赌的人抓起骰子往碗里一掷，谁的点子多谁就赢。老街的冉龙清是个游手好闲的二流子，无职无业，专门拉人掷骰子。平时，我们都瞧不起他，拜把没要他加入。一次，易世禄的算术考砸了，情绪低落，被冉龙清知道了，冉龙清就来找他掷骰子，不想，易世禄一下子玩上了瘾。他俩一起来找我掷骰子，我起初不肯，但经不住他俩的诱惑，也就参加了。骰子掷输了是要付钱的，我哪有钱付，就去偷家里的钱。心想，这次输了，下次一定赢回来。但是，直到把家里准备过年的钱都偷来输光了，还是没赢过。事情败露，我被父亲用黄荆条痛打了一顿。大哥张泽林知道了这事，把易世禄、冉龙清和我找来跪在面前，一一交代了掷骰子赌钱的经过，逼着易世禄、冉龙清将赢的钱吐出来。但他俩只吐了一半，另一半说是花了。

1942年5月，正是苞谷出刁水稻拔节的时节，安场接连20多天没下雨。眼看苞谷卷叶稻田裂缝了，而旱情却没有减缓的迹象。老街的大人聚在一起，商量求雨的事。这下易世禄来劲了，因大哥张泽林回了绥阳，他就成了大哥，带领青少年求雨的重任落到了他肩上。易世禄到镇上龙灯会借来了宝叉，把叉上篾条扎的宝取下来，换上一只橙柑，在橙柑上插了香烛，算是求雨的标志。准备就绪，易世禄手执宝叉走在前头，身后跟着我们五个拜把兄弟和一帮小孩子，开始游街跪拜。烈日当头如火煨，我们脸上直淌汗珠子，走上十来步，就跪下来求告。求告有现成的词，易世禄念一句，大家跟着念一句。其词曰：悠悠苍浩天，为啥不落雨？小小童儿哭哀哀，拜祈皇天快下雨，大地落在干田头，细的落在菜园子，五方得道龙，礼哟！（叩首）游过街，易世禄就带领大家到老君庙、山王店、老龙洞跪拜。三天之后，上苍终于垂怜，大雨瓢泼，老人们说，易世禄功不可没。

7月，易世禄、潘润明、郑代明、李龙、袁玉成、贾世臣和我一起在安场小学毕业了，我以安小第一名的成绩考上了正安中学。去县城上学那天，易世禄替我背着被条，一直送到老鹰关。分别时，易世禄说，我们两兄弟，一文一武，如今你考上了中学，算是跨进了理想的门槛，你要好好学习哟！我问，六哥，你今后有啥打算呢？易世禄眉毛一扬，激昂地说，当然是投笔从戎！抗日战争都打了五年了，但日寇还在践踏着祖国的大好河山，我将报名参军，奔赴抗日前线，为打败东洋鬼子尽一分力量！第二年，刚满19岁的易世禄报名参加了青年军。参军之后，易世禄给家里来过一封信，说他经过训练，参加了孙立人将军率领的远征军，将开赴缅甸对日作战。以后易世禄再也没有来过信，不知是战死了还是去了台湾。易世禄的母亲呢，在他离家之后的第三年去世了，易婶一死，房子落到他哥易老四手里。易老四是个赌棍，把房子赌了出去，不久也死了，易老四的妻子贾秋菊带着儿子回了乡下。

1992年7月的一天，我正在家里看报，街坊报信说，冯老师，一位姓易的台胞带着妻子回安场来了，说他是你的盟兄，要见见你。姓易的台胞——我的盟兄，莫非是易世禄？我叫上儿子玉林，跟着街坊到安场饭店，一见面，果真是易世禄。我喊，六哥！他喊，忠弟！两人紧紧拥抱，禁不住老泪纵横。易

大地歌吟

世禄递过名片，片上署名易奎，他解释道，这是1949年去台湾后改的名字。他将妻子徐芬，我将儿子玉林，彼此作了介绍。忠弟，他问，我们分别已经49年了吧？我说，是的，这么多年了，你也不写封信回来？哎呀，那些年谁敢写呀！再说也不知老家的人事变化，写了寄给谁呀！刚才我向街坊打听过，我母亲和我四哥早就去世了，房子也早易了姓，我就想到了你们几个盟弟，街坊告诉我，几个盟弟都健在，你家搬到了塘边的新居。是的，你和嫂子就不要住饭店了，搬到我家去住，我们弟兄间也好摆龙门阵！

我妻子黄丽卿是个很贤惠的家庭主妇，见客人进屋，装烟倒茶削水果，忙个不停。我说了六哥夫妇搬来我家住的意思，她立刻去收拾房间，铺的盖的和枕头都换上了新的，徐芬嫂子看了，非常满意。那时台湾和大陆尚未直航，他们夫妇是从台北坐飞机到香港，再从香港坐飞机到贵阳，然后改乘汽车从贵阳经遵义来到安场的。我说，六哥，旅途劳顿，去睡睡午觉吧！他说，好的，68岁的人了，精力大不如年轻时候啰！睡过午觉，丽卿已把饭煮好了，腊肉、香肠、盐蛋、菜豆花，这些家乡菜，都是六哥喜欢吃的。徐芬嫂子是台湾高山族人，也说好吃。六哥当年喝酒可称海量，现在上了年纪，我们两人只喝了一瓶啤酒。饭后，我向易世禄介绍了他嫂子贾秋菊和侄儿代银的情况：易老四死后，贾秋菊带着代银回到了水窦湖，土改时母子俩分得了一间窄小的房子，就在下烟房朝门口。1953年贾秋菊改嫁四川人马元成，生了个哑巴儿子，取名接生，生活紧张时马元成死了，贾秋菊和接生相依为命，代银编簸箕卖另过。代银性情古怪，46 岁了，一直未娶媳妇。

听了我的介绍，易世禄想去看贾秋菊一家三口。当时我想，易世禄毕竟是台胞，担心他去见了贾秋菊家里的贫困样子心里难过，影响不好。就说，今天你就不去了——这样吧，叫玉林去把你嫂子一家三口请来先见见面，让他们把家里收拾收拾，改天再去看。易世禄说，这样也好。下烟房距我家不远，不一会儿，玉林就带着贾秋菊和接生来到了我家。70 多岁的贾秋菊患腰椎间盘突出，走路直不起腰，易世禄和嫂子见了面，两人都掉了泪。接生是个哑巴，说不出话，见母亲和叔叔落泪，他也跟着哭。易世禄问，代银为啥没来？玉林先是支吾，易世禄一再追问，玉林只好实言相告，代银说的——我有门槛，他有脚杆！易世禄听了这话气得不得了，说，这娃儿咋这样没礼貌？我是他叔呀！我劝道，这娃儿就是这样，别和他一般见识。易世禄叫徐芬从背包里取出几套衣服送给贾秋菊母子，虽然下过水，但也是八成新。

易世禄探亲的日程安排得很紧。第二天，我就陪他们夫妇去老鹰崖祭祖。老鹰崖距安场 10 多里，村民大多姓易，前几年虽然大搞坡改梯，但易世禄的祖坟和父亲的坟均保存完好。走进老鹰崖村，易世禄受到族人的热情接待，他拿出台烟招待乡亲们。见到村里到处是新开的梯田、新修的房子，族人日子过得好，易世禄高兴异常，直说家乡变化太大了。讲到这里，冯老师问，你见过连战回大陆祭祖的视频吗？我说，见过。冯老

大地歌吟

师接着讲述：易世禄祭祖的过程就跟那个差不多，族人帮忙在坟前摆上猪头、豆腐、果品、酒杯，点上香烛纸钱，酒过三巡，易世禄夫妇叩头三记，鞭炮炸响，即告完成。回到安场，已是晌午时分，吃罢午饭，就去易世禄母亲坟上祭奠。他母亲埋在乱石坎余家后坡，易世禄跪在母亲坟前，泪如泉涌，他哭着说，母亲，孩儿不孝，你走时老六不在身边，你走了45年老六才来看你，原谅老六吧！同去的人见他哭得伤心，心里也酸酸的。

　　陈兆福是易世禄的儿时伙伴，离我家也近，被易世禄请来协办有关事情。易世禄提出要给母亲修生基和立碑，陈兆福说他与修墓的石匠熟，易世禄便拿出3500元，委托他办理此事，并点名要霍长义老师写碑文。易世禄说，我此次回乡，一是祭祖，这件事已经办了。二是看望亲朋故旧，对于当年的老师、同学、朋友、至亲，都要分别有所表示。于是，三个人便坐下来回忆、拟名单。教过易世禄的老师，当时健在的有刘陞修、刘陞懿、曹受祺、霍长修，每人送50元。五位拜把兄弟，既是同学，又是好友，加上同学贾祥序、霍春碧、瞿宛元，朋友陈兆福，至亲贾秋菊、易世凤、黎兴贵，每人送一枚金戒指、一块手表、一副眼镜。本家易强、易启厚、易志忠，每人送一块手表。几位老师年事已高，易世禄亲自把钱送到他们家里，其余近点的易世禄亲自送，远的便委托我和兆福送。下午，易世禄托瞿宛元操办在易家餐馆宴客。席间，易世禄热情致辞，表达了希望祖国早日统一的心愿。

　　黎兴贵是易世禄的亲戚，在安场银行工作。第四天中午，易世禄把黎兴贵请来我家，商量给贾秋菊一家建房的事。易世禄说，今天早晨，我去了下烟房四嫂家，四嫂家房子太窄逼了，有个人进屋，身都车不转。我对四嫂说，当兄弟的拿出一万块钱，给你们修一间像样的房子。但修房子的钱不能交给你们，我委托冯明忠来办这件事。房子修好了，你们只管搬进去住就是。四嫂说，我听兄弟的。但代银在一旁丧脸马嘴的，我也没理他。你们想，四嫂一家三口，一个腰椎间盘突出、一个顽固不化、一个哑巴，哪个能把房子修起来呢？所以，这事有劳两位贤弟了！我说，六哥委托的事，我们一定尽心去办，可以六哥的名义办个存折，将钱存入银行，要用的时候，我以代理人的身份去取，购物的发票一律经过兴贵审核。兴贵说，可以，我和冯老师一定办好六哥委托的事。

易世禄夫妇是第五天一早乘班车离开安场的。没想到就在他们离去的当天，瞿宛元就来到我家，问，六哥呢？我说，走了。瞿宛元说，六哥交给我两百美金，托我在易家餐馆办酒席，哪知算账下来，还差700元，你看咋办？我说，你把发票带上，我们去找黎兴贵商量。黎兴贵仔细检查了发票，说，是真的。又去易家餐馆核对了账目，两百美金折合成人民币，的确还差700元酒席费。这样吧，黎兴贵说，易世禄所存的一万元，是用来给贾秋菊一家修房子的，这件事还没有眉目，易家餐馆的账又不能拖欠，可由冯明忠、瞿宛元、易老板和我共同出具证明，签字盖章，从存折上取出700元挡账，往后再告诉六哥。我说，只好这样了。瞿宛元刚拿走了钱，代银就找上门来了。这浑球

大地歌吟

一脸横肉，问，姓冯的，六叔给我家的一万块钱，是不是在你手里？我说，那是用来给你家修房子的。代银说，请你把它给我，我自己去请人起房子。不行！我说，你六叔交代过，钱不能落入你手里。你六叔委托我和黎兴贵办理这件事，房子修好了，你们一家人只管搬进去住就是。代银说，那一万块钱姓易不姓冯，你要是不给你也改姓易！这话太侮辱人了，儿子玉林要揍他，被我拦住了。

这以后，说我侵吞贾秋菊家一万元之类的风言风语在老街传开了。桥上坡有几家姓易的，他们从狭隘的家族观念出发，说易老六回乡探亲，应该由姓易的接待，说冯明忠之所以把易老六接到家里，是图易老六的钱财，说易老六托冯明忠送亲友的金戒指，好多都被冯明忠私吞了。听了诸如此类的话，我总是一笑置之，不屑与之争辩。代银出面要钱，贾秋菊是不同意的，但贾秋菊管不住这个蛮横无理的儿子。我也知道，代银背后有人，这人就是桥上坡的易清某。易清某陪同代银到安场派出所去控告我，当派出所周所长找我了解情况时，我一五一十地解释了有关问题，并让周所长看了存折。周所长说，冯老师，你为台胞帮忙办事，却遭受到那么多人身攻击，委屈你了！我说，白的就是白的，没有啥！易清某他们见在安场打不叫，就写了状子，到县法院去控告我，结果是可想而知的。我对代银说，你所做的一切，使我的名誉遭受了损害，必须对我赔礼道歉，不然，我就让钱在银行存着，不给你家起房子。代银一直不道歉，事情就拖下来了。

1993 年 7 月，易世禄第二次从台湾回到安场。最初两天，他住在陈兆福家，直到第三天才来我家住，进屋第一句话，易世禄说，忠弟，六哥对不住你！原来，易清某他们写信给台湾的易世禄，说我把他托我送亲友的金戒指私吞了。易世禄说，我知道你不是那样的人，但为了慎重起见，还是先向兆福了解一下情况，兆福拿出送礼名单，那上面有收礼者的亲笔签名和手印，事实明明摆着，我的那些族人真不该无事生非！兆福也把代银三番五次逼你拿钱的事给我讲了，没想到给你添了那么多麻烦！我说，六哥，对不起，没有遵照你的嘱托，把房子给四嫂一家修好！易世禄说，像代银这种目无尊长的人，不给他修也罢！我取出存折和那张补交酒席费欠款证明交给易世禄，易世禄看后说，一万元，一分不差。易世禄拿着存折去银行取出 5000 元，背着代银给了贾秋菊。易世禄母亲的生基已经修好，需选择吉日立碑。立碑的前一天，我不慎摔伤了腿，未能参加，但现场摄了像录了音，我看过视频，安场区副区长冯道合作为对台办负责人参加了当天的祭祀仪式并致辞，易世禄说，将把祭祀活动的视频带回台湾，制成碟子，作为永久的纪念。

冯明忠老师的讲述结束了，但对于台湾抗战老兵易奎来说，我总觉得缺少了什么。究竟缺少了什么呢？抗日战争后期，易奎不是参加了孙立人将军率领的远征军赴缅对日作战么？在异国他乡的原始丛林里，在与日寇的殊死搏斗中，安场人易奎一定有着不少生动的故事，但冯老师的讲述里竟然没有提及。我问，易奎两次从台湾来安场，多数时间住在你家，就没有讲过

大地歌吟

他在缅甸的作战经历吗？冯老师说，没有。我想，要是易奎还在，再次回到故乡来，他一定会讲的。可惜易奎已于1995年去世了，这不能说不是个遗憾。在易奎生前，冯明忠老师为表达他与易奎的友谊，曾题联相赠：

不论山重水复，两心思竹马；
何分天涯海角，千里共婵娟。

2015. 10. 5

复员军人易启均

易启均同志（1934——1979 年），安场镇贾家湾人，祖籍重庆市江津县；1951 年参加中国人民志愿军入朝作战，同年入党，任班长，多次立功受奖；1954 年回乡务农，1979 年任光明公社煤厂厂长。

翻开《正安县志》905 页，易启均的名字赫然在目。1979年夏天，易启均因公殉身，离开我们已 35 年了。35 年来我经常想起这个硬汉子，总想为他写点什么，但一直未动笔。易启均的三弟启恩和我是同窗好友，每次回安场，我都要到启恩家坐坐，和启恩一起回忆童少趣事，自然总要谈及他的二哥。如今启恩也匆匆走了，有关易启均的文章不能再拖了。

易启均的老家在重庆市江津市农村。二十世纪 30 年代初，江津一带天干，易启均的父母带着启均和大哥海全外出逃荒，流落到黔北安场。易大叔会补锅，就在安场下场口搭了个窝棚把家安顿下来，点燃炉子，拉起风箱，熔化铁水，开始给人补锅。"一剽二补三打铁"，那个年代补锅这门行当来钱（小钱）还是挺快的。易大叔手艺不错，很快出了名，人们都叫他易补锅。从乡下来补锅的人中有个叫贾世良的,见易大叔一家四口挤在窝棚里甚是可怜,说自己在丁家坡有向房子空着,问易大叔愿不愿意去住;如果愿意就搬去住,屋团屋转的土地还可以挖出来种菜,概不收租。易大叔听了不相信自己的耳朵,后来见贾世良说得真诚也就信了。

丁家坡在安场西边,地势比安场高。站在下场口,隐隐约约望得见贾世良家在丁家坡的房子,但若是上坡至少得走半个钟头。既然贾世良好心叫他们搬去住,易大叔一家四口也就搬去了。两间木心房子,旁边的椿树下面还有一眼龙洞,吃水也方便。易大叔一早挑着风箱炉子去安场下场口补锅,易大婶就在家里做饭,饭做好了就叫6岁的海全给父亲送去。妈妈挖土种菜,3岁的启均就在旁边捉叫鸡玩。那时的丁家坡到处是树林子,一到晚上,豺狗就在树林里发出凄厉的叫声。南方的豺狗和北方的狼一样凶狠,而且吃人。听到豺狗的呜呜叫声,易大叔既给妻儿长胆,叫他们不要害怕,又严格禁止他们晚上出门。但是,让他担心的事情还是发生了。

那是个有霜的早晨,易大叔起得很早。他发现甕在灶里的火种熄了,就扯了把谷草去坡下的王家讨火种。易大叔起床的时候,启均也跟着起了床。启均起床后坐在门槛上数天边的残星。突然,一只豺狗从树林里蹿了过来,咬住启均的脖子拖起就跑。这时易大叔并未走多远,听到背后儿子"哇"的一声,知道出事了。易大叔返身进屋抓起扁担,飞身朝豺狗追去。那豺狗见有人追也慌了,它拖着启均不是往坡上蹿而是朝坡下跑。

豺狗纵身跳下坎，不管有多高，易大叔也跟着纵身往下跳。易大叔追上了豺狗，抡起扁担使劲朝豺狗的尾椎砍去，豺狗这才放下启均逃跑了。易大叔把启均抱回家，扯来草药捣碎了给他敷在脖子上，伤口几天就好了。后来，启均又有了个弟弟，也就是启恩；启恩上小学时和我成了好友。

1951 年，17 岁的易启均成了个大小伙子。值抗美援朝，乡里动员年轻人报名参加志愿军。易启均怕父母不让他去，悄悄报了名。易大叔夫妇知道了，要他答应结了婚才走。启均的未婚妻叫罗素芬，只有 15 岁。易启均对父母说，我这是上战场打仗，如果牺牲了，岂不误了素芬；再说，我们都不够结婚年龄，乡里也不会打结婚证。等赶走了美帝野心狼，我一定回来和素芬结婚。易大叔夫妇听他说得有理，也就依了他。易启均离开安场那天，胸前戴着大红花，显得又英武又高大。在朝鲜前线三年多的日子里，易启均利用战斗间隙给家里写信。作为启恩的好友，我看过那些从朝鲜寄来的信和军功章；信的内容虽然简短，字也写得歪歪斜斜的，但充满了豪情，很鼓舞人。我至今还记得"冰天雪地"、"吃炒面"、"守坑道"、"勇敢冲锋"、"奋勇杀敌"等词语。土地改革时，易大叔一家在贾家湾（庙林坪）分得了土地和房子，离开了丁家坡。1954 年，光荣归来的易启均和罗素芬结了婚。

以后的日子，我见易启均和贾家湾的社员们一起到安场街上来挑过粪，我见易启均子承父业到下场口来给人补过锅，我见易启均到煤炭沟拖过煤……每逢见面，我们都会打打招呼；

他的脸上总是挂着笑，给人一种经历过炮火洗礼的硬汉的感觉。

我真正地和易启均打交道是在土地刚下放到户的那两年。当时，易启均在光明公社煤厂当厂长，每隔一两个星期，我则要挑着箩筐去他管理的厂子买煤。煤炭沟本来有好几家煤厂，但那些都是外年煤，就是说煤的质量不好，烧起来"躬"人。易启均所在的那个厂煤的质量好，生意特别翘。安场街上有好多家贩煤卖，他们经常请拉煤的工人喝酒吃肉，让那些工人专门给他们拉煤，这就形成了垄断。一般人到煤厂等上大半天，也许就白等了。作为厂长，易启均每天只进洞拉一船煤，这船煤他可以自由支配，但他的这船煤往往用来分给了小孩和老人。看看还有不少人守着箩筐背篓在那里等，易启均又推着空船进了煤洞，他拉出的煤自然分给了那些等了许久的人。我去挑煤的时候，他会问，来了？我说，来了。他接着说，你等等，还有好多人都没买到煤哩！他把我这教书的列为困难户，而最后总没让我白等。

不久，易启均对光明公社煤厂进行了整顿，开会批评了那些"嘴馋"的工人，减少了他们自由支配的船数，规定按轮子供应前来买煤的人。为了这，有的工人和他争吵，甚至赌气不干了。易启均说，谁不干了早点说一声，我好另外请人。他还有句口头禅：革命不怕死，怕死不革命！很可能是从部队上带来的。工人见易厂长硬，只得按照他规定的办，没有哪个走。煤厂的声誉变好了，产量也增加了，谁知与此同时危险也在一步步地逼近。光明公社煤厂是个开采多年的老厂，正在挖掘的煤层周围横七竖八都是过去挖过煤的巷道，山水在这些巷道里囤积起来，形成了水仓。据说有个工人发现洞壁在渗水，怀疑就近有水仓，但没有引起厂里足够的重视，事故也就随之发生了。

那天中午，太阳明晃晃的，易启均带领工人们进了煤洞。约么过了半个钟头，在洞口旁边的过磅员贾祥坤听到洞里传来了轰隆隆的雷声，惊疑未定，只见乌黑的煤水从洞口涌了出来，黑龙般咆哮着滚下了山坡。人们奔走相告，水仓穿了！煤厂出事了！随着煤水冲出了两具尸体，贾祥坤认出是丁承华、李太均，但一直不见厂长易启均和另外3个工人。乌黑的煤水奔腾了一天一夜，到第二天中午消去了一半。太阳偏西的时候，洞里流淌的煤水只有膝盖那么深了，有3个工人手牵手地从洞里走了出来，人们问，你们是咋躲过暗洪的？年纪大的一个说，我看见水仓破了，忙招呼他们朝里面跑；若果朝洞口跑，肯定没命了——你跑得过洪水吗？有人问，易厂长呢，咋不见他出来？另一个工人说，我们出来的时候，在半路碰上了易厂长，他头朝下脚朝上栽在那里，肯定死了！公社书记听说之后，派人进煤洞去把易启均的遗体抬了出来。

光明公社为易启均、丁承华、李太均开了追悼会。

2014. 1. 2

大地歌吟

怀念刘德荣老师

刘德荣老师，绥阳人，浙江大学地理系毕业；新中国成立初调来正安一中，任教导主任。1954 年我考进一中，刘德荣老师上我们的地理课。他为了把地理课上得生动一些，爱做比喻。一次讲火山爆发，他说，火山好比刚出锅的糖沙板栗，内部是热的，放进嘴里，牙齿一咬，砰! 栗黄喷射而出，犹如岩浆喷发一般；逗得同学们哈哈大笑。比喻未必恰当，但至今话犹在耳。作为中学教导主任，他的治学风格深受浙大校风影响，即"正其谊，不谋其利，明其道，不计其功"，"以尽一己之责"。从大处讲，他强调学生要胸怀理想，不怕困难，刻苦学习，将来报效祖国。从小处讲，他要求学生养成良好的生活习惯，讲究卫生，不随地吐痰（学校走廊和教室都安放了装有石灰的痰盒）；扫地一定先洒水，戴上口罩（口罩是学校发的）。

刘德荣老师对学生和蔼可亲，尤其对我们几个来自农村年龄又小的同学特别关心，经常问长问短的。我喜欢看《三国演义》《红楼梦》之类的长篇小说，他见了总要把书拿过去翻翻，语重心长地说："看课外书籍是好的，但不能沉溺其中。要合理安排时间，如果作业都没完成，还在那里看课外书籍，那就是本末倒置了。"

寒冬来了（那时的冬天可比现在冷），我们几个穿得单薄的同学坐在教室里常常冷得瑟瑟发抖。一天中午，刘德荣老师把我和郑绍国、郑德生、越明常、张忠庸等五个同学叫到办公室里，说："你们可能也看见了，三年级的吴胜伟、李治全、邬天佑、郑德厚都穿着同样的棉衣，这是学校统一发的。但今年学校没有这笔开支，不发棉衣了。你们几个又没有棉衣穿，怎么办？学校储藏室里还有几件棉衣，是往年发剩的，但被老鼠咬了些洞洞，看去开花朵朵的，希望你们不要嫌弃，一人去领一件来，拿回家让母亲补一补；只要穿在身上暖和，总比冷得筛糠强。"就这样，我们五个同学穿着打了补丁的棉衣，度过了三个寒冬。

五十年代生活水平低，每月生活费只需5元钱。家庭贫困的学生，一般都享受人助金。初二上时，我的人助金被学校停发了（停发的原因我在《友谊之树常青》一文中曾叙述过），面临失学的危险。我向班主任提出了休学的要求，班主任没吭气。刘德荣老师找到我，说："我知道你的人助金没有了，要休学。依我看，困难是暂时的，你年纪小，无论如何不能休学。"我说："家里实在供给不起，不休学又咋办？"刘德荣老师问："你会做饭吗？"我说："会。""这就好，"他说，"这学期我们一家在学校食堂搭伙，厨房是空起的，你可以买点米来自己做饭，这比在学校食堂吃饭节约得多。厨房里头你师母做的泡咸

大地歌吟

菜、霉豆腐，你可以拈来下饭。你看，咋样？"我说："买米也得要钱啊，我回家问问父母吧。"我回安场对父母说了情况，父亲说："我每月给你 3 块钱，再多家里也拿不出了。"就这样，我利用刘德荣老师家厨房自己煮饭吃，坚持学习渡过了难关。二下时学校便恢复了我的人助金。

当时正安只有一中一间中学，这种状况显然不能适应教育事业的发展。1956 年 4 月，县里决定在安场的梓潼寺办分校（即二中）。刘德荣老师以教导主任的身份，受命主持该校的兴办工作。县委要求是年 9 月 1 日分校必须准时开学。刘主任重任在肩，夜以继日地工作，从校舍的修建，到教学规划的制定；从教师的延聘，到学生的招收，他独当一面，积极运筹实施，不谓不辛苦。暑假到了，我回到安场，约了几个同学去梓潼寺看望刘德荣老师。那天太阳很大，只见刘德荣老师站在一片废墟上，正汗流满面地指挥工人清理垃圾。他见我们来了，热情地过来和大家握手，鼓励我们加倍努力学习，将来成为有用之才。9 月 1 日，分校（二中）如期开学，古老的梓潼寺传出了琅琅的读书声。应当说，刘德荣老师是正安二中当之无愧的首任校长。

1957 年 8 月，我考上遵义师范离开了正安。当时全国正在开展"反右"斗争。不久，从正安传来消息，刘德荣老师被打成了"右派分子"。听到这一噩讯，我一下懵住了，想起冬天他叫我们去储藏室领棉衣、想起春天他叫我去他家厨房做饭，想起夏天他站在梓潼寺废墟上对我们的勉励，禁不住潸然泪下。

一位对教育工作那么尽责，对学生那么关心的好老师，咋就成了右派分子呢？右派分子就是"阶级敌人"，我咋也难把刘德荣三个字和阶级敌人联系在一起。遵师毕业，我被分到偏远的务川任教，有关刘德荣老师的信息再也不知道了。1962年寒假我回正安探亲，在县城东门碰上刘德荣老师的儿子刘笃生（笃生当时在东门吴德清的表店当学徒），问起他父亲的情况，笃生黯然地说，他父亲成了右派之后，被整肃到了远离县城的新洲中学，经不起折腾，已经去世两年了。听到这个噩耗，泪水再次漫出了我的眼眶。

1970年春，我在流渡小学教戴帽初中班，碰上在和平小学任教的学弟杨福龙来流渡开会；因杨福龙是新洲人，而且在新洲中学读过书，便问他知不知道刘德荣老师是怎么死的。杨福龙说："知道——1960年的深秋，生活异常紧张，新洲中学组织学生上顶箐去搞小秋收，也就是采青杠子、红籽、岩畔花脑壳之类的代食品。刘德荣老师因为是右派分子，属专政对象，尽管年老体弱，也被叫去和学生一起上了顶箐。顶箐山高坡陡，加之秋雨绵绵，山路泥滑难行，刘德荣老师一连跌了几跤子，采了大半天，背篼里只有几颗青杠子。回到学校，天已经黑了，刘德荣老师又冷又饿，担心没有完成小秋收任务挨批斗，绝望了；他找了根绳子，就在新洲中学的厕所上了吊……"杨福龙见我默默无语，说："其实，新洲中学的学生是很同情刘德荣老师的！"

新洲是先贤尹珍故里，新洲中学距尹珍讲学的务本堂非常

大地歌吟

近；一位德高望重的老教师却在那里走上了绝路，这件事实在令人深思。

2015 年 6 月 20 日，为给《尹珍组歌》谱曲，我和作曲家李启明从贵阳去新州采风，收集尹珍故里的民歌调子，任务完成后，顺便去拜访了老友杨福龙。不经意间，又谈到了刘德荣老师。杨福龙说："党的十一届三中全会之后，刘德荣老师的错案得到了纠正，他的女儿佑康被县里安排到新州小学任教。后来，佑康调回绥阳工作，为了便于祭奠，和她的哥哥笃生、秋生一起，将刘德荣老师的遗骸运回绥阳老家安葬。"刘德荣老师魂归故乡，常有子孙敬奉香火，当可告慰于九泉之下了。

2014. 8. 24

（末段为 2015. 6. 25 补充）

忆蒲明洲同学

已是深夜两点，倏然想起音乐家蒲明洲来。索性起床打开电脑，上网查找有关蒲明洲的信息。非常遗憾，只有孤零零的一句：安顺音协的蒲明洲参与了《贵州民间音乐集刊黔剧音乐（文琴戏音乐）》的编辑工作。

蒲明洲又名蒲文，正安县城东门人，1954年和我同期考进正安中学，并同班，他为人正直、说话幽默、富于同情心，尤其酷爱音乐，会拉二胡、会吹笛子，会弹三弦，是音乐名师叶森的高足。蒲明州的父亲是个制作首饰的师傅；路过他家门口，我常常被柜台里叮叮当当的敲打声所吸引，有时会想，蒲之爱好音乐，是否与此敲打声有关呢？应当说，那时我们班喜欢音乐的不止蒲明洲一人，但修成正果，成了音乐家的只有他一个。

时光之波流逝了六十年，有关蒲明洲的一些事却历久弥新。初一上学期，学校举行期中晚会，我们班参演的节目是谐剧《肉风琴》。演出开始了：两个高个子同学抬着"肉风琴"上了场（肉风琴是用竹竿扎的，上面蒙着床单；七个同学潜伏其中，分别扮演1234567七个琴键），身穿燕尾服的外国音乐家紧随其后（由眼窝深陷鼻梁高高的雷普冀同学扮演）；外国音乐家讲话了，说："我叫雷拉斯科娃，来自奥地利的首都维也纳，是全世界家喻户晓的音乐家；听说贵校的叶森老师才华横溢，今天我特地带来了一架肉风琴，给大家演奏两支名曲，意在传播友谊，也趁此和叶老师切磋切磋！"外国音乐家先试音，然后演奏了两首歌曲（藏在床单下的同学谁的头被按着，谁就发出所扮演琴键的声音）——这个谐剧的编导就是蒲明洲。谐剧令人捧腹，于笑声中寄托了蒲明洲立志当音乐家的梦想。

初中毕业前夕，蒲明洲和初一的女同学陈代英联袂主演了歌剧《百鸟衣》，两人扮演了一对年轻的猎人夫妇，表演落落大方。其实蒲明洲上小学时就曾登台演出。同事霍祖培老师曾对我讲，解放初他在正安中学任教，参与演出了歌剧《血泪仇》。霍扮演贫苦农民王厚仁，蒲明洲扮演王厚仁的孙子小栓，女同学简明芬扮演小栓的妹妹。霍说，他一手拉着蒲明洲，一手拉着简明芬……《血泪仇》剧组来安场的演出我看过，只是当时不知道扮演小栓的男孩就是蒲明洲。明洲的课余活动似乎都与音乐有关，他是一个朝着理想一步步勇敢前进的人。

刚进初中时，蒲明洲坐我的后面，和我一个学习小组。他经常和我讨论数学方面的难题，对我也特别关心。冬天来了，他见我穿得单衣薄裳的，就说："我想送一件衣服给你，虽然穿过，可还是艳艳的，你不会拒绝吧？"我的脸唰地红了，有点难为情。他忙说："我知道你自尊心强，怕其他同学取笑；你把它穿在里面，别人就看不出来了。"我见明州是真心的，便接受了他的馈赠。此事今天的年轻人可能不理解，但当年对我这个穷学生来说却是雪中送炭。蒲明洲家住县城，但跟农村来的同学一样，劳动踏踏实实的。班上搞勤工俭学，到十五里外的桥溪河运煤，多数同学用背篼背，他和汪文森等几个同学用箩篼挑。

快要毕业考试了，蒲明洲的座位却空了；最初我以为他生病住院了，很为他着急，后来才知道他去省城参加艺术类的高考了。蒲明洲是幸运的，当年即考上了贵大艺术系，毕业后分到东北的森林之城伊春工作。听说他常深入伊春林区体验生活，写了数首反映伐木工人生活的曲子。

我与蒲明洲睽别二十四载之后，重逢于1978年的夏天。搞文化专制主义的"四人帮"倒台了，文艺的春天到来了，省里召开了文艺创作会议，我是正安去的代表；蒲明洲是安顺市的代表（他在安顺市文联音协工作）。开会一起听报告，讨论时他在音协创作组，我在作协诗歌组。休息时出来散步，两个老同学碰上了，兴奋异常，激动之情溢于言表。眉目依然清秀的明州说东北的冬天滴水成冰，风雪迷漫，他这个南方人咋也生活不习惯，便申请调回了贵州。他希望我能写点歌词，由他来谱曲，可惜我未能践约，回想起来实在遗憾。

我们班在正安县城工作的同学组织了同学会，除定期聚会之外，凡在外地工作的同学回县，大家也要相聚一番。正安二中位于安场镇郊，与县城相隔三十里，那些年因交通不便，我一次亦未参加。听在凤仪一校担任工会主席的陈锡刚讲，蒲明洲从安顺回正安探亲，他曾组织同学为之接风洗尘；蒲明洲遇车祸住院，他亦代表同学们前去安顺看望。花开花落又过去了十多个春秋，在县城老车站六角楼经营茶馆的韩世栋告诉我：蒲明洲去世了！听到这个不幸的消息，心里不觉一沉，虽说生老病死乃自然规律，任何人也抗拒不了；但对于音乐家蒲明洲的亡故，我还是伤感了一阵子，其心境恰如鲁迅先生所云"故人云散尽，我亦等轻尘"矣！

蒲明洲虽然走了，但他创作的《伊春畅想曲》《关山度若飞》（歌颂革命先烈王若飞的）《苗岭春晓》等歌曲却留了下来。活着的我辈哼哼这些曲子，对于音乐家的他来说，我想，就是最好的怀念了。

2014. 10. 6

我所知道的何德厚

何德厚，安场瑞濠人。1954 年 7 月，我们同期考进正安一中初中部。他分在（1）班，我分在（2）班，虽然不在一个班，但彼此的情况还是了解的。他大我三岁，喜欢打篮球，是学校的篮球队员。初三上时，我们同在一桌用餐，谈起将来的理想，德厚说，他的理想是初中毕业之后考高中，然后考大学。我说你身体健壮，学习也好，而且父亲在铁路上工作，有经济来源，理想一定能实现。

那时正安未办高中，读高中只能考遵义四中。1957 年 7 月初中毕业的我们碰上了反右斗争，只有两间学校可供选择，即绥阳高中和遵义师范。我因家庭经济困难，报考了遵义师范；德厚报考了绥阳高中，而且如愿以偿地考上了。中考之后，我与德厚再没见过面。1960 年，我早已从遵师毕业，走上了教育工作岗位；德厚想来也应该从绥高毕业，考上理想的大学了吧？我姐夫黄金合是南下干部，在遵义田沟煤矿任后勤股长。寒假，我去田沟煤矿看望姐夫一家，在矿上住了些日子，没想到在那里碰上了德厚。

大地歌吟

田沟煤矿是个劳改厂矿，四面高处设有岗亭，日夜有荷枪实弹的矿警守望。在那里劳改的犯人虽然都判过刑，但未经许可，外人是不能随便接触他们的。

一天中午，我站在一号井的操场边观看劳改犯集合：几百个身穿囚服的劳改犯站好队列，报过数，挪动脚步，朝矿井那边鱼贯而去。突然，一个犯人离开队列，匆匆朝我走来。我怔住了：这不是何德厚吗？咋也成了劳改犯呢？德厚走到我面前，说："老同学，下班后请你在这里等我，我有话跟你说。"不远处就有持枪的矿警，我不便说啥，只微微点了点头。德厚说罢，转身离去。

黄昏，我如约来到一号井操场边，倾听德厚讲述了他被逮捕判刑的经过：

1960年5月下旬，高考临近，绥阳中学高三班的学生进入了紧张的冲刺阶段。一天晚上，发生了一桩震动绥中校园的事件：有人在学校厕所的间壁上用粉笔写了数条"反标"。学校不敢擅自处理，报告了县公安局。公安局派人取走了写有反标的板壁，当即开展侦查。经过排查分析，办案人员认为高三班学生作案嫌疑最大，因为全校只有高三班学生住校。高三班学生的作业本、笔记本被收去鉴定笔迹。鉴定结果，范围缩小到三个学生身上，何德厚是其中之一。有人出来揭发了，说何德厚当晚起过夜，登的就是有反标的那个位置。当时正值生活困难时期，何德厚食量大，常说饭不够吃，有人因此分析，德厚作案的可能性最大。学校开展了对德厚的批斗会。高三班的团员轮流上台揭发，有个同学为了表示积极，当场打了德厚一耳光。但无论如何批斗，德厚就是不承认反标是自己写的。

还是办案人员高明，他们抓住德厚想考大学的心理，对德厚进行诱供。办案人员对德厚说："你是学生，只要承认了错误，学校就不会进行处分，也不会影响你参加高考；但如果执迷不悟，拒不承认错误，学校就要加重处分，参加高考也就没有希望了。"德厚一心想读大学，不愿失去高考的机会，违心地承认了反标是他写的，在口供上按了手印。案子移交到了绥阳县法院，法院在绥中召开了宣判大会。法官当众宣布了对德厚的判决：因书写反标罪判刑七年。德厚当场高喊冤枉，大声说反标不是他写的。但迟了，法警给德厚戴上了手铐，他被押送到了田沟煤矿……

末了，德厚说："苍天在上，我的确没写反标；来田沟之后，一天也没停止上诉，绝不相信会冤沉海底。我的案子，可能会重新审查。老同学，拜托你一件事——回正安若遇到文宗南、曾应奎，请他们说句公道话。"文、曾二人是德厚在绥高的同学，一定知晓德厚的冤情，可能怕惹火烧身，选择了沉默。因为这两人的家庭成分都是地主，在大抓阶级斗争的年代，要想他们能站出来说什么也难。尽管如此，我回正安还是把德厚的话转告了文、曾二人。

1964年我回家过春节，哥哥告诉我：在田沟煤矿劳改的何德厚被提前释放了，而且安排在安场工商所工作。听到这个消息，我真为德厚庆幸。安场工商所在上场口，我当即去那里看

大地歌吟

望了德厚。对于我的拜访，德厚自然高兴，忙着给我泡茶。我注意到德厚寝室的墙上贴了一幅画，画的是一只展翅欲飞的苍鹰，作者为曾应奎；画上还题了四句诗，题诗的是曹文龙，而画上还有四字隶书：新婚志喜。德厚笑着说，他来安场不久便结了婚，我问新娘是谁，他说是初中的同学钟荣兰；荣兰回县城娘家去了。

我一面品茶，一面听德厚讲述他的冤案得以昭雪的经过：

在田沟煤矿劳改期间，德厚结识了一位姓张的狱友。老张告诉他：成都军事法院对于鉴别字迹之类的案件很有一套科学的方法；德厚的案子如果能转到那里，翻过来的希望非常大。根据有关规定，服刑期间不准向外投递上诉书。老张的刑期快满了，答应给德厚把状纸带出去交。德厚写好了上诉书；老张没有食言，出狱那天，果真把德厚的上诉书带了出去，投送到了成都军事法院。成都军事法院受理了德厚的案子，并从绥阳县公安局调去了写有反标的板壁。鉴定结果出来了：反标不是德厚写的。

何德厚被判刑七年，已经服刑四年，提前三年得以释放。出狱前夕，绥阳县法院的某院长亲自去田沟煤矿给德厚赔礼道歉，征求德厚的意见，问他有些什么要求。德厚提了两条：一、逮捕他那天，法院在绥中召开了有全体师生参加的宣判大会。现在，要求法院同样召开有当年绥中全体师生参加的大会，公开给他平反，恢复名誉。二、逮捕他的时候，只有一个月就要参加高考了，从他当年的学习成绩来看，考上大学是有把握的。

因此，要求给他联系一间大学，让他去大学读书。某院长说，德厚提的两条要求都合情合理，但却难以兑现。首先，当年参加宣判大会的绥中学生大部分毕业了，老师也大多调走，要集中起来根本不可能；至于读大学，要经过高考，法院没有让他去读大学的权利。不过有一点法院可以保证，就是出去后可以帮助他联系工作。想想只有这样了，回到正安，德厚被安排到了安场工商所。

德厚在安场工商所工作了半年，奉调到庙塘任工商所所长。1967 年春节，我赴庙塘参加好友蒋运源的婚礼，想顺便去工商所看望德厚。一位熟人对我说，德厚请假到铁路上看望他父亲去了，我们因此错过了交谈的机会。

1979 年秋，我奉调到正安二中任教，那几年正值土地承包到户，我一方面忙于教学工作，一方面还得下地劳动，难得有时间进一次城。听说德厚从庙塘调到了县城，任凤仪区税务所所长，很想抽空去看望他，皆因诸事缠身未能成行。不久，噩耗传来，德厚因患癌症去世了。呜呼！老天爷咋不假以时日，让赶上了改革开放好时代的德厚一展才华呢？

2014.8.18

大地歌吟

从正安步行去遵义读书

1957 年夏，我和哥哥刘礼富同时在正安一中（初中）毕业了。当时正安还未办高中，要读高中只能到绥阳中学。由于开展反右斗争，除了遵师招生之外，财校、卫校、农校概不招生，因此，我们那届初中毕业生只有两间学校可供选择，即绥阳高中和遵义师范。家庭经济条件好一点的填报了绥高，我和哥哥因家庭困难就只能填报遵师（师范生可享受人助金），我们兄弟的学习都很好，双双被遵师录取了。同时考取遵师的安场同学还有贾其忠、余明安、张宗庸，由于正安未通客车，我们便约定步行去遵义读书。

8 月 26 日下午，我们五个同学到了县城。在十字口，碰上了同样考取了遵师的陈锡刚、刘泽宽，还有考取了绥高的王守清，他们三个家在县城的同学也相约一起走，这样，我们的队伍就增加到了八个人。

次日拂晓，星星还在天边眨着眼睛，我们八个同学便出发了。正安距遵义 300 里，计划三天完成，第一天的目的地是土坪。我和哥哥一人背被条，一人捎装衣服的挎囊，他们六个同学呢，每人既要背被条又要捐挎囊，尤其是贾其忠，家里给他弹了床 8 斤重的新棉絮，背在背上臃肿得很。第一次出远门，大家显得很兴奋，过石笋沟、下关门岗，渡清溪河，一路指指点点，说说笑笑，可过了大坎坝，感觉肩上的行李越来越重，说话声笑声消失了。到了和麻溪，走进饭店，一人要了个"帽儿头"（米饭）、一碗菜豆猫，吃罢接着上路，陈锡刚在初二当过班长，有组织才能，问："谁有笑话？讲出来听听，让大家闪闪精神！"刘泽宽说："贾七（指贾其忠）讲——贾七肚子里笑话多！"

"好，"贾其忠说，"我给大家讲个'傻子讨奸'的故事。"

——"从前有个财主，养了个傻儿子。儿子虽傻，财主却早早给他定了亲。傻子老丈人家也是财主，两家相距 60 里。傻子长到 18 岁了，脑筋还是不开窍。一天，财主给了傻儿子 10 两银子，让他出去讨奸（聪明）。傻子把装了银子的褡裢口袋挎在肩上出了门。走啊走啊，傻子来到了树林边。树林里一群鸟儿叽叽喳喳叫个不停，很是热闹。忽然，一只大雁飞进了林子，鸟儿们全不叫了。一位正在林子里散步的秀才触景生情，感叹道：'雁入林，群鸟静声，同类矣，何相畏矣！'傻子走到秀才面前，央求秀才教会他刚才说过的话，给了秀才 2 两银子。傻子离开了树林，走啊走啊，来到一条河边。河里鱼很多，一位先生正在那里观鱼，有顷，先生摇摇头说：'河中有鱼，手里无网！'傻子听了，走到先生面前，央求先生教会他刚才所说的话，给了先生 2 两银子。傻子沿河岸走了一阵，发现河上横着

大
地
歌
吟

一截木头；来了两个挑夫，是兄弟俩，一人挑着两桶蜂蜜，准备过河。弟弟望了望木头，说：'独木桥难过哟！'傻子听见了，要弟弟把这句话卖给他，给了弟弟 2 两银子。傻子跟在兄弟俩身后，踩着木头过了河。弟弟得了银子，高兴异常，蜜桶在石头上撞了一下，蜜味漏了出来。哥哥闻到了蜜味，说：'老二，快把你的香气揍倒！'傻子听见了，给了哥哥 2 两银子，买下了这句话。

"傻子走啊走啊，不觉来到了老丈人家所在的村子。村上的人听说财主家傻女婿来了，都聚集在村口等着看笑话，他们七嘴八舌，叽叽喳喳说个不休。傻子在村口出现了，人们一下闭了嘴——全都等着傻子出洋相哩。傻子大声说话了：'雁入林，群鸟静声，同类矣，何相畏矣！''哎呀，人家哪里傻？还会吟诗哩！'人们觉得自讨没趣，各自散了。傻子被迎进了老丈人家客厅。他在桌边落了座，等着女佣煮汤圆来吃。女佣想考查这个女婿是否真傻，端来一碗汤圆递到傻子手上，但不给他筷子，傻子说：'河中有鱼，手里无网！'女佣听了，觉得他在打比方，忙去厨房取筷子，女佣拿来一只筷子递到傻子手里，傻子说：'独木桥难过哟！'女佣听了，又忙着去取来一只筷子。女佣把这只筷子递到傻子手里时，很响地放了一个屁，傻子说：'老二，快把你的香气揍倒！'女佣听了，红着一张脸躲进了厨房。"

——"哈哈哈哈……"同学们笑出了眼泪，贾其忠却一点不笑。不觉过了马鞍、米粮渡、十二茅坡。十二茅坡是一段挂在悬崖边的险径，下临奔腾湍急的芙蓉江，若是一人经过，冷秋秋的，一定会毛骨悚然。到了牛都坝，该吃午饭了，有饭店，一人又要了个"帽儿头"、一碗酸菜汤，吃了匆匆赶路。太阳偏西了，还有30里路程哩。过了石板驿，但见前面垭口垂下一条长长的石板路，仿佛天梯似的。爬了一半，天黑了。凭借淡淡的月光，终于翻上了垭口。垭口有座围腰坟，埋着个凄美的故事（听土坪的同学讲过），坐在坟边歇了口气，开始下坡，走到土坪，已经是晚上8点半。

为了节约住宿费，同学们没去住栈房。当时王慎之在土坪小学当校长，我们找到他，说了想在学校借宿的事。王校长很热情，为我们打开了一间教室。这样，我们便把教室里的课桌拼在一起，摊开了被条。余明安却不愿睡课桌，说："被条打开了明早上又得捆，麻烦！"他就到街上去住栈房，并且叫走了刘礼富。走了一天的路，疲倦已极，我很快就在硬硬的桌子上睡着了。

第二天的目的地是绥阳。听说走长路最老火的是第二天，所以走得比头一天还要早，过了土坪南面的窑罐厂，月亮还在天边望我们。我背着被条走在哥哥旁边，问："昨晚歇栈房花了好多钱？""不贵，"哥哥说，"和明安两人歇一间屋，才3角钱。明安睡觉脚也不洗，一双脏脚板直往铺盖上踔；我说别把铺盖踔脏了，他说怕啥，开了钱的——你说笑不笑人！"过了一会儿，哥哥说："昨天我的脚被草鞋耳子勒伤了，走路有点痛。"我说："那今天你捎挎囊我背被条，不交换了。"其实，昨天我的脚板打了两个泡，当时怪痛的，昨晚睡觉前用锁针把泡挑了，

大地歌吟

一点不痛了。

前面有条河沟，河沟那边是绥阳地界。我16岁了，之前一直生活在正安，没到过外地，是俗话说的"团脚板"。过了河沟，我注意观察路旁的庄稼、树木、房舍，以及房檐垂挂的金黄金黄的苞谷，看看它们和正安有啥区别，目光所及，得出的结论是差不多。到了绥阳的温泉，陈锡刚宣布："抓紧进饭店吃'帽儿头'，然后下温泉洗澡！"是的，身上汗腻腻的，该洗澡了。温泉在小镇右侧一处吊脚楼下，是用条石砌的一方水池，一股碗口粗的泉水哗哗地流着，已经装了大半池水。我们把行李放在池坎上，脱了衣服，摸摸池水的温度（40度左右），便梭下池里洗将起来。因要赶路，泡了10来分钟就起来了。修水池是当地人的善举，洗温泉一律不收费。

离开温泉，但关于温泉的话题却持续了好一阵：有的说，泉水之所以是热的，是因为地下有硫黄；有的说，经常洗温泉，可以防治皮肤病；有的说，温泉这地方是块福地，冬天可以洗热水澡；有的说，洗温泉现在不收费，不等于将来不收费……翻过一座山，出现了一块宽阔的坝子，旺草到了。旺草坝种水稻，也种莸莸。莸莸的茎收割晒干以后，皮用来编草席，芯就是点桐油灯和胶烛用的灯草，正安街上卖的灯草就出自旺草。旺草镇是条长长的独街，店铺密集，和安场有一比。在旺草街上，同学们你一言我一语议论着旺草的风物。陈锡刚提醒大家："别光顾说话，该吃晌午了。"于是走进一家饭店，一人要了个"帽儿头"、一碗盐菜汤，吃饱了好翻团山堡。

走出旺草七八里，开始翻团山堡。跋涉在团山堡山腰上，真应验了那句话——走长路最老火的是第二天，双腿像灌满了铅，全靠毅力拖着身子走。翻上团山堡，再也走不动了，便坐下来休息。陈锡刚发话说："诸位，前面不远就是绥阳，到了绥阳，王守清就不和我们同行了。大家知道，他的金钱板在正安一中是出了名的，欢迎守清给大家来一段'小菜打仗'好不好？"大家说："好！"守清还真有准备，他从挂囊里取出竹板，边打边大声说将起来：

"话说豆腐渣挂了帅印，调来了小菜一满盆，

冬瓜拿来当炮打，扯根豇豆做火绳，

对着菜园砑的就是一炮，炸得蕻菜血淋淋，

苦瓜吓起果子泡，阳光一照血喷心，

茄子吓得去吊颈，尖盔纱帽戴不成，

豆芽急忙去报信，两扇脚板跑不赢，

韭菜接到老姜令，举起宝剑杀出门，

莲花白手执铜锤上了阵，白盔白甲白战裙，

大师傅一见喊住手，不然一锅烩你们！

这就是小菜打仗书一段，说给同学们开开心！"

"好！好！"同学们边叫好边鼓掌，疲劳溜走了，大家起身下山，很快把团山堡甩到了身后。

踩着暮色到了绥阳，洋川街头华灯初上。守清虽是绥中高一新生，直说要尽地主之谊，经他联系，全部住进了绥中宿舍。床上都铺了草垫。贾其忠对我说："今晚我们两个睡一铺，你的

大地歌吟

被条让给你哥，我的被条宽大，棉絮是新的，统子也是新的，盖起来热和。"听他这么一说，我直觉心里热乎乎的。

第三天的目的地是遵义。启明星还没隐去，我们已经行进在通往遵义的公路上了。平展展的公路两旁，排列着一株株合抱粗的柳树，柳枝在晓风中摇曳，似在迎接东升的旭日。绥阳挨着遵义，新中国成立前就通车了，交通比正安便利。不时有汽车或马车开过，我们相互提醒着："靠右走！"

到了蒲老场，陈锡刚说："今天别单独用餐了，大家把钱逗拢来，统一点菜，这样，哪样菜都能吃到。"大家说："要得，也该打打牙祭了！"选了一家像样点的饭店，放下行李，在桌边坐下来。老板问："单独炒菜，还是一起点菜？"大家说："一起点菜。"老板报了菜名，7个人商量了一下，点了回锅肉、炒腰花、爆肚尖、炒猪肝、豆芽圆子汤五样菜。候菜的当儿，陈锡刚说："每人先交5角钱，多退少补。"我们兄弟的钱由哥哥管，刘礼富交了1元钱。阵阵香味扑来，炒菜先后上桌，开始舀饭吃——不像吃"帽儿头"用大碗，而是用小碗，吃多少，舀多少，也就显得文雅。炒菜的味道很鲜美，尤其是肚尖，炒得又脆又嫩（以后再也没享受过如此的美味了）。吃完结账，每人还退了5分钱。

距遵义越来越近了，一个个眉宇间流露出欢欣。陈锡刚提议出谜语来猜，而且点了刘礼富的将。刘礼富出了第一道谜语：

"东方一笼瓜，牵藤到西家，开花之时人潮涌，谢花之时人归家。（打一物体）"

"这个好猜，"刘泽宽说，"太阳！"

"对。"刘礼富说，接着出了第二道谜语："城外起火，城内招兵，五人拿到，送进衙（牙）门。（打一食物的制作）"

"这个也好猜，"张宗庸说，"炒苞谷泡。"

"对。"刘礼富说，接着出了第三道谜语："土墙贴石墙，千军万马里头藏，啄棒来啄火，急忙脱衣裳。（打一器具）"

大家东猜西猜，刘礼富都说不对，最后自报谜底："碓。"

"哪个接到出？"陈锡刚问。

"我来出，"余明安说，"听到哈——老人公穿儿媳妇的裤子。（打一县名）"

"哈哈！"大家笑了起来。

"猜嘛！"余明安催促。

"老人公穿儿媳妇的裤子，"贾其忠说，"不就是务川（误穿）吗？"

"猜对了，"余明安说，"再出一道——铁打的裤子。（打一县名）"

"铁打的裤子，"陈锡刚说，"当然是南川（难穿）了。"

"对。"余明安说，"我再出一道，是才想的——风吹手表。（打一中学名）"

"绥中（嘘钟）"刘泽宽说。

余明安笑笑："嗯。哪个接着出？"

"猴子的形象。（打一地名）"——我出了第一道谜语。

"是哪个省的地名？"陈锡刚问。

大
地
歌
吟

"我们贵州的。"我说。

"我想出来了，"刘泽宽说，"铜仁（同人）。"

"对，"我说，"再出一道——少女怀春。（打一县名）"

这道谜语还真把大家难住了，我只好自报谜底："思南（思男）。"

"妙！"大家说。

"最后一道——百年大厦。（打一作家名）"我说。

同学们猜了几位作家，都不对，我便自报谜底："老舍。"并且说："我的三个谜语都是从一本杂志上看来的。"

就这样出着，猜着，笑着，不觉到了四面山，走进一家饭店，依旧吃"帽儿头"。四面山出煤，有运煤车进城，我们想搭煤车，与司机搭讪了几次，都落空了。还得迈动自己的两条腿，坚持往前赶。据我此行的亲身体验，走长路第三天也是难熬的——走到割麻垭天就黑了。同学们互相鼓励着："前进！""啊，有灯光！"以为到了，一问，是茅草铺（那时的茅草铺真的只有几家茅草房）。两条腿再沉重，还得往前走，终于走进了灯火辉煌的遵义城，走进了培养教师的摇篮遵义师范。

2015. 7. 5

1960 年，探亲历程

1960 年，是我在务川县镇南中学任教的第二个年头。镇南地处洪渡河畔，算得上鱼米之乡，但跟其他地方一样，笼罩在饥饿的阴影里。好多学生吃不饱，从家里带炒麦面或菜油巴面到学校来吃，所以，他们除了书包之外，还有一件宝贵的器皿，那就是装炒麦面或菜油巴面的漆罗子桶桶。这年 7 月，哥哥礼富从遵师毕业，分配至道真师范。我们兄弟约定寒假回安场探亲。哥哥在信中说，道真与务川挨邻，探亲之后和他一同去道真，然后从道真返镇南。我想，这下好了，又多了一条回乡之路！

务川与正安虽然临界，未通公路，步行要走四天：第一天从镇南出发，经桃符宿务川县城；第二天从务川县城出发，经涪洋宿当阳；第三天从当阳出发，上丁门坳下格林；第四天从格林出发，经正安县城抵安场。《正安文史》主编黄明福的大哥王安德当年也在务川教书，我们曾相约结伴回正，结果未成。我独自翻山越岭，扮演了名副其实的独行侠。

这次回乡探亲，我选择了乘车。

大地歌吟

寒假到了，我把小弟刘平（5岁，1959年秋，因父亲饥殒，我将他接到镇南）交给留校学生张泽云照看，踏上了探亲之路。乘车回正要绕一个很大的鸳兜圈：第一天步行60里进城买车票；第二天乘车从务川县城出发，经凤岗湄潭到遵义；第三天乘车从遵义出发，经绥阳入正安地界，途中因换轮胎，冬季白天又短，到县城天已落黑，只好住下；第四天一早步行回到安场。

我家在安场西侧下烟房。到了家门口，一下怔住了：两间房子，一间住着几个陌生的老头，另一间住着几个同样陌生的老婆婆。一问，才知道下烟房被公社征用作了敬老院。那么，母亲弟妹他们搬去哪里了呢？老人们说不知道，要我去问院长刘炳怀。找到刘院长一问，刘院长说，公社要成立敬老院，一时没有现成的房子，就动员母亲搬到了贾家湾舅家。我说，这恐怕不是动员而是强迫吧？刘院长说，话不能这样讲，这是公社党委的决定！我知道到处都在刮共产风，说也无用，就去贾家湾。

路过农推站，碰上三弟礼明。礼明15岁，已能担粪（小桶），在生产队参加劳动，算个半劳力。二哥，你回来了？回来了，你去哪里？我脚干肿了，队长叫我去医院吃病号饭。他挽起裤管，让我用手指按他的脚干，一按一个凼凼。我心里一阵悲凉，含着泪说，你去吧，去晚了就吃不上病号饭了！望着礼明缓缓离去的背影，我的眼泪一下涌了出来，他这个年纪，走路应该蹦蹦跳跳的呵！

在舅家院墙边，碰见了贾家湾生产队的队长贾福贤，打过招呼，贾福贤说，老表，有件事，实在不好对你讲！哪样事？你讲吧！昨晚我起来查夜，见油菜田里有个人影，走拢一看，是你的三弟礼明；他已经扯了小半背油菜——你知道，偷集体的庄稼是犯法的！你看，我指着旁边的油菜田，每窝油菜长得那么密，也该耘得了！是的，耘得了，但这些蛮菜（即油菜苗）要由队里安排人耘，再分给社员，不能私自去扯——你知道，耘的时候要留下两根最粗的，礼明把粗的扯了，看了真心痛！老表，我说，礼明笨，饿慌了，才有这番举动，你多担待点！

舅家有两间半瓦房（堂屋和堂舅家共有）。舅一家四口住正屋，偏屋原来由外婆住，外婆走了，母亲和弟妹就住在那里。哥哥先我一天到贾家湾。母亲、哥哥、妹妹（礼芬，10岁）见我回来了，自然高兴。母亲面黄肌瘦，虽露笑容，但掩饰不住内心的凄苦。地炉上燃着疙兜火，砂锅里焖着米饭，疙兜逸出的烟子在屋里弥漫着。哥哥说，母亲他们在集体食堂打饭吃，一顿二两米的饭，几片水煮南瓜，没有半星油珠，根本吃不饱。他回来见了，将在学校节约的8斤粮票全部去仓库买了米，说一定让母亲他们吃顿饱饭。他还在街上买了两只小兔，说杀来给母亲他们补充营养。母亲不同意杀，说太小了，喂喂再说。我问母亲搬家的事，母亲说，开初不同意搬，但大脚趾姆拗不过大腿呀！

当当当当……食堂打饭的钟声响了。

食堂是座古庙，作过村公所、作过保管室，和舅家只隔一

大地歌吟

条水沟。我对母亲和妹妹说，我去给你们打饭。煮饭的大厨师叫商小碧，是贾家湾祠堂贾幺孃的侄女，她的丈夫叫廖家谈，是生产队的会计，我们原来也认识。商小碧见我来了，一边称饭，一边和我打招呼。她长得白白胖胖的，一定和当会计的男人串通一气，多吃多占了！打饭时，意外地碰见了好友易启恩，他家住队长贾福贤家后边。饭打回来倒进砂锅，跟砂锅里的米饭和在一起，一家人便吃饭，菜是盐水拌油菜，还算可口。我想去看望舅和舅娘，母亲说，不要去，他们正在吃饭。我已经吃了，又不会端他家的碗！母亲说，他们分锅了，舅一锅，舅娘和两个小的一锅，你去见了，舅难为情！

在舅家斜对面的青杠林里，我和易启恩撸了一堆枯叶，点燃，一边烘着手，一边交谈。冬恩（启恩的小名），我问，高中毕业，考大学了吧？考大学？启恩低着头说，没去劳改就万幸了！怎么回事？去年冬天，启恩说，在一中读高三的我，还有半年就高中毕业了，我是班上的团支书，学习成绩中上，蓝校长和马书记都看好我，说明年一定保送我上大学。我个子大，在学校吃不饱，星期六下午必回家弄吃的。那天在学校有事耽搁，动身迟了，到安场已是晚上八点，天全黑了，打着电筒走到瓦牙坝，碰见上湾的几个人赶着一头牛下来；其中一个是贾某华，他拦住我说，冬恩，我不瞒你，这头牛老了，我们要牵去杀，你只要守在桥头，帮忙看看人，牛杀了就有你一份。宰杀耕牛是犯法的，这我知道，但当时想，我只是给他们看看人，又没有参加杀，怕什么！当晚我分得了个牛脑壳。

我把牛脑壳背回家，宰细煮了一锅，一家人吃了一顿。没有吃完的，把肉剔下来，第二天带回了学校。我想到蓝校长、马书记对我好，就一人送了两斤，蓝校长问牛肉是哪里来的？我说是生产队的牛跳崖死了分给家里的。蓝校长要给钱，我不收，蓝校长就给我买了几斤饭票……谁知还有一个月就要高考了，贾某华等人宰杀耕牛的案子被公安局查了出来，参加的5个人全被抓了，我也被供了出来。蓝校长和马书记了解案情后，对办案人员说，他是高三班的团支书，表现一向很好，只是偶尔犯错误，由学校批评教育吧！办案人员说，错误性质严重，必须处理。蓝校长和马书记商量，给了我一个除名的处分，我的读书生涯从此到了头！我问，你以后打算咋办？你别担心，启恩说，我已在山背后联系了一间民小，春节过后就去教书……

晚上，三弟礼明从医院回来了。我问，礼明，医院的病号饭有啥不同呵？只是多了几颗黄豆，礼明说，医生讲吃了黄豆可以消肿。砂锅里还有点饭，母亲说，是给你留的，你舀起吃吧！我不饿，礼明说着就去睡了。母亲和妹妹也去睡了，我和哥哥却一点睡意也没有。我俩坐在地炉边，烤着疙兜火，随便聊了起来。哥哥讲了在遵师毕业前他们班上发生的一件事：

他们中三（1）班有个同学叫宁世忠，是湄潭乡下人。宁世忠寒假回到湄潭家里，看见生产队人人浮肿，几乎家家都死了人，悲痛异常，就给党中央写了一封信，信里引用了话剧《万水千山》里的教导员李友国牺牲前说的话。信没有署名，算是

大地歌吟

匿名信。不知咋搞的，这封匿名信传到了遵义地委那里，地委责令公安局调查写匿名信的人。因为信里引用了《万水千山》里的句子，而节选的《万水千山》是高三语文里的一篇课文，调查范围便缩小到了遵义市几间中学和遵师的高三班。那是篇阅读课文，讲不讲老师可自行安排。调查结果，只有遵义四中高三（1）班和遵师中三（1）班才上过这篇课文，这两个班学生的作业本和笔记本都被上头收了去，通过鉴定笔迹，宁世忠被逮捕了。宁世忠是三月中旬关进监狱的，可是到了五月中旬，宁世忠又被公安局释放了，回到班上，同学们夸他是反对刮共产风的英雄。过了几天，有消息说，经上头调查，湄潭饿死了一万多人，县长被枪毙了，这就是湄潭事件。

哥哥讲完湄潭事件，沉重地说，我就不明白，粮食是农民种的，但种粮食的农民却吃不饱，而饿死的也是农民！我把下颌朝三弟睡的床铺扬了扬，说，不知他能不能躲过这一劫？我和哥哥商量，明天即去道真，因为我俩早离开一天，就给母亲和弟妹多留两斤粮食。

安场距道真 100 里，必须一早动身。母亲知道我们要走，要给我们煮饭。我和哥哥都说，把昨天的剩饭热来吃就行了。我给了母亲 5 斤粮票，我和哥哥都只留了点路费，把兜里的钱全部给了母亲。临行，母亲说，你们把两只小兔带走吧！好，哥哥说，带走，喂大了送回来。哥哥把两只小兔装进纸盒里，剪了气孔，套上绳子，拎着，我们就上路了。在务川的时候，想早一点回家；回到家了，只住了一宿，又得匆匆离去，心里说不出是啥滋味！

　　大冬天的，走在路上，凝风割脸，但兄弟俩仿佛忘记了寒冷，好一阵谈的都是纸盒里的两只小兔。哥哥说，我一定要好好喂养它们，喂肥了，一只送回安场，杀了给母亲补补身子；一只杀来燻起，你二天来道真，做下酒菜！哥，我说，先纠正你一个常识性错误，兔不兴杀，是用水瀹。养兔看似简单，其实怪麻烦的，如果没有笼子，兔子到处跑、到处打洞、到处拉屎撒尿，卫生就成了问题，我问你，你是一个人住，还是和别的老师搭伙一个房间？和余世奎（一中同学）搭伙住一个房间。对嘛，弄得臭烘烘的，世奎首先就要提抗议！再说，天气这样冷，小兔抵抗力弱，养得活养不活都是个问题！这样一讲，倒提醒了哥哥，到三江打开纸盒看，还好，两只小兔跳梭梭地。但是，翻上雨毛雨稀的云峰饭店吃午饭时，两只小兔冻僵了，我忙将纸盒捧到饭店灶门前去烘，好一歇兔儿才活了过来。过上坝时，哥哥在地头捡了些菜叶，给小兔准备了口粮。

　　道真师范拢了，但校牌上写的却是玉溪师范，当时正道两县合县，道真只是正安的一个公社，称为玉溪公社。在玉溪师范任教的同学除了礼富哥和余世奎，还有曹其宇、郑德灿，学长叶自辉、教导主任罗朝章（在一中当过我的班主任）。罗主任是龙里人，全家人都在道真，没回老家，其他同学寒假一到，就回家过春节去了。老师学生都有留校的，师范食堂照常开伙，哥哥去食堂打来馒头和菜汤，吃了晚饭。哥哥说，罗主任家有兔笼，我去借来用。好，我也正想去拜访罗老师！师生见面，分外亲热，共同回忆了游石笋峰、分糍粑吃之类的趣事。回到寝室，哥哥把小兔放进笼子，喂了些菜叶，拎了温瓶去打水来洗脸洗脚。你睡世奎的铺吧，哥哥说，我对世奎说过了。见哥哥床上的被条套子是黄色的，便问，你哪阵有了一床军被？是团委书记借给我的，她叫黄仁华，是个从部队上转业来学校的女兵！

也许太疲劳了，睡到早上 11 点我才起床，哥哥打来了饭菜，菜是一盆白菜煮青杠籽豆腐。我说，青杠籽豆腐镇南中学也做过，但有股涩味。哥哥说，我们师范的青杠籽豆腐，青杠籽粉碎后用水泡过，磨的时候加了黄豆，味道跟真豆腐一样，一点涩味没有。吃了饭，随哥哥上街去观光：道真的街没安场大，也没安场居民多，怪冷清；有几个乡下来的农民，挎着篮子，沿街兜售红籽粑、蕨根粑。这两种粑我在镇南吃过，和糠蒸的，难以下咽。哥哥提议，我们到河边转转吧，这条河叫玉溪，夏天我们常来这里洗澡。"河水清且涟漪"，我吟哦着《诗经》里的句子，表示了对玉溪的赞美。哥，明天我就动身回镇南。多住一天不行吗？吃也吃了，看也看了，够了！打晚饭时，哥哥多要了两个馒头，说明天带在路上吃。

睡得早，起得也早，挎包里装着两个馒头，踏上了回镇南的路。哥哥送我到大路槽，我又当上了独行侠。脚是江湖嘴是路，遇到岔路就问。下一站是旧城，沿着石板路一直下到芙蓉江边。城在南岸，不用过江，一段城墙、两座城门，见证这里曾作过正安县城。街道两旁木板房涂得红红的，是 1958 年的流行色。走了一个来回，只在街中间有家饭店，便进去买了半斤粮票的苞谷饭和一碗酸菜汤。用过餐，向饭店服务员打听了去镇南的路，又继续前行。黄昏时分，到了饭店服务员所说的寨子，寨旁有条溪沟，寨后是山坡，天快黑了，一户人家接纳了我。房东大娘听说我是老师，给我用漆子油熬了碗油茶，喝着油茶，啃了一个馒头，算是应付了晚饭。

一夜奇寒，天明起来，才知道昨夜下雪了。告别房东大娘，登上了回镇南的最后一程。出脚就爬坡，要爬10来里。但我不怕，听房东大娘说过，爬上垭口就是务川的泥高，我到泥高作过家访，路熟。从坡脚到半坡的积雪不厚，还能辨认出路。半坡以上，路和路旁的荆棘都冰冻了。坡路很滑，一连摔了几跤，身上直淌冷汗，风灌进衣领袖管，冷得上牙敲下牙。但摔跤也激发了人的智商，山路嘛，总长得有草，踩在草兜上，就不会摔跤了。而且，我发现路旁的荆棘里，到处垂挂着一坨坨冰冻的红籽，我摘下它们放进嘴里，既解渴又止饥，茫茫雪野作证，我当时一定是笑了的。终于翻上了垭口，铺着厚厚雪被的泥高坝子展现在眼前；学生王德国家就在前面路旁，去年家访我在他家吃过饭（王德国的母亲只收了半斤粮票），但我有意绕过王家，不愿再去打搅他们。

我掏出挎包里的最后一个馒头，慢慢嚼着，跨雪原，下岩门，一气走了30里，于下午两点回到了镇南中学。

2015.12.23

大地歌吟

— 115 —

访申修才

务川县的镇南无疑是个好地方。那里有香甜可口的镇南梨、有奔流不息的洪渡河、更有朴实好客的仡佬族乡民。上个世纪我在镇南中学工作过，屈指算来，离开那里已经五十多年了。上了年纪的人爱怀旧，在和儿女的摆谈中，不免流露出想去镇南看看的愿望。没想到随着贵州省县县通高速的实现，重访镇南的愿望一下成了现实。我们是猴年二月三日从贵阳回到正安的，住县城新宇家。万兵说："后天才过大年，明天正好去镇南。"我说："有你开车，去哪里不方便？"

次日早晨，冬阳驱散了雾幔，正是个出游的好天气。吃罢早餐，我们便乘车出发了，因为走的高速，抵达务川镇南只花了一个半小时，这样的速度在过去是难以想象的。务川与正安山水相连，但那时未通车，要回一趟家真不容易，无论坐车绕道遵义绥阳，还是直接从务川步行返正，或者取道道真回安场，至少也得两天半！

镇南过去是截短短的街子，如今已被一片新楼淹没了。小车在街上缓缓行驶，记忆中的学校、饭店、邮电所难觅踪影。

镇南中学原来在镇的南边，但导航仪却指向镇的北边，到了那里下车，校门锁着，寒假期间，老师都回家了。向学校旁边的住户打听，方知此处是镇南中学的新校址，原来的校址化给了镇南小学。其实，我心里最想见的还是当年教过的学生，便问住户中的一位大娘："大姐，你认识甘正明吗？""认识，"大娘说，"甘正明是镇南街上的第一位大学生，在务川县里工作，退休后全家搬去了县城。""申修才呢？""也认识，他家在同心村住，离镇南街上一里多路。"我决定去申修才家，一位叫申永强的小伙子听说我过去在镇南中学教过书，愿意带我们去申修才家，我们便叫他上了车。

　　1958 年，我在务川县柏村小学教戴帽初中班。1959 年秋，柏村、砚山、镇南三间区完小的戴帽初中班合并成立了镇南中学，初二三个班，新招初一三个班，一共六个班。我任初二（1）班的班主任，上初二（1）和初二（2）两个班的语文。申修才读初二（1）班，他虽然右手残疾，但学习勤奋，工作积极，不仅担任班长，还担任学生会的主席。申修才读初二时已经 17 岁，而在初一就入了党（这在全国都是少见的），特让我刮目相看，班上开展活动我都和他商量。1960 年，生活进入紧张时期，学校组织学生上山采蕨苔、打青杠子、挖洋姜，他都能独当一面，带领同学出色完成任务。初二下学期，学校接到教育局指示，要从初二保送一名品学兼优的同学到务川一中读高中，我推荐了申修才，体检时因他右手带残被退了回来，继后推荐了项江贵……"到了！"坐在身边的申永强说，我的回忆

大地歌吟

也随之被打断。小车在同心村村路旁停了下来，下车时我带了两本《桃李芬芳》。

在申修才女儿家门前与申修才见了面，彼此对视了约一分钟，他才认出了我。他戴着一顶棕色毛线帽，毕竟74岁了，脸上写满了沧桑。对于我的造访，未曾始料的他显得十分激动。他有三个儿子、一个女儿，都已成家立业，就住在附近，长孙去年考取了昆明艺术学院。站着讲了一阵，申修才说："老师，别站着呀，到家里去坐坐！"申修才和妻子单独住，房子在女儿家对面，隔着村路和一片树林，有小径相通。一排嵌了瓷砖的平房，院坝窄窄的，横着一块水泥铸的洗衣板，他的妻子正在那里刷衣服。她叫刘孝平，我们即认了家门。申修才请我们进屋坐，我说就在外面坐，外面有阳光，也温暖。房子周围栽了许多树，有枇杷、椿树、铁泡桐、水白杨，万兵便牵着小狗去树间溜达。申修才抱出一坛新酿的米酒让我们品，尝了尝，怪甜的。

冬阳里，申修才挨我坐下。我在一本《桃李芬芳》的扉页上签上名送给他，他双手捧着，向我讲起了数十年的人生经历：

1962年，申修才去县里进了兽医培训班，结业后被安排在镇南兽医站工作，干起了医猪医牛的行当，并兼任会计。1963年，他被派往贵阳花溪学习养鱼，那是省里办的渔业职校，有从广东请来的老师授课，学了三年，回乡推广养鱼技术。工作范围不仅在镇南，还拓展到了涪洋、黄都、砚山的许多社队。主要是发展山塘养鱼，鲤鱼、鲢鱼、草鱼、鲫鱼都养，可以想象，仡乡苗寨能吃上鱼，的确是一件美事。1973年，申修才有了一次转正机会，但妻子怕他转正后变心，死活不同意，只好作罢。讲到这里，申修才说："这就是命！"那以后，他悄悄买来一本算命的书，一有空就看，并先后拜过五位老师，成了远近闻名的八字先生。申修才说："时真命不假，时假命不真。算命不是封建迷信，而是根据人的生辰八字，预测人的前程。"因此，他给人算命，不讲血光、不讲鬼神、劝人行善，每年算八字的收入有一两万元。

申修才家院坎下有条大堰，干干的，长着野草。我问："春天，堰里有水流吗？""水源在大岩门，"申修才说，"早就没水流来了！""为啥呢？""五年前，县委书记把大岩门的水源卖给开发商发电，水流下了洪渡河，镇南坝上五六万亩良田成了荒土！"申修才愤慨地说。坐在一边的申永强插话道："老师，坐车经过田坝的时候，我指着那些厂房对你说过，那是开发商在镇南建的铝土矿厂，现在再也听不到机器响了！""为啥呢？""听说铝生产过剩，产品低于市价，越生产越亏本！""而且，"申修才说，"自从建了铝土矿厂后，空气受到污染，镇南坝子上的梨树再也不结果了！""所以，"我说，"开发之前必须做好论证，要保护好生态环境。不然，产品销不出去，环境也受到污染，损失就大了！"我看采访差不多了，就把另一本《桃李芬芳》交给申永强，托他开学后转交给镇南中学图书馆。

离开申修才时，我们交换了电话号码，以便今后联系。

小车载着我们从原路回到镇南街上，到了镇南小学门口，

大地歌吟

我们下了车。还好，校门开着。向门卫说明来意，我们便走进了校园。我还记得，镇南中学和小学只隔着一道高高的土坎，坎上是中学，坎下是小学，坎子边有几株李子树，结的李子又脆又甜；两排校舍，全部是木心房子。现在，过去的一切都不存在了，取而代之是宽阔的操场和草坪、高大明亮的教学楼，沐浴在阳光下的校园美丽极了！我站在当年的寝室地面上，让刘晖给我拍了几张照片，以志纪念。啊，掠过我青春身影的镇南中学，我没忘记您！

因还要去柏村看看，我们只在镇南停留片刻便上了车。在车上，我对新宇说："前年编辑《桃李芬芳》之时，我曾向镇南中学的校长发过函件，希望通过他能联系到当年教过的学生，但没有回音，因此书里没有镇中学生的文章，觉得是个遗憾。今天见到了申修才，而且采访了他的事迹，遗憾算是弥补了！"

申修才是当年镇中学生的代表人物，他仅仅小我一岁。

2016. 2. 16

学耕记

"你耕田来我织布",是黄梅戏《天仙配》插曲的一句歌词,唱起来优美动听,做起来实在不易。织布我不会,且不说它,可我却有三次学耕的经历,不妨述之。

一、在秦家湾

1958年下学期,我在务川县柏村小学教戴帽初中班。上课才一个月,学校放了农忙假,我被分到秦家湾生产队帮助三秋(秋收、秋耕、秋种)。秦家湾距柏村小学七八里,下午放了学,我便背了被条跟着学生去那里报到。生产队长和会计都姓秦。我把介绍信交给秦队长,秦队长不识字,叫秦会计看,秦会计看了后说欢迎欢迎,安排我住在保管室楼上,没有床,在楼板上打地铺。队里的水稻已经收完了,下一步是秋耕秋种。吃饭在生产队集体食堂,我是教师,按规定交了钱和粮票。集体食堂被称作大跃进年代的新生事物,无论大人细娃,一律纳入食

大地歌吟

堂吃饭。堂口摆着方桌条凳，大甑子蒸的两造饭，大锅煮的菜豆猫（豆浆不过滤的那种，若过滤，则叫菜豆花），自带碗筷（我的碗筷是学生秦信怀从家里捎来的）。吃了晚饭，天黑了，躺在散发着新谷草香味的地铺上，我想，这次在秦家湾参加劳动，一定要拣重活干，最好是犁田！

清晨，出工的钟声响了。社员们按秦队长的安排，男劳力一部分去犁田，一部分和女劳力种麦子。种麦子要施肥，担粪的都是年轻人。待秦队长安排停当，我说我也要犁田。"你犁过田吗？"秦队长问。"没犁过。""那哪行呢？""学嘛！"秦队长见我态度诚恳，说："铧口保管室倒还有，就是没有牛了！"我事先做过调查，看见大圈里还关着一条黄牛，雄赳赳的，就说："圈里不是还有一条黄牛吗？""这——"秦队长迟疑了一下，说，"你实在要犁，就去牵吧！"于是，我去保管室取了铧口枷担，扛在肩上，又去大圈牵出那条黄牛，赶着牛走进了田坝。

坝子上一坵坵谷桩田早放干了水，经太阳暴晒之后又落过透雨，正可犁来种小春。七八个男子汉扶犁驱牛，在各自的田块里摆开了阵势，吆喝声此起彼伏。我选择了一块谷桩田，放下铧口，喝住牛，将枷担架到牛的脖子上，没料到那牛认生，猛然摆动脑壳，一下把枷担掀掉了，一连架了几次都如此。秦会计在远处瞧见了，忙跑过来帮忙套上了仰袢带。我虽然没犁过田，但知道犁田的套路：牵牛鼻绳的左手拿赶牛棍，右手握铧尾巴，提起犁横，将铧尖插进田里。"哧！"我扬起赶牛棍驱牛开犁，没料到那牛突然朝后蹬了我一脚，昂头狂奔起来。我忍痛抓住牛鼻绳不放，但哪有牛的力气大，只能跟着它跑。在翻越田坎时，那牛挣脱了鼻绳和枷担，摔了我一个仰八叉，狼狈极了！

残局是秦会计收拾的。秦会计问："摔痛没有？""摔的倒不痛，只是脚杆被牛蹬到的地方有点痛！"秦会计说："你这还算轻的，有个社员被它拗了一角，肋巴骨都拗断了一匹，所以，哪个都怕它！""是说嘛，那些牛都被牵走了，就剩它还拴在大圈里。""这牛脾气大，不好使，队长没告诉你吗？""明明圈里有条牛，队长却说没牛，这等于告诉我了，他见我坚持要犁田才让我去牵的。嗨，本想趁机会学学犁田，哪晓得才学剃头就碰上了闹腮胡！"秦会计歉意地笑笑，说："秋耕秋种的任务抓得紧，天天都要向公社报进度，不然，可以选一条温顺的牛让你学！"秦会计劝我休息，我没有同意。"这样吧，"秦会计说，"你去丢种子！"于是，我就提着一兜麦种，走进了点小麦的队伍。

几个丢种子的均是老年人，我年纪轻轻的，有点不好意思。第二天，我就去挑粪。我过去在家挑过水挑过煤，在遵师读书搞勤工俭学去挑过石子，所以，跟生产队的年轻人一起挑粪我一点不怯阵。但问题马上出来了，秦家湾社员用的翘扁担我过去没用过，稍不留神那扁担就会翻过来，一挑粪就会被打倒。秦家湾的年轻人挑着粪你追我赶，扁担发出嘎咕嘎咕的响声，我总是掉在后面，不敢与之较量。一连挑了两天的粪，肩头磨肿了，睡觉时火辣辣的痛，正思考要不要坚持下去，秦会计找

大地歌吟

到我说："过两天公社要来检查，要求在显眼的地方刷上大幅标语，队长和我商量，你就不要下地劳动了，专门帮队里搞宣传，完成刷标语的任务。"秦会计还说让秦信怀给我做帮手。我和信怀扯来茅草扎成排笔，用木桶和好石灰水，在村口、路旁、墙上刷了"大办农业！大办粮食！""打好三秋歼灭战！"之类的大幅标语，算是完成了宣传任务。

七天的农忙假结束了，就"犁田"而论，我的成绩只能算零分。

二、在蛇湾

在务川县柏村小学任教一年之后，我奉调镇南中学。1961年7月，因生活紧张，镇南中学停办，我申请下放获准，揣着务川县委组织部颁发的干部下放证，几经联系，到遵义市北关公社蛇湾生产队当了农民。

蛇湾属半高山，地势偏僻，八户人家，两户姓刘。生产队长刘昌龙，一位朴朴实实的中年汉子，看过我的干部下放证，说："不是党的下放政策，你会到我们这里来么？"因为同姓，我喊他大哥："大哥，给你添麻烦了！""哪里话？"刘昌龙说，"蛇湾全是油沙地，种啥出啥，只要肯干，不会挨饿的！"但蛇湾水势不够好，水源在沙坝（现在沙坝成了闹市），蛇湾的田在水尾上，去年栽秧时节天干，秧子才栽上三分之一，堰沟就断流了，等到下了雨，秧子都上了节。刘昌龙和社员商量，干脆把没栽上的田犁来撒荞子、栽红苕。刘昌龙胆子也真大，山下田沟的集体食堂还在冒烟，他就悄悄解散了蛇湾的食堂，把粮食分到了一家一户。我刚下放农村，国家还供应一个月的口粮，买了米，挑了煤，自己立灶煮饭。

水稻已收割分配。荞子熟了。我到蛇湾最初的劳动，就是天天和社员们一起下田收荞子。早晨割下的荞子有露水，要等太阳出来晒干了才搭。搭荞子跟搭谷子一样用搭斗，拖不动了就起斗。我在务川教书期间，秋收时节必带学生下队支农，学会了割谷搭谷，收荞子自然在行。收罢荞子接着挖红苕，先割净苕藤，然后用牛犁，一个人赶着牛在前边犁，其余的人在后边跟着捡。红苕大个大个的，很逗人爱。荞子红苕收进屋，马上按人口分配，我因带着弟弟刘平，记得还分得不少。农村人哪样出来吃哪样，荞子出来自然吃荞子，将荞子用石磨推细，筛去荞壳，做成荞面条，放进苕片汤里煮来吃，这等美食，我和弟弟一连吃了几个月。蛇湾队水稻歉收，由大队统一调配，我跟着刘昌龙他们去沙坝队挑了100斤谷子。

蛇湾的土大多是坡土。田里的荞子和红苕收了，队长刘昌龙马上安排种小春。小春有两样，一样是小麦、一样是豌豆。犁土和点播同时进行。负责犁土的是刘昌龙的堂弟刘昌伦，小伙子只有十六岁，犁土犁得又快又好。刘昌伦的父亲是个经验丰富的农民，他拎着一口袋豌豆，一把一把地往新翻的坡土里撒。点豌豆不用施肥，点麦子则要把麦种和进粪灰里，也不用

大地歌吟

打窝窝，播种的人提着筻箕，或者挎着背筻，抓起粪灰和的麦种，按一定的窝距丢进土里，后面的一排人握着锄头，给种子壅上土。几天工夫，队里的小春就种完了。

集体的小春种完了，社员们就各自种自留地上的小春。刘昌龙给我划了三分坡土作自留地，但队里的牛一家一户喂着，要等他们犁了自家的地我才能牵来犁。刘昌龙一家四口人，孩子还小，两个大人忙不过来，他对我说："兄弟，我们换一下活路，你先帮我把自留地的小春种了，赶后我给你犁土。"我说："要得！"这样，刘昌龙犁土，我和嫂子点、壅，一天就种完了。刘昌龙要给我犁土，我说："大哥，你忙你的吧！各样活路我都不弱，就是没犁过土，我要趁这个机会学会犁土呢！"刘昌龙说："也好！"这次犁自留地，我用的是房东家喂的牛。平时我注意和牛建立感情，路过牛圈，总要喂它一把草。所以，我架上它犁土的时候，它一点不认生。油沙地疏松，犁起来不太费力。自留地小春种上了，看着土里冒出了一片嫩绿，心里有一种写了一首好诗的感觉。

会犁土了不一定会犁田，初学犁田的人，犁的田往往不保水。犁过自留地之后，我就想学学犁水田。队里有块一亩大的秧地，泡着冬水。一天，刘昌龙牵着牛要去犁秧地，我对他说："大哥，让我去犁吧！"他说："你没犁过水田，犁来保不住水。你要知道，秧地是一队人的命根，大意不得！"我说："你教我嘛！"刘昌龙说："你要学，等到开春打田的时候吧！"他见我有点失望，就说："我犁过以后你来耙！""也好。"我牵出房东家喂的牛，扛上耙子，和刘昌龙一道下了秧地。初冬时节，冷水砭骨，刘昌龙吼着牛一铧一铧地犁，我赶着牛一圈一圈地耙，耙完上坎，我两只脚都冻木了。

春节，在土坪小学教书的哥哥来蛇湾看望我和弟弟，说："你要体验农村生活，我看也体验得差不多了！走吧，到土坪去，那里保证你有书教！"是的，我在蛇湾当了五个月的农民，百味俱尝，穷得连8分钱一张的邮花也买不起了。我和哥哥将从沙坝挑来的100斤稻谷挑到董公寺（北关公社所在地）上了粮，办理了粮食手续，又去遵义市公安局办理了迁移户口，与房东和刘昌龙队长道了别，三弟兄一起离开了蛇湾。

回顾起来，就"犁田"而论，我在蛇湾学耕的成绩，至多只能打50分。

三、在裤裆坵

我随哥哥到了土坪之后，先后在安家民办小学、土坪小学、乐俭小学、正安（田生）农中、凤仪一小、流渡小学任教，由顶编代课转为正式教师，在29岁那年结了婚。我从流渡调到瑞濠小学之后，妻子伏英也来到瑞小教民办。家庭是农村户口，伏英和三个孩子都在生产队分口粮，交换条件是每月向生产队缴纳副业费。1979年秋，我奉调到正安二中（校址在安场凡溪河畔），伏英也调回老家所在的年丰小学。也就在这一年，土地

大地歌吟

承包到户，即是说，我和伏英在教书之余，还得耕种4口人的田地。好在我们夫妻都正值盛年，教书种地并举，脑力劳动体力劳动兼顾，累是累点，也还能应付。

搞农业生产，土里的活路好安排一些。比如挖土，一到寒假，全家五口一起上阵，转战生基湾、青杠堡、坪上、后头槽、丁家坡，抓紧把土挖完；点苞谷时学校已开学，那就安排在星期天，请上七八个近邻，一天也就种完了。而搬苞谷则不需请人，一家人利用星期六星期天就可扫荡完毕。田里的活路对付起来就比较困难了。我家没喂牛，也没有制备铧口枷担，一切依靠外援。到了打田插秧时节，既要请人，又要借牛借农具，忙得不亦乐乎！贾家湾的三位老表——贾福忠、贾福国、贾福均都来帮我家犁过田，在此特向三位表弟表示感谢！虽是至亲也只能请一次，请第二次就不好意思，再说他们自家的活路也忙。吴家林的冯帝永，是个犁田专业户，我们就把田包给他犁，条件是供饭、开工钱。栽秧那几天也是够忙的，你请人家来栽秧，人家栽秧你得去换活路。我们和结缘家、小二家、德伟家都换过工。

我一直在思考一个问题：要是我当年在务川的秦家湾、在遵义的蛇湾学会了犁田（无论干田水田），就不至于一到春天抢水打田时便弄得手忙脚乱了。因此，我心里再次燃起了学耕的火苗。安场一年稻麦两熟，收了谷子，就得放干田里的水，抓紧时间割谷桩挖干田，将土块菑细，然后点麦子。挖干田又苦又累，一天干下来，手掌总会打起几个泡。要是不用人挖而用牛犁岂不省力又省时吗？我家在河沟边有坵田形似裤裆，叫裤裆坵。我就想用裤裆坵做实验，在暑假借牛来犁谷桩田。恰好同院子的湛家买了一条牛，他家的谷桩田就是用牛犁的。老湛原在信用社工作，为了让女儿顶替，提前退休，一向乐于助人。他主动对我说："他二舅（湛妻姓刘），今年你家的裤裆坵不用挖了，我家这头牛很好使，你哪天要犁牵去犁就是！"我将老湛的话对伏英说了，伏英高兴地说："湛姑爷这人真好！"

秋阳艳艳的，收罢谷子的田野正等着农民再度去亲热它。在河沟边的裤裆坵里，我架好了牛，左手扶着犁辕，右手握着铧尾把，使劲将铧尖往田里插，但泥土太硬，咋也插不下去。我想利用牛的拉力来完成这个环节，手中的赶牛棍一扬，牛向前跨了几步，可铧尖并未插进泥里，犁橛在田的表面一逛就过去了。牛倒是很听话，喊他转来就转来，喊它取蹄就取蹄，但如此几番吆喝，就是嵌不进铧口。见此情景，在旁边观战的伏英肚子都笑痛了。

还有一个人也在观战，不过站得很远，那就是老湛。老湛拎着一把开壶来到裤裆坵，说："他二舅，让我来试试！"老湛放下开壶，扶犁赶牛，铧口倒是插进田里了，但进得很浅，牛使劲跨了几步，啪！犁扣奔断了。重新换上犁扣之后，老湛说："裤裆坵这田，泥巴太绵了。他二舅，你去打壶水来，我犁的时候，你就往铧口上淋水，看这个方法行不行？"我去河沟打来了水，照老湛说的，他犁的时候，我就往铧口上淋水，效果倒是要好一些，但犁的还没有一丈，老湛已累得满头大汗。老湛停

大地歌吟

了下来，和我一起分析，这田咋如此难犁呢？他想了想，说："我家的田晒干之后，又落了一泼透雨，泥巴泡松了，马上开犁，所以犁起来很轻松。裤裆垱在下了透雨之后，晒了几天大太阳，泥巴又晒硬了，所以犁起来困难！""既是这样，"我说，"今天就不犁了！"以后也没犁，点小春仍旧是一锄一锄地挖的。

很明显，就"犁田"而论，我在裤裆垱的这次学耕成绩，只能以零分载入史册。后来，伏英民师转正，我们把田土包了出去，也就不再焦虑犁田的事了。

2016. 1. 31

忆陈阳钦校长

陈阳钦同志（1935——1968 年），安场镇中街人，孤儿，1951 年参加工作，随即入党，历任正安县人民政府通讯员、土改工作队员、土坪区团委书记、土坪小学校长。

1962 年 2 月，在遵义市北关公社蛇湾下放劳动的我，被哥哥接到他所执教的土坪小学。时逢陈阳钦校长刚从花溪工人疗养院疗养回校，因都是安场人，见面后说话很投缘；我们一起下象棋，也聊聊彼此的人生际遇。我说，解放初我在安场街上见过你，当时你穿着一套蓝色的土改工作服，腰皮带扎得紧紧地，还别着一只手枪。他听了嘿嘿直笑。我问他在花溪疗养得怎么样，他说肺部的结核基本钙化了。他了解我从遵师毕业去务川教过三年书，问我眼下有什么打算。我说我已经借了一套高中课本，准备复习考大学。他说，这几年的大学生多数都分去教书，你本身是师范毕业的，何不接着教书？聊过之后我并没在意，没料到数天后他真的让我重新拿起了教鞭。

那时区完小的校长不仅要负责本校的工作，还要指导下面各公社小学的工作。

大地歌吟

　　快开学了，陈阳钦校长约了指导员卢忠祥、副校长王慎之，三个人一起找我谈话。陈校长说，安家公社的安家小学，1960年初因为生活紧张，停办了，现在生活开始好转，群众积极要求恢复学校。我们觉得你是比较合适的人选，希望你去把安家小学恢复起来。卢指导员说，安家公社的罗玉书书记，办学的积极性很高，几次向我们要教师，陈校长推荐你，我也认为你合适，并且已经打电话告诉了罗书记，安家小学等你快去开学呢。王校长说，你在务川是教中学，不要瞧不起小学，安家小学过去规模不小，你去是挑重担。三位领导说完，要我表态，我说离开务川以后，我已经不想再教书了，现在要重操旧业，让我考虑一下。陈校长说，好，给你三天的考虑时间！我征求哥哥的意见，哥哥要我自己拿主意。我决定先对安家作一番调查。

　　安家公社距土坪20余里，从土坪坝子出发，翻上黑桃垭，虽是羊肠小路，还算平顺。安家小学和安家公社之间只隔着一块操场，都是一排木心瓦房。在公社见到了罗书记，这个中年汉子，对人的确热情。他说，教师除了我，还有一个是他的堂弟，叫罗玉龙，没有教过书，要我好好帮助他。罗书记带我去看了校舍，中间是寝室，很窄；两边是教室，一半未装板壁。谈到工资待遇，罗书记说，你和玉龙把行李搬来之后，开个家长会，议一议各年级的收费标准，教师工资嘛，我看一个月不能少于30元；伙食和我们几个公社干部一起开，你是居民，按月交定量和伙食费，一天两顿，吃饱为原则。尝够了饥饿滋味的我，对"吃饱为原则"这一条最满意，当即拍了板。

回土坪找到罗玉龙家，跟玉龙谈了罗书记的意见，次日一早，两人背着铺盖卷到了安家小学。稍事安顿，我们即着手招生，三天时间，就招了158名学生；接着召开家长会，确定了一至五年级的收费标准。由于社员（那时对农民的称呼）才从大饥荒的阴影里走出来，经济仍然困难，我和玉龙商量，先收书费，学费可以分几次收。书费收起来马上进城购书。经过几天紧锣密鼓的准备，安家公社（民办）小学终于赶在全区统一规定的那一天开学上了课。一至五年级的学生都有，只有两间教室，两个老师，只能上复式班。玉龙在道真读过师范，懂得复试班的上法。我让他先占，他说他上三年级和五年级。好！我就上一、二、四年级。开学第一周，不断有干部和家长来看我们上课，见我们按复式教学的规律把一节课安排得井井有条的，他们也就放心了。玉龙的板书歪歪扭扭的，我建议他抽空多多练习，他很谦虚地接受了，不仅练粉笔字，还练起了毛笔字。

工作一旦上路，日子过得挺快。因为事前陈校长给我交过底：只要把安家小学恢复起来了，我的任务就算完成了。所以，学期一结束，我背起铺盖卷就回到了土坪小学。陈校长刚从县教育局开会回来，一见面就说，办妥了，办妥了！我问他啥事办妥了？他说你的顶编代课教师的事。何谓顶编代课教师呢？就是说你已被纳入了教育局的计划编制，在教育局领工资，一旦国家有指标下达，你就转正成了正式教师。说老实话，听到

大地歌吟

这个消息，我内心并不激动，因为我原来就是正式教师啊！不过，我还得说声谢谢陈校长，我感觉他对人真诚，是实实在在地关心我。

暑假，土坪区有10位青年教师，在陈校长的带领下，开赴全区海拔最高的联合公社搞开门办学。记得同去的有李世烈、王尚志、韩必旺、谢康宗、王忠云、我、余忠惠（女）、黄定珍（女）等。陈校长反复强调，要抛弃骄娇二气，和群众同吃同住同劳动，认真宣传党的教育方针，听取群众有关办教育的反映。我和李世烈一个组，白天各自包一个队。我包的那个队挨着慈姑凼，山高坡陡。正值苞谷青纱帐起，队里"薅打闹草"：社员们站成散兵线，在打闹歌和锣鼓声中，飞快地舞动手里的锄头，锄着野草，稍不注意，就会铲掉豆苗。像疾风一样，卷过一坡又一坡。休息了，队长招呼吃饭，一碗蒸熟的苞谷面饭递到我手里，没有菜，泡上泉水吃，饿了，吃啥都香。晚上同李世烈住在一户社员家里，同睡一只窝笸，伸不起脚。这样搞了一周，陈校长作总结，说最大的收获是锻炼了青年教师。选了三个教学点，安排韩必旺留守走教。

新学期开始，我成了土坪小学教师的一员，上五年级的语文，李越常上数学，我俩配合得很好。除担任主科之外，还要搭副科。我上的副科是三、四年级的体育。下雨天不能在操场活动，我就在教室里给学生讲《福尔摩斯侦探案》里的故事（其中有则故事叫《斑斓带》，学生至今还在津津乐道）。县教育局派沈老师来土坪小学检查工作，陈校长陪他听了我的语文课；沈老师特地查看了我的备课和作文批改，对我的教学工作给予了充分肯定和表扬。学期即将结束，逢土坪区冬季征兵，我背着陈校长报了名，体检结果，除血压偏高以外，其他样样合格。血压平时是正常的，乃因那两天心情太激动彻夜未眠所致。为了降压，我冒着三九严寒，脱光衣服跳进土坪场口的池塘浸泡了3分多钟，结果呢，仍然没降下来。土坪区武装部长戴金坤叫我不要急，一定让我实现当兵的愿望。但我以为戴部长是安慰我的，学期结束去了正安县城。

在县城，碰上了初中时的同学张传灏。传灏在庙塘的红岩公社教民小，约我去红岩过春节，我正想找个陌生的环境解解闷，就跟着传灏到了红岩。春节那几天，红岩的社员玩狮子、车车灯、马马灯，村村寨寨洋溢着欢乐喜庆的气氛。我有些心绪不宁，准备初七回城，但偏偏下起了大雪，一夜之间山山岭岭银装素裹。正月12，路上的积雪稍见融化，我便告别传灏下了山。在县城十字口碰上土坪小学的同事王太宗，太宗大吃一惊，说，一周前戴部长通知你哥说你考兵考起了，要你哥找到你到县武装部集中，你哥向安场和庙塘的亲友拍了电报，我们都以为你参军走了。我忙问，部队哪天走的？太宗说，昨天才走。我叹了一口气，说，阴差阳错，此生只有当教书匠的命了。

回到土坪小学，硬着头皮去见陈校长。陈校长说参军是好事，不该瞒着他，我说，害怕你不准。接着，陈校长讲了一件让人为难的事。原来，上学期期末教育局发了调令，要调土坪小学的李越常去一中教数学，但李越常正在和土坪街上的姑娘

大地歌吟

周道珍谈恋爱，不想去一中。李越常听说我考兵考起了，就向教育局反映了这件事，说刘某某去当兵，土小要差一名教师。有鉴于此，教育局便收回了调令……这么说，我问，我不能在土坪小学工作了？是的，陈校长说，土坪小学已经满员了。不过，尚有两间学校可供你选择。我问，哪两间？新洪、乐俭，陈校长说，新洪虽然离土坪近，但校舍被烧了，目前只能在牛圈里上课；乐俭虽然地势较高，但学校在公路边，回家搭车方便。我建议你去乐俭小学。我想，除非不再教书，要教书，就得当机立断，便说，我去乐俭。陈校长说，我马上打电话通知乐俭的赵校长；你去了之后，我会来看你的！

到了乐俭小学，学校安排我上毕业班，包语数两门主科。赵校长说，乐俭小学虽然是完小，但新中国成立以来还没有一个毕业生考起过县一中；你来了，希望能打破这种局面。我说，让我试试吧。全班20个学生，虽然拔尖的少，但都很专心，我除了认真上课之外，还加强对学生进行课外辅导，并利用星期天家访，对学生鼓励很大。两个月之后，陈校长带领由袁兴福、冯剑青老师组成的工作组，对土坪全区毕业班的教学工作进行检查，第一站就是乐俭小学。陈校长说在土坪小学听过我的语文课，这次来乐俭小学要专门听我的数学课。那节课是讲"圆"，学校没有圆规，凭手在黑板上画圆难以准确。上课之前，我用一根麻线一端系住一截粉笔，另一端系在一颗小钉子上，做成了一只简易圆规，因为毕业班的教室在楼上，所以还准备了一块钉钉子的石头。上课时，简易圆规和石头都发挥了作用?。评议时，陈校长对这节课给予了很高的评价，特别提到我准备了一块石头这一细节，认为是山区小学因陋就简上好课的典型。学生的努力和我的心血没有白费，这个班毕业之后，有5位学生考上了正安一中，他们是：赵友谊、赵友顺、赵有常、赵孝映、赵孝文。

1964年7月，突然接到县教育局的调令，要我去新办的田生农业中学工作；我又像过去那样，把铺盖卷往背上一背，奔赴到了新的工作岗位。到了田生农中，我给陈校长写过一封信，他也回了信，鼓励我努力工作，但我们再也没见过面。听说他不幸于1968年去世。

陈阳钦校长是在我的人生处于低谷时扶我上路的人，我永远怀念他。

2014. 1. 14

大地歌吟

慈菇凼种苞谷

土坪的华尔山，正安人大抵都知道，因为华尔山属高寒山区（海拔 1200 米），那里的苗寨至今还保留着苗族特有的风俗习惯。二十世纪六十年代初我去过华尔山，喝过苗族同胞的咂酒。但此文我要写的不是华尔山，而是挨着华尔山比之海拔更高的慈菇凼。

生活紧张时期（1962 年），土坪小学的教师上慈菇凼种过一季苞谷。

慈菇凼属土坪区的联合公社（即现在的联盟村）。土坪学区的指导员卢宗祥在联合公社当过书记，上慈菇凼种苞谷的事也就是由卢指导员牵头组织的。卢指导员说，现在是困难时期，粮食定量不够吃，饿着肚子教书实在不好受。要想吃饱饭，就得自力更生。毛主席说过，自己动手丰衣足食嘛。慈菇凼那地方空土多得很，要是老师们愿意，我负责联系，利用农忙假去那里劳动，种上一季苞谷，生活肯定会得到改善。说真的，老师们都饿怕了，既然领导这样关心大家，没有一个说不愿意的。卢指导员特别交代，慈菇凼的女队长郑月英是个热心人，上去后有什么困难可直接找她帮忙。

上慈菇凼的都是家在外地的青年教师，有郑祖培、王尚志、刘礼富、李越常、王太宗、陈训刚、萧艾妮（女）和我。当时，我们都在学校食堂开伙。而土坪街上的几位教师，他们在家里吃饭，也就没有参加劳动。

慈菇凼距土坪约五十里，要经过核桃垭、林溪、龙塘寺、联合公社所在地，然后就是上坡。上完最后一段陡峭的黄泥巴路，出现了一块高中显平的坝子，坐落着十来户竹树掩映的人家，这就是慈菇凼。正是春耕大忙时节，走了大半天的路，已是晌午时分。年轻的女队长郑月英，的确是个办事麻利地热心人，她知道老师们都饿了，忙着给大家张罗伙食——第一顿就在她家吃，以后我们自己做。她母亲煮的苞谷面饭，蒸过两道，相当滋润，菜是新鲜菜豆花蘸辣椒水，可口极了。吃罢饭，郑月英叫上生产队的会计刘占清，带领大家去看土地。已经犁过的坪子土，是社员们将要点苞谷的地。稍远一点，还有大片没有犁过的坪子土，郑月英挥挥手说，这些土你们都可以犁来种，做得了多少做多少！刘占清说，犁之前得先把土里的刺刺草草打整干净。

回到寨子，郑月英给老师们安排了住处，女教师萧艾妮就和她住一起；我和刘礼富沾了家门的光，被安排到刘占清家。慈姑凼地势高，虽是四月天气，夜里还是很冷的。我们一边烤着疙兜火，一边听刘占清介绍慈菇凼社员的生产生活情况：这里土地宽，社员根本种不完，所以就实行轮作：今年种了这块

大地歌吟

土，明年就让它歇年，后年呢，再把这块土里的刺刺草草一火燺了，犁转，草灰就成了肥料（近似刀耕火种）。不另外施肥吗？不，土地肥沃得很哩！队里只在半山才有几丘田，一年四季主要吃苞谷，吃米的日子很少。别看我们顿顿吃苞谷饭，可四川的女子逃荒来这里就不走了……当然，老家生活好转了，她们会回去的。摆了一歇龙门阵，占清就安排我们睡了。

早上起来，只见大雾弥天，乳白色的晨雾吞没了山寨和一切，谁家传来"咕嘎咕嘎"的推磨声，给人一种置身"世外桃源"的感觉。一阵"叮叮当当"的帮铃声响起，郑祖培和王尚志已经借来了牛和铧口；我们忙去借了弯刀，大家汇集在一起，留下萧艾妮做饭，便朝着昨天郑月英指定的地块走去。我们开始点火烧荒，清理土里的刺草，清理了一片，郑祖培拿起枷担往牛脖子上套，那牛欺生，犟着脖子和他较劲，好不容易枷上了，犁了几铧，那牛突然摆脱枷担，发起"踵喔"来。牛跑了！大家只好去追。雾浓得像牛奶一样，根本望不见牛的影子。开初还听见隐隐约约的帮铃声，可牛在雾中越跑越远，帮铃声消失了。大家商量了一下，回寨子里拿来电筒分头去找，找寻到中午，才在远处山湾里把牛找到了。说起找牛的这番经历，老师们又气又笑，你一言我一语编了首打油诗：好个慈姑凼，/大雾织罗帐。/白天去找牛，/还要打电棒！

吃过早饭，雾罩散去，红红的春阳露了脸。在找牛途中，陈训刚发现大片水竹林，长满了笋子，建议去采来做菜。郑祖培也说，牛出力来牛辛苦，别让牛老吃苞谷壳，得割青草来犒劳它。于是，重新进行分工：陈训刚和刘礼富去采笋子，采回来之后进行加工，帮助萧艾妮办伙食；我负责割草，尽量割嫩点的；李越常和王太宗负责清理土里的刺草。犁土既是重体力活，又是技术活，非郑祖培和王尚志两个强劳力莫属，仍由他俩轮流掌铧尾巴。那牛经过一番逃逸折腾，确也老实了许多，拖着犁铧认真地迈开了步子。渐渐地，山坪上出现了一片新翻的黑土。傍晚收工，牵牛回圈，我将所割的一稀眼背青草倒在牛跟前，见牛吃得那么甜美，心头高兴不已。

就这样，经过五天的耕作，犁出了大片坪子土，不用丈量，大家觉得面积差不多就可以了。接下来的一天，就是点苞谷。依照慈姑凼的种植习惯：打好窝窝，丢下种子，也不放粪，用锄头盖上土就行了。一直干到天黑，播种完毕。在耕作播种的六天里，不时有社员来指点；吃饭的时候，常有社员送来自家推的菜豆花。最后一顿，一家送来了大碗野猪肉，老师们吃着，都说真香。慈姑凼农民的热情好客和淳朴真诚都让我们感动。苞谷种下了，还得麻烦乡亲们照看，因为苞谷成熟时节，常有野猪出没；若不追赶，苞谷会被野猪糟蹋。女队长郑月英、会计刘占清和社员们都说，老师们放心，秋天只管来收苞谷就行了。

慈姑凼地处高寒山区，春播和秋收都比平坝晚半个月。平坝的苞谷，至少得薅淋两道，我们在慈姑凼种的苞谷，既不薅草，也不追肥，长得还好么？暑假期间，郑祖培（家住土坪新乐村芙蓉江边）上去看过，说苞谷的长势还不错，就是杂草多。

九月一日，学校又开学了。半个月后，放了秋收假，土坪小学春天上慈姑凼种苞谷的八位老师，加上新调来的谢亢忠再次奔赴慈姑凼。这次去收苞谷，除我之外，每个人都带了背篼。王太宗问，你不带背篼，拿哪样装苞谷？我说，到时候本人自有办法。秋阳依旧灼人！到了慈姑凼，大家顾不得休息，走进地块里就开始扳苞谷。因为没有薅草，苞谷长得很一般。扳了一个下午，接着又扳了一天，终于扳完了。晚上，大家就围着苞谷堆剥苞谷。第三天，大家把剥了壳的苞谷棒子铺在石院坝里用连枷打，没有打下的籽粒就得用手抹下来。慈姑凼的农民却没有急于打苞谷，他们把收获的苞谷堆在楼辐架盘竹上，等到冬闲时再来料理。家家都有仓，仓里装着存粮，比之平坝的缺粮和饥馑，你不能不说慈菇凼人是幸运的。好几家社员都给我们送来了苞谷粑，刘占清养了几桶中蜂，他用碗盛来蜂蜜，让老师们沾苞谷粑吃。

本来，打完苞谷我们就可回学校了。刘占清说，慈姑凼距离绥阳县的野茶坝只有十五里，他认识野茶小学的赖校长。不久前他去野茶坝赶场，对赖校长谈起我们在慈姑凼种苞谷的事。赖校长跟他说，土小的老师来收苞谷的时候，一定请他们来野小打一场篮球友谊赛。听占清这么一讲，老师们都说，苞谷丰收了，也该放松放松，去野小打一场篮球，要得！占清连夜去野小联系，回来说，赖校长听了非常高兴，做好了热烈欢迎的准备。这样，我们就于次日中午去了野茶小学，和野小的教师举行了一场篮球友谊赛。比赛结果，我们输了，这是意料中的事，我们的体力实在不如野小的老师！野小招待我们吃了一顿大米多苞谷面少的两造饭，菜是油辣子蘸合水豆花——这顿饭永远留在了我的记忆里。

打下的苞谷子过了秤，一共 305 斤，每个老师将背 35 斤苞谷回学校。同事们的苞谷都用背篼装好了，王太宗直盯着我笑，那意思是说，没有背篼，看你咋办？我对他眨眨眼，不慌不忙地脱下蓝布收腰裤子，用绳子把两只裤脚拴紧，然后把苞谷装进裤子里，再收紧裤腰。将装得胀鼓鼓的裤子骑上两肩，我问王太宗，咋样？太宗笑着说，真有你的！顶着炙热的秋阳负重下山，只穿短裤，其实爽快之至。

告别了慈姑凼的乡亲，我们背负着用汗水换来的劳动成果，于当天下午回到了土坪小学。

2015.4.3

大地歌吟

忆贵州省第一届青年业余作者大会

　　1965 年 5 月中旬，贵州省第一届青年业余作者大会在贵阳召开。正安县参会的有三位代表：明竞常、陈永强、刘礼贵。明竞常家住安场的海龙公社，代表安场区；陈永强家住土坪的新洪公社，代表土坪区；我所任教的田生农中位于凤仪的田生公社，代表凤仪区。从 1958 年在《山花》上发表诗歌以来，我一直坚持业余写作，是名副其实的业余作者。1965 年遵义地区编印的春节文艺演唱资料上，选载了我的 7 首诗，这是我被县委宣传部定为代表的依据。

　　遵义地区各县与会的代表先在专区文化局集中，由军分区管文化宣传的吴克明科长讲会议期间的注意事项。有几位本地区的业余作者，过去只是在报刊上见过彼此的作品，现在见到了作者本人，大家都非常亲热，像赤水的陈廷俊（会后出了诗集）、绥阳的陈文涛、吴仲华、遵义的张明友（会后当了省报记者）等。尤其是遵义县龙坪的刘成义，会编山歌，被誉为"新时代的刘三姐"，前不久刚出席过全国第一届青年业余作者会议，代表贵州在大会上作过重点发言，为贵州争了光，大家都想见见她。吴科长说刘成义已先于我们去了贵阳，到贵阳后会见到她的。全地区二十多位代表在吴科长的带领下，乘火车到了贵阳。我和大多数代表都是第一次坐火车、第一次到省城，显得特别兴奋。

代表们被安排驻在大十字的贵阳饭店。我们遵义地区的男代表同住一个大房间。仁怀的小吴是个学雷锋的积极分子，但视力不好；凌晨五点，小吴就起床摸着打扫房间，弄出阵阵响声，搞得大家睡不好觉。吴科长对小吴说，学雷锋做好事是好的，但不能影响大家睡眠。小吴有点尴尬。吃过早餐，代表们便集合去省政府大礼堂出席开幕式。开幕式由省团委宣传部长主持，省委宣传部分管文艺的副处长胡同志传达彭真在全国第一届青年业余作者会议上的讲话。传达之前，胡同志说，他们在北京听彭真讲话时，彭真打招呼不要做笔记、不要录音。但他们想不录音回筑怎么传达呢？还是悄悄录了音。所以大家听的还是彭真讲话的原稿。彭真说，在文艺创作领域里，专业作家毕竟是少数，要繁荣社会主义文艺创作，还得依靠广大的业余作者。召开全国青年业余作者大会，足见党对青年业余作者及其创作的重视。业余作者与专业作家相比，有自己的优势，因为生活在第一线，了解民情，写出的作品贴近现实……

"温室里的盆景哪有野外的苍松翠柏美丽呢？"

彭真同志所讲的这句话我至今还记得很真切。彭真同志是政治局委员，代表党中央向代表们讲话，怎么不让做笔记和录音呢？当时我想，他有什么顾忌么？次年爆发的"文化大革

大地歌吟

命"，彭真先于刘少奇被打倒了，说明我的怀疑没错。

开幕式结束时，胡同志补充说："有的地区代表要求会见老作家蹇先艾。经大会研究，会见就免了，因为蹇先艾年纪大了，思想跟不上形势，他身上有许多封资修的东西，讲出来会影响你们年轻人。"

我当时想，蹇先艾是鲁迅先生赞扬的乡土作家，是省文联主席，是贵州文艺界的领导，何以被看作"老朽"了呢？如果他的思想真的落后，还能作文艺界的领导么？当然，跟听了彭真的招呼一样，上层的事情我辈是不清楚的，只是这么思索而已。

回到驻地，吴科长就把我和张明友、陈廷俊等几位在报刊上发表过文章的代表找拢来，要我们带头写稿，编辑出版墙报。各地区的墙报都在驻地张贴出来了，我浏览了一下，当数我们遵义地区的墙报办得略胜一筹。赤水文化馆的老袁书法绘图俱佳，为墙报添色不少。我发表在墙报上的诗歌《我是文艺一新兵》，《贵州日报》的记者发现后，摘录进他所写的一篇报道，后来又被省团委宣传部长引入总结报告里。该诗一共四节，我还记得其中两节：

> 我是文艺一新兵，我是文艺一新兵，
> 来自黔北一山村。党的教导记在心。
> 开口就把党歌唱，生为人民开红花，
> 五湖四海响回声！死为人民献青春！

开幕式次日，刘成义来驻地看望代表们，大家请她介绍写作经验。她说，报纸上登载的那些山歌，都是她嫁到乡下后听别人唱的。刘成义21岁，读过初中，是个普通的农村妇女。她婆家生产队那些农民喜欢唱山歌，她听了很感兴趣，就用本子记了下来；有的山歌只需更动几个字，便有了新意。一次，她正翻开本子哼山歌，被记者发现了，便进行了报道。刘成义唱山歌宣传新风尚的事迹引起了领导的重视，地区文化局委托作家石永言对她进行了采访，写出了《新时代的刘三姐》一文。这篇特写在《中国青年报》上发表了，刘成义成了全国新闻人物。后来我与石永言成了朋友，谈起这件往事，永言问："我的长篇小说《遵义会议纪实》，你看过吗？"我说："早拜读过，大手笔呢。"永言问："'重庆上来八角岩，两公媳妇在打牌。公公输了皮褂褂，媳妇输了□□□。'是小说中唯一的一首山歌，由一个国民党士兵的嘴里哼出，你知道这首山歌来自何处吗？"不等我回答，永言笑着说："这是我当年采访刘成义时，刘成义给我说的。没想到写《遵义会议纪实》用上了，简直是神来之笔！"

北京的青年业余作者会议，刘成义无疑是一匹黑马。省里的这次青年业余作者会议，黑马却是吴仲华。仲华个子矮矮的，初中毕业，19岁，家住绥阳郊区。他尝试用说评书的形式，给村民讲述武松打虎之类的故事。发现乡亲们喜欢听，即把发生在身边的好人好事编成评书段子来讲。他随身带着一方醒木，走到哪里评书便讲到哪里。绥阳县宣传部将吴仲华用说评书开展文艺活动的事迹上报到省里，这次大会仲华便代表遵义地区在会上作了典型发言。之后，省团委宣传部长带着仲华到贵州大学、贵阳师范学院等大专院校，用说评书的形式给大学生做报告，受到大学师生的热烈欢迎。一个只上过初中的文学青年，频频登上大学讲台，对数以千计的大学师生展示才艺，一时轰动了省城贵阳。

代表们来自基层，到一次省城不容易。大会安排时间，组织大家观看了京戏、杂技，参观了动物园。而省公安文工团专门为代表们排演的文艺节目，短小精悍、生活气息浓郁，反映了部队战士昂扬的精神风貌，很受代表们的欢迎。记得有个歌舞节目，是表现武警战士参与治理贵阳南明河的，演员们喊着劳动号子，表演得非常生动。后来我才知道，有两名正安籍的文艺战士就在省公安文工团里：一个是肖汉周，在团里敲扬琴；一个是王安华，在团里当演员。那个"战斗在南明河"的歌舞，王安华就参加了演出。

为了提高业余作者的写作能力，大会还安排代表们到《贵州日报》编辑部、省群众艺术馆参加座谈，请编辑老师讲写稿要领。省群艺馆要编辑一期写农村生活的稿件，回到驻地，吴科长安排半天的时间让大家写稿。一人交一篇稿子，送到省群艺馆编辑部，只有我和陈文涛的稿子被选登了。我们两人都是写的诗歌，我写的诗如今只记得题目，叫"社员有双翻天手"。还记得湄潭的代表老汪，是个党员，他模仿我发表在墙报上的诗写了一首诗，题目叫"我是党员一支兵"，吴科长看后哭笑不得，问："谁叫你这么写的?"老汪很难为情，我对他说："写诗不能生硬地模仿，今后要多看点书，慢慢领悟，兴许会有进步。"

历时七天的会议结束了，代表们回到了各自所在的县。我回到正安，又结识了两位干部：一位是县宣传部的文教干事青树华，我代表与会的三位业余作者向青干事做了汇报；一位是教育局的会计赵士奇，我在赵会计那里报销了差旅费。青、赵两人的态度都和蔼可亲，至今令我难忘。

2014.7.29

一位乡村医生的足迹

我的岳父是个乡村医生。记得有好几次，一家人正在吃饭，突然有病人家属来找，岳父放下筷子，背起药箱，跟着病人家属就出了门。妻说，老人家就是这样，哪怕深更半夜，且下着雨，只要有病家来找，他二话不说，稍作准备，打起电筒就直奔病家。作为医生，救死扶伤是其天职，时间就是生命，如果不是病情危急，病家不会黑灯瞎火地来请医生的……

时光飞逝，岳父已去世 18 个年头，我也应该为老人家写点纪念文字了。

岳父名陈云光（又名陈洪钊），1909 年生于四川省（现属重庆市）武隆县羊角镇碑垭乡大土村。岳父 11 岁那年，人祸天灾接踵而至，先是岳祖父病故，接着逢大旱，村人靠野菜树皮充饥。为寻活路，岳祖母把她的小儿子少清寄托于村邻，带着岳父外出逃荒，母子俩一路帮人行乞，从武隆逃至正安地界，来到了扬兴的白石田，一位叫刘金某的老人收留了他们。刘金某膝下无子，有意培养岳父，送他进了私塾。待岳父初识文墨，老人便让他拜师学医。岳父习医之余，忙着下地干活，很讨老人喜欢。1930年，岳父21岁，金某老人帮他娶了媳妇，这便是岳母，扬兴吕家山的姑娘，小岳父两岁，名郑代青。也就在这一年，金某老人不幸亡故。在白石田，刘家是大姓，族人放话，陈云光是外人，不能继承刘金某的房产。这样，不愿卷入纷争的岳父便带着母亲媳妇离开了白石田。人世间有偏见冷酷，也有如金某老人那样的慈怀温情，注入岳父心田的必然是后者。

　　一家三口到了扬兴场，租房住了下来。将来何去何从，岳父岳母意见分歧：岳母熟悉茶饭，说可以做吃喝生意：岳父有志行医，总想悬壶听诊。然而本钱呢？没有！用现在的话来说，缺少启动资金。岳父仰望扬兴场背后高耸入云的蒲扇台，突发奇想，说，我们没有钱，但人年轻，有力气，可以到蒲扇台半山的之字拐去开荒，种上苞谷小米、南瓜豇豆，吃的就解决了。房子呢？岳母问。之字拐两旁有的是树木，岳父说，可以砍些来搭两间茅屋。岳母兴致来了，说，之字拐是客人来往歇脚的地方，我可以在那里卖油茶卖饭。岳父的兴致更浓，说，之字拐山上草药多，我可以采来晒制行医，这样不就白手起家了吗？现在的年轻人难以想象的事，岳父岳母当年硬是这样做了，而且，在蒲扇台之字拐一住就是9度春秋。在那里，岳父开始实践他的行医之梦，他上山采药，给山民治病，给山里娃种痘，而把寂寞和惊恐留给了岳母。有一年，岳父行医到了务川，被务川县保警队抓去当了一年兵，是他给保警队队长的母亲治好了胃病，方才被放回正安。

　　"不登高山，不晓平地。""人不出门身不贵，火不烧山地不肥。”是岳父的口头禅。这些套言定然和其人生经历有关，听了岳父讲述以上的故事，我的猜想被印证。

蒲扇台之字拐那么冷僻，绝非岳父向往的居所，一家三口搬去那里实属无奈。只要向准新的住地，岳父一家就会离开。岳母在之字拐生过三个孩子，一个也没养活，这是促使岳父选择新家园的直接原因。

新家园就是和溪镇的大坎坝。

1939 年秋，岳父带着岳祖母婆媳坐船渡过清溪河抵达大坎坝之时，一家三口都笑了。啊，宽宽的田坝、潺潺的溪流、金果累累的橙树、十多间瓦舍组成的乡街，让岳祖母连连点赞：真是个好地方！一家人租了桥畔李家的房子住了下来。岳母开起了栈房，饭菜飘香，客源不断。岳父挂出了医幌，把脉看病，医术渐显。岳祖母自有活法，在门口摆了个水果摊。三口之家各尽其能，相互帮衬，很快融入了大坎坝这方热土，乡街上的能人王炳宣（屠户）、张作周（生意老板）成了岳父的掏心窝朋友。10 年辛苦经营，岳父一家在乡街上修起了两间瓦房，岳父岳母养育了 4 个儿女。听妻说，修房子之时，岳父在爱新桥订打了柱石，亲自去背，累得吐血，落下了齁病。

岳父行医放痘，足迹遍布四方。以东来说，岳父去过林关、流渡、谢坝，乃至湄潭的荷包场、马山；以西来说，岳父去过双龙、桑坝、黄渡、梨垭；以南来说，岳父去过和麻溪、米粮渡、牛都坝、乐俭、辽远，以北来说，每隔一两年，岳父定会故地重访，经过县城安场，去羊心滩（扬兴）、茨梨垭、张斗坝

（县保险公司原经理张国方儿时就是岳父放的痘），那时的农村缺医少药，也没条件给小孩打防疫针，给了岳父做游医的天地。

岳父是医生，医德高尚，同时有一副古道热肠。一次路过毛家塘，见一女人在河边哭泣，像要跳河的样子。问之，原来女人死了儿子，伤心过度，想随儿子而去。岳父好言相劝，将其带回大坎家中，让她帮助岳母打杂，直到女人心情好转才送她回去。临近解放，土匪盘踞正安。一天晚上，一伙黄渡窜来的土匪绑了大坎街上王吉宣的票，王吉宣一家忧心如焚，凑了钱，但无人敢去赎人，岳父慨然前往，把王吉宣从匪巢赎回了大坎。

解放了，岳父被选为大坎村贫协主席。在此任上，他积极为群众办事。关于这段经历，岳父讲了送孙伦贵参加革命工作的轶事：当时，孙伦贵的舅舅在大坎做生意，孙家里困难，被舅舅接来大坎读私塾，一直住在大坎坝，天天和王炳宣的儿子一起上山放羊，孙虽然才15岁，但个子高高的。适逢县里招通讯员，岳父见孙机灵，各方面条件不错，问他愿不愿当通讯员，孙说愿意，岳父亲自送孙去县里，经考核，孙被录用了。后来孙伦贵入了党，当了土坪的区委书记，再后来当了正安县的县长、县委书记……听了岳父的讲述，我打趣道：想不到你还是位伯乐呢！

岳父常常思念留在武隆老家的弟弟少清，数次去信打听岳叔的下落。1962年，突然接到岳叔从四川万县寄来的信。原来，岳叔没有死于饥荒，渐渐长大成人。抗日战争爆发，他参加了国民兵，随军开赴前线打鬼子，在一次战斗中，腿部负伤，被送回四川长寿荣军医院治疗。后来荣军医院迁到万县，他与万县猪鬃厂的女工龙正秀认识结了婚；新中国成立后，被安置在万县郊区务农，育有两子一女。经和老家联系，岳叔终于知道了岳父一家的地址，极想来大坎和岳父团聚。兄弟书来信往，几番周折，岳叔一家迁来了大坎。岳父家有两间瓦房，他腾出装修较好的堂屋让弟弟一家居住，并写了字约，堂屋永属岳叔一家所有。岳父这样处理房产，善待弟弟，在大坎坝传为美谈。

岳父不故步自封，认真学习，医术与时俱进。他本来是中医，但西药也会处方，从未出过差错。打针、输液、听诊、量血压，有关西医的一切都联系实践自学。1955年合作化，和溪乡要建卫生所，岳父与周光华医生一起出色地完成了任务。那时，岳父奔走于和溪与大坎之间，两边忙，从未有过怨言。后来岳父又和李文钊医生一起办起了大坎卫生所。为了大坎人民的健康，岳父日夜操劳，费尽心血，深受当地群众的热爱和尊敬。

岳父于1979年在大坎卫生所光荣退休；1987年去世，享年78岁，埋在大坎西坡马桑台，岳祖婆岳母先于他走，他们的墓茔相邻相依。

2015.7.21

珍州美泉

羊年暮春，读到石定发表于《正安文史》的《青青子衿——正安一中"群鹰会"纪实》，异常欣喜。沉寂多年的作家石定终于把笔发声了，谁不为之悦然呢？文章正题"青青子衿"，出自《诗经·郑风·子衿》，意即"青青的是学子的衣领"，借代"学子"。联系副题来看，他们即是作者当年在正安一中读书时参加"群鹰会"的初中同学，其中就有"善谑"的王美泉。

我和石定、美泉都是初中同学。他俩读初一，我读初三，我比他俩大三岁。那时一中班级少，人不多，虽然年级不同，彼此都认识，印象中美泉头发有些卷曲，爱笑，是个"小精灵"。石定爱好文学我知道，因我俩都在全校作文比赛中得过奖，美泉那时也爱好文学我却不知。"群鹰会"一案是1957年秋后发生的事，那时我已从一中毕业到遵师读书，不仅不知其来龙去脉，连名称也弄成了"群英会"，以为是学弟们看了《三国演义》，也要来个群英聚会哩。读了石定的忆文，方知其源于白桦的长诗《鹰群》。《鹰群》是江子能的，描写红军长征时过

大地歌吟

藏区的故事，很多同学都借来读过，很感动。于是，子能、石定、美泉他们班那些爱好文学的同学，决定以"群鹰会"为名，成立一个写作兴趣组织（相当于现在的"文学社"），多么单纯美好的初衷呀，但在那个特殊的年代，却被打成"自发性反动组织"，一个个吃尽苦头，付出了沉重的代价。

1970年冬，我从城关一小奉调流渡小学教初中班已经快一年了。一个星期天，白石小学的周显华来约我去谢坝，说，快过年了，想去谢坝仓库买点糯米回家做醪糟。并且说，谢坝仓库是新中国成立前谢坝大地主谢世梁的房子，走马转角楼，修得像迷宫一样，何不前去一睹？又说，谢坝仓库的粮管员王美泉和他是朋友，一个人就住在偌大的房子里。我说，王美泉和我初中同过学，算起来，这位学弟应该26岁了。正值隆冬，寒凝大地，霜风割耳，泥路结了凝芽子，踩上去咔嚓咔嚓的。到了谢坝仓库，门却锁着，美泉呢？显华和我正要去谢坝街上找，只见美泉端着一盆衣服回来了。记忆中的"小精灵"已经长成了棒小伙，绾着袖子，手冻得红红的，说，不晓得你们来，到河边清几件衣服！开门进屋，显华说了来意，美泉说，糯米卖完了，二回收了给你留起。他带我们上楼看了所谓的迷宫，不过是房间有侧门相通而已。

半年之后，美泉调到了流渡公社粮管所，见面的时候多了。那时到粮站买米要搭杂粮，杂粮多是苞谷，买回来要推成苞谷面，筛去苞谷糠，非常麻烦。站里安排美泉开票，美泉同情教师，想少搭点苞谷，但站长不同意。只要粮站出售面条，他就通知教师去买。县里搞文艺会演，各公社都成立了毛泽东思想宣传队，美泉会拉小提琴，被抽到流渡宣传队搞伴奏，他有如此才艺，是我没想到的。一次，我去粮站买米，美泉递给我一个红色封皮的笔记本，上面抄满了诗，说，你看这些诗写得咋样？我随便翻了几页，问，这是谁写的？他说，谭文长。我不便评论，说，我也有一个诗歌本子，但却被抄走了，平反时还给了我，被我扔到火里烧了。那时我对写诗已心灰意冷，而美泉却悄悄地爱着诗、恋着文学。

"文革"结束，大地春回，县里在文化馆召开创作会，请来了《山花》编辑文志强老师讲课。当时我已离开流渡，在瑞濠任教，接到通知，步行20里进城参会，而远在流渡的美泉第二天才到会。美泉把带来的一篇小说稿交给文老师，文老师看后让大家传阅。美泉在谢坝工作过，谢坝出娃娃鱼，这篇小说的题材自然是写娃娃鱼的。小说写了这样一件事：一个靠捕捉娃娃鱼赚钱的农民，在乡里贴出布告不准捕捉娃娃鱼的情况下，仍然偷偷地干着这一勾当。一天，他来到深深的潭边，脱光衣裤，潜入潭里去摸娃娃鱼，摸了数遍，一无所获。最后，他一个猛子扎到潭底，摸出的竟是个人脑壳。那人脑壳一双黑洞洞的眼窝盯着他，农民害怕极了，扔下它跑开了。我看后，觉得美泉写的这个故事怪离奇。问，这个故事是真的吗？是我虚构的。故事结尾有警示作用：如果不听劝告，一味偷捕下去，就会落得那个人脑壳一样的下场，是这样吗？是的。文老师叫美泉把稿子带回去修改，好像没改得出。

大地歌吟

以后，美泉去贵阳参加了文老师主持的小说改稿班，创作有了长足进步，短篇小说《娃娃鱼的故事》在《山花》上发表了，不久，《青年文学》又发表了他的《野店》。美泉把他写的数个短篇集中起来，以《野店》为名出版了，他特地坐车到正安二中送了一本给我。美泉在文学方面的才华终于崭露头角，受到了粮食局领导的重视，将他从流渡调进城，担任县直属仓库的销售股长。当时，去一中补习的新宇在亲戚家搭伙，可买米仍要搭杂粮。亲戚对我说，你不是和王美泉熟吗？何不去找他批个条，就可用粮票买到净大米了。我去直属仓库找到美泉，他二话不说，批了100斤大米。对于这件事，我对美泉是常怀感激之情的。

石定调到遵义市担任市文联主席之后，曾组织正安和道真的业余作者到花溪办过一期笔会。那次笔会我和美泉，还有务川的戴绍康都参加了。我们游了花溪、青岩，还去高坡苗寨观看了斗牛节，之后或诗歌或散文，各自都写了文章，发表在《贵阳晚报》上。这种即兴之作，美泉和绍康却没有写。美泉带去了小说《落霞》的初稿，反复征求意见，认真地打磨。绍康带去了一部中篇进行修改。美泉抽叶子烟、绍康抽纸烟，两人烟瘾大酒量也大，而且能边喝酒边改稿，我见了不由得啧啧称羡。因为我只要喝上半杯酒，脑海就云里雾里的找不着北了。另一次也是石定主持的笔会，地点是绥阳的宽阔水，黔北许多作者都参加了。会议要求每个作者以如何出精品为题，发言8分钟。轮到我发言时，我先说了作家深入生活的重要性，而深入生活好比"掘井",井掘得越深水源就越丰沛。我当时在写反映少儿生活的小说,就说对于下一代,我们应当提供健康的精神食粮,不能用一些低级庸俗的东西污染他们的心灵。我的话刚完,美泉即刻接了过去,说我的观念太陈旧了,现在就是要突破禁区,什么都可以写,比如"性",不能谈性色变,把写"性"看成是低级庸俗。我认为美泉误解了我的发言,就和他争论起来。石定作总结,说,一个有责任和良知的作家,的确应当为广大的少年儿童提供健康向上的精神食粮。

　　不久,美泉从粮食部门调到正安报社,负责编辑"天楼山"副刊。听到这个消息,我暗暗为他高兴,因为他的工作终于和其爱好联姻了。值党的 75 岁生日,我给正安报寄去了《党旗颂》一诗,用的是"文捷"这一笔名。诗很快发表了。美泉见到我,问,文捷是你的笔名吧?见我笑而不答,说,我一看那首诗就是你写的。好个王美泉,真有一双编辑的慧眼。县文联改选,美泉担任了文联副主席。一次,我去文联看望他,他问我余暇做些哪样,练不练书法?我说,担任两个高中毕业班的语文课,忙,哪有时间练?他说,搞文学的人,应当多一点艺术修养才好。美泉的中篇小说《那年那月》是写"土匪"的,他跟我谈起新中国成立前他们家乡的土匪,说,土匪分两派,一派以市坪的王大定为首,头头都有文化素质,王大定毕业于湄潭浙大附中,王正雄毕业于贵阳师院;一派以谢坝的谢银清为首,纯粹是乌合之众。我已经收集了不少有关土匪的材料,准备写部长篇——长篇最能说明一个作家的价值。美泉写土匪

大地歌吟

的长篇未能出炉，反映现实生活的中篇《黑风坳风情》却在《民族文学》上发表了，县里特地为之组织了讨论会。

美泉利用文联这一平台，组织了"珍州文学沙龙"。我退休后虽然寓居贵阳，对"沙龙"的活动情况还是了解一些。"沙龙"团结了30多位青年业余作者，定期召开创作会，相互提意见，修改稿子，然后把成熟的稿子推荐出去。考虑到年轻人的特点，"沙龙"的活动场所总是有所选择，比如风景秀美的中观杨柳溪、辽阔的天楼山草场、鱼鹰出没的水乡樊村，等等。为了提高青年作者的写作水平，文联请了《山花》《花溪》以及南京《青春》编辑部的编辑、作家来讲学。须知这些活动是在文学受到经济大潮冲击，为款爷们所不齿的冷遇下举办的，无怪乎《青春》的编辑说它是"新时期形势下的正安文学现象"，为了支持"珍州文学沙龙"的活动，《青春》月刊编发了"正安小说专辑"。"沙龙"的作者在迅速成长，王华、王龙、雷霖、杨欧等一批青年作家脱颖而出，在《山花》《人民文学》等刊物发表了一篇篇小说。写到这里，我想到石定笔下的"青青子衿"，倏乎觉得"群鹰会"就是"珍州文学沙龙"的前世，"珍州文学沙龙"就是"群鹰会"的今生。

女作家王华是从"珍州文学沙龙"起飞的。2005年，王华在《当代》发表了长篇小说《桥溪庄》，获得了第九届少数民族文学骏马奖。王华的成功主要在于她自身的勤奋和天赋，但与美泉的扶持、"珍州文学沙龙"的熏陶亦不无关系。美泉撰文说："大约两年前，我与王华闲聊了那个发生在家乡的令人震惊的故事。我聊的时候心情是平静的，语言一点也不夸张，我只将那事平平淡淡地说给她听。其故事真实梗概大约是这样，有一老实憨厚的乡人，他有一患了性变态的儿子，这个儿子常常对自己的母亲和妹妹进行性骚扰乃至强暴，父亲在无可奈何之下趁儿子醉酒后，将儿子的脚板用斧子砍了下来。儿子醒来后，提着血淋淋的脚板，拄着拐杖去区里告状，公安民警来现场调查，乡邻们纷纷替憨厚老实的凶手说好话，说他是不得已而为，事情就这样不了了之，此后，憨厚农民将他的儿子关在一间屋子里，将手脚用铁丝捆了，每天给他吃食，这样过了两年，儿子死了。末了，我对王华说，这个故事是十分悲惨的，无论怎样看都是一个很好的小说素材，能够挖掘的东西是很多的。想不到这个故事成了《桥溪庄》中的精彩章节，想不到这个故事触发了王华关注农民的灵感和良知。"，依我看，美泉给王华讲的这个悲惨故事，应该是《桥溪庄》的胚芽。

后来，从正安传来了美泉生病的消息。哪样病呢？莫不与他海量喝酒有关？回正安问智武，智武说，肝癌。恰巧石定、义忠也在正安，我们四人便一起去看美泉。美泉的家仍在县城直属仓库家属院。他病得很重，本来在卧室躺着，听女人说我们来了，竟然下床拿着烟颤巍巍出来招呼我们，并要女人给我们泡茶、削苹果。我们怕他累着，忙叫他坐下。美泉的身体过去很强壮，可眼前的他已形容憔悴，病入膏肓。平时智武和他见面总要开玩笑，但此刻却默然了。大家心里都沉沉的，不便多说什么，只道声多多保重就告辞了。走出直属仓库大院，我

大地歌吟

— 161 —

说，看美泉那样子，恐怕活不到春节！义忠说，听医生讲，就是这几天了！我倒抽了一口冷气，难道这就是和美泉的诀别？回贵阳不到一个月，新宇打来电话，美泉去世了！我嘱新宇即去吊丧，下葬的天，代我送他最后一程。

珍州美泉，浇过花，绿过草，永远流淌在故乡的土地上！

2015.11.8

陪女诗人陈佩芸正安采风

谈起《山花》编辑对正安作者的关心和扶持，文志强先生自然功不可没，而《山花》的其他编辑对正安作者亦是非常关注的。如石定的成名作《人世的烟尘》原稿题目为《唐德胜之死》，经当时《山花》的主编胡维汉再三斟酌才改为《人世的烟尘》的；1981 年我的短篇小说《榴花似火》在《山花》11期发表时，《山花》的副主编尹柏生即写短评予以推介。而谈及正安文学的发展，一般人往往只谈正安小说，避而不谈正安诗歌，须知正安诗歌以刘大林的组诗《柞山蚕歌》为代表，在贵州诗坛也是占有一席之地的。《山花》的历届诗歌编辑呢，对正安的诗作者亦关怀备至，比如沈耘、陈佩芸，他们不仅赏识正安作者，对正安这块黔北热土亦心存向往之。他们和作者交换意见时，常常流露出希望去正安看一看的心愿。在这样的背景下，便有了女诗人陈佩芸的正安采风之行。

陈佩芸 1929 年出生于中国北方，1951 年毕业于清华大学中文系，先在《通俗读物出版社》《人民出版社》工作，后调《山花》任诗歌编辑，出版过《杉树林》《云雀》《月照高原》

大地歌吟

《太阳雨》《黄河的脚步》等诗集。她个头大、蓄着短发、一口纯正的普通话，在我们眼里，是个朴实温和的老大姐。

1983 年 4 月的一天，在正安二中工作的我接到县里的通知，说《山花》编辑部的女诗人陈佩芸来正安了，要我去宣传部报到，与另外几位诗作者一起，陪陈佩芸下乡采风。我即赶到县城，与同时接到通知的刘大林、谭文长、陈智武汇合，一起到招待所看望了陈佩芸同志。女诗人见到我们几个熟悉的作者，显得很高兴。她说，之所以选择四月份来正安，主要是想看看正安的桐花。大家说，倒春寒已过，平坝地区的桐花谢得差不多了，半山地区或许还可见到盛开的桐花。有人提出，陈大姐难得来一回正安，既然来了，不妨多参观几个地方，上坝茶场是值得一去的。于是，陪女诗人采风的内容便增加了参观上坝茶场。

去上坝茶场的吉普车是谭文长联系的。文长说县农委的贾主任也要陪大家去。我见贾主任提着篮子在街上买菜，问，上坝茶场是农村，难道没有菜么？贾主任说，上坝茶场地势高，菜不肯长，还是带点上去的好，陈佩芸是省里来的客人，可别怠慢了人家！

一早，一行人登上吉普车，向上坝茶场出发了。驾驶员旁边的座位便于观光，陈大姐和贾主任推让了一番，还是给女诗人坐了。过了格林，汽车开始爬坡，像负重的老牛般喘息起来。起雾了，雾越来越浓，驾驶员打开了车灯，车灯就像泡在牛奶里的两只蛋黄；蓦地，一只野兔从车灯的光柱里闪过，窜到旁边的岩坎去了，驾驶员说，在这条路上开车，碰上野兔是常有的事。到了斑竹，灰蒙蒙的雾里裹着霏霏细雨，路况更差，吉普车颠簸着，好不容易才到了上坝茶场。经过茶场工人住宿区时，车子放慢了速度，在那些黄泥筑成的"干打垒"门口，我发现了不少熟悉的面孔——他们是从安场镇安置到这里来的知青（也有从贵阳、县城分来的；他们来了，户口就转不走了，被后来的一位正安作家称为"被人遗忘的知青群落"）。吉普车开进了有着几幢灰楼的场部，大家下了车，贾主任将女诗人向出门迎接的场长作了介绍。

一行人稍事休息，便由茶场工程师领着去参观茶山。一篷篷的茶树就像绿珊瑚一样铺向天边，我们穿行其间，一边观看，一边听着工程师讲解。工程师讲到上坝茶场的海拔（1400多米）、土质、气候，特别讲到山上湿漉漉的雾，讲到透过雾幔筛下来的绣花针似的散射光——这些都是培植优质茶不可或缺的条件。女诗人走在工程师身边，不时点点头，往小本子上记上几个字，神情那么专注。参观完毕，时间已近下午，因还要赶回县城，便去场部食堂吃饭——如果不是贾主任买了菜带上山，大家真要吃光饭哩。本来还安排了和茶场工人座谈的，由于时间关系，便省去了，可我心里却惦记着这些年轻的茶场建设者们。

返城途中，我在车上把构思的散文诗《茶山雾》念给陈大姐听，陈大姐听了说，她也留心观察了山上的雾，的确和别处不一样。陈大姐要去了《茶山雾》的稿子，将其发表在次年的《山花》四月份上。现抄录于下：

大地歌吟

呵，朝朝暮暮，像乳泉一样流泻在茶山的雾！

你哟，一定揉进了天的蔚蓝，山的翠碧，还有虹的一半色彩；不然，何以使得片片春茶这般绿？这般嫩？

你哟，一定融入了阳光的希冀，星星的渴望，还有茶工的全部爱情；不然，何以使得篓篓秋茶如此鲜亮？如此清香？

呵，茫茫绿海中，采不完的高山云雾茶；朝朝暮暮，流不尽的乳泉一样的茶山雾！

当天晚上，我即回了安场。次晨，陈大姐他们乘坐的吉普车经过安场时，我便同大家一起驱车去观赏桐花的第一站——桐梓垭。

与去上坝茶场的公路相比，去桐梓垭的公路要平一些，也没有了雾，视野自然开阔得多。吉普车驶入扬兴地界，沿途的桐树多了起来，只是花期将逝，枝头的桐花所剩无几了，我们担心桐梓垭的桐花如果也是这样，陈大姐一定会失望的。陈大姐兴致却很高，问，你们几位正安作者，一定听过有关桐花的民歌吧？大林兄曾两度去油桐密集的龙岗乡蔺家沟采访过，说他收集过一些，当即用正安民歌调哼唱了两首：

等郎等到桐叶绿，　　桐山桐树好人才，

盼郎盼到桐花开；　　单等妹子嫁过来；

不择郎哥家底厚，　　有朝一日坐花轿，

单选郎哥好人才。　　我用花轿八人抬。

大家听了，不禁哈哈大笑。陈大姐请驾驶员停一下车，掏出本子把两首民歌记了下来。谭文长是省报的通讯员，对桐乡的情况作过报道，说，新洲区龙江大队的党支部书记，50年代去北京出席过先进生产者会议，领回来一面猩红色缎面的奖旗，上有周恩来总理的题词："户有万株桐，幸福永无穷。"话题跳跃开来，由周总理的关怀跳到桐树的栽培，由桐树的栽培跳到桐油的价值，由桐油的价值跳到点桐油灯的历史，陈大姐听了，不住地点头。

　　翻过垭口，桐梓垭到了。吉普车穿过窄窄的乡场，在公社院坝停下来。走下吉普车，朝乡场背后的坡上一望，呀！满坡雪白的桐花开得正盛哩！同行的人脸上都流光溢彩，因为终于见到了成片的桐花，陈大姐可一饱眼福不虚此行了。我们陪陈大姐登上山坡，徜徉在繁花似锦的桐林间。陈大姐观察得很仔细，她拾起一朵白瓣红蕊的桐花，数了数瓣数，又嗅了嗅，脸上露出了满意的笑容。登上一处崖坎，陈大姐说想一个人坐坐，她一定是来了灵感，要赶紧把它捉住嘞！陈大姐坐在高高的崖坎上，目光凝视着远处，一下陷入了沉思。

　　我们走到坡下，没有去打扰陈大姐。约莫过了40分钟，她才缓缓下了坡。于是，大家又坐上吉普，向着观赏桐花的第二站——龙岗进发。

　　途中有段公路地势比较低洼，路上堆积着稠稠的污泥，车辙比吉普的轮子还深。那是下雨天大车碾的，像吉普这种小车根本过去不了。怎么办？驾驶员说，只有把车辙填高一些，吉普才能通过。文长去附近人家借来了锄头和筻箕，大家挖的挖，运的运，填的填，奋战了个多钟头，才把车辙填平了。虽然春寒料峭，人人额上都冒出了汗。智武是个乐天派，说，隋炀帝为了去扬州观花，修了条名垂青史的大运河；我们为了去龙岗观花，填了几个坑，也要上书的！

到了龙岗公社所在地，大家急着下了车，环顾四野，每个人都发出了"啊啊"的赞叹声：但见重重山坡，条条沟壑，开得正炽的桐花犹如雪白的潮，又似绯红的云，它们不是静止的，而是在不停地涌动，直往你的眼里钻，直往你的怀里扑。桐梓垭后坡的桐花哪有如此磅礴的气势呢？陈大姐的眸子亮亮的，我敢说，她在桐梓垭后坡崖坎上的构思又得改动了。非有大手笔，怎能描绘龙岗桐花怒放的壮丽景色哩！

一行人在龙岗公社食堂用了餐，又得赶紧钻进吉普车，返回县城的路不短啊！

女诗人陈佩芸的正安采风之行收获是丰厚的。她回贵阳之后，写了不少关于茶山和桐乡的诗，仅我有限的阅读所及：发表在黑龙江《北方》和内蒙古《草原》的两组诗，都写了神奇绚丽的桐花。当年陪同陈大姐下乡采风的文长和大林兄已先后作古，借此忆文遥寄怀念之情。

2015. 1. 2

南垭纪事

1. 南垭

两年前，贵阳黔灵山公园还叫黔灵公园；不经意间，黔灵公园大门的横额多了个"山"字。这倒也名至实归，因为这座绿宝石般的国家级公园原本就坐落在黔灵山的怀抱里。黔灵山北麓有截短短的街子叫小关，小关北面就是南垭。

尽管南垭距省政府所在地和黔灵山公园都不远，但四十年前，那里还是一片不毛之地。1964 年，省里要在贵阳的东山建化工厂，经过动员，东山有八户农民搬迁至南垭。这八户人家，成了南垭最早的原住民。那时南垭只有一条土路与外界相通。八户农民凭着勤劳的双手，在荒坡上取土、伐木、割茅草，盖起了八间土墙茅屋。有了栖身之所，他们便甩开膀子开荒。一块块土地开垦出来了，按照时序：春种、夏锄、秋收，集体做活路记工分，南垭生产队就这样诞生了。

可是，垭口的构树叶黄了又绿，绿了又黄，八户人家的第二代都结婚生子了，他们仍然居住在当初的土墙茅屋里。

改革开放之后，贵阳市决定在南垭征地搞建设。南垭的老老小小很是兴奋了一阵子！土地征用了，每家都获得了一笔征地费，轰轰轰！一面面象征贫穷的土墙被推倒了，家家在原来的地基上盖起了楼房，有的墙上还贴了瓷砖。领到了购粮本，不再地里刨食，农民变成了居民，多少年来的"农转非"梦想变成了现实。农民不种地了又做什么呢？惶惑有顷，各自有了门路：有的学开车（汽车、拖拉机、三轮车），有的做生意，有的侍弄蔬菜（土地虽然征收了，但有的仍空着）。

买地的大单位有五家：省财校、省国安厅、兰馨苑（商品楼）、水电九局、区检察院。随着一处处工程的破土，公路修起来了；最初是毛坯路，一下雨泥泞不堪，直到 1997 年才铺上混凝土。公路西边，省财校立起来了，开始招生；公路东边，省国安厅立起来了，开始关人（听说搞贪腐的省委书记刘方仁就曾关在那里）。与省财校相邻的兰馨苑刚崭露头角，停摆了；与兰馨苑相邻的水电九局职工大楼速度虽慢，但高高的吊塔一直在轮转；而挨着国安厅的山坡是区检察院的地盘，不知何故，迟迟不见动工。

公路两旁还有一些被征的土地，一直空着，但已经和原来的主人无关，买卖权掌握在黔灵村村长手里。这些土地原来多是村民的自留地，不少种植着樱桃树。村长说，买方啥时砍树啥时索赔。

来贵阳打工的农民逐年增多，南垭差不多的人家都出租房子，收房租成了他们的主要经济来源。我和老伴于 1998 年 9 月到南垭，也跟那些农民工一样租房子住，一住就是五年。

2. 丰航小学

农民进城打工，相当一部分带着孩子。孩子们需要上学读书，但城里的学校他们进不去。这样，一间间私立学校就像雨后春笋一样在城乡接合部冒了出来。1997 年秋，洪老太的外孙女杨敏在南垭办起了丰航小学。次年，我应校长杨敏的聘请走进该校。

丰航小学设在洪家院子里，有一至五年级和幼儿班，6 个老师、115 名学生；学生大多数是农民工子女，主要来自南垭和小关街上，最远的来自黔灵公园后门附近的丫关。校长杨敏了解我退休前小学中学都教过，有办学经验，聘任我为丰航小学副校长，负责制订学校的工作计划、安排课程、抓教学工作。我担负的课程也不轻，除了上四、五年级两个班的语文之外，还上全校的唱歌课。办公室有台风琴，哪个班上唱歌课，哪个班的值日生就去把风琴抬到教室里。一首歌先教两遍，然后用风琴带唱，学生很快就学会了，我也觉得不怎么费嗓子。

教幼儿班的银凯宜老师是杨敏妈妈中学时的同学，当过知青，因所在企业不景气，下岗了。银老师对工作非常负责，每

大地歌吟

天下午放学，坚持把小朋友们送到小关街上，亲自交给家长。项苹是杨敏妈妈同学的女儿，高中毕业后跟男朋友跑车，两人好了八年分了手，一度消沉自杀过，来南垭教书让她又找回了自信，重新燃起了生活的希望。在丰航教书工资不高（一般300元），但无论备课、上课，还是批改作业、家访，老师们都很认真，生怕误了学生。洪老太非常支持外孙女办学，她义务为学生烧开水，每天把学校的保温桶装得满满的；她还负责保管校门的钥匙，早晚按时开门关门。

学校办得有声有色的，不仅吸引了周围农民工的子女，还吸引了当地居民的孩子。小关街上没有学校，当地居民的孩子读书要去两里外的宅吉小学。有的家长嫌远，就把孩子送到丰航小学来了。水电九局的职工大楼竣工后，工人们搬进了新居，为了方便孩子就近读书，有的也把娃儿送到了丰航小学。为了适应学校的发展，杨敏在爱人柳善才支持下，于新千年到来之际，扩建了校舍，新添了电脑，丰航小学满载丰收的歌声真正地扬帆起航了。

3. 校长杨敏

杨敏26岁，1米7的个子，年轻漂亮，待人诚恳。她虽然是校长，同样担任主课：上四、五年级两个班的数学。我对学校和教学工作有什么建议，她都能及时采纳。比如，我说学校办公室应当有一副签插的总课程表，以便排课、调课，她第二天即买来红布交我设计制作。我建议在校园的围墙上漆几块黑板，让各班一周出一次板报；每天通过板报公布各班在出勤、清洁卫生方面的评比数据，她都一一采纳了。

杨敏家住在望城坡，来去都要挤公交车。作为校长，放学的时候，她却不爱当众讲话；有什么事，总让我这个副手给学生讲。时间长了，我才知道不是她不愿讲，而是因为她患有风湿性心脏病，不能多讲话，尤其不能大声讲话，更不能生气。有一次，两位家长为孩子在路上打架的事来学校讲理，讲了讲的吵起来了；杨敏当时很生气，脸色发青，我忙叫她去休息，然后，由我出面调解，让两位家长握手言和，妥善处理了这件事。

杨敏是外婆洪老太带大的。从洪老太口里，我了解了她的成长经历。她的妈妈有过两次婚姻。生父好赌，输光了家里的积蓄；妈妈和生父离了婚，还有个弟弟，分给了生父，那年她5岁。妈妈是个要强的女人，辞掉了公社广播员的工作，下海经商，把杨敏交给外婆管。12岁那年，杨敏在外面遭雨淋，回家发高烧，外婆以为是一般的感冒，没及时送她去医院，结果得了风湿心脏病。妈妈再婚，继父杨高是个电工。15岁时，继父爬电杆摔伤了腿，家庭陷入困境，杨敏每天放了学背着一箱冰棍沿街叫卖，赚钱补贴家用。高中毕业，杨敏去一家歌厅当出纳，晚上坚持上夜大，拿到了大专文凭。但是，单位竞争激烈，歌厅的工作对她这个身患心脏病的人是不合适的。半年之后，

大地歌吟

在妈妈的支持下，她回到南垭办起了丰航小学。

暑假，杨敏在妈妈的陪同下到上海去检查风湿心脏病，医生说，这种病难于治好，母女失望而归。妈妈很歉疚，杨敏却看开了。在一位高中同学的撮合下，她嫁给了离过婚并有一个孩子的柳善才。小柳是个警察，脾气好，很体贴人。为了能多挣钱，小柳搞了停薪留职，承包了一个饭店，当上了饭店经理。饭店工作忙，小柳不仅没有时间照顾她，还把和前妻生的儿子羊羊交给了她。杨敏每天要挤公交车来学校上课，还要送接羊羊上幼儿园。小柳和前妻离婚时有个协定：每到周六，小柳须得把羊羊送到指定地点，让前妻来接；周日下午又得去把羊羊接回来。小柳和杨敏结婚后，这件事就交给杨敏来作了。

工作、婚姻、家庭，样样都得付出辛劳。杨敏很坚强，说，这辈子，认了！

4. 洪老太及其儿女

洪老太叫董素华；一般人并不知道她这个名字，习惯喊她洪老太。老太太是共产党员，担任过大队妇联主任、生产队妇女队长，去过大寨；虽然78岁了，还能挖土、担粪，经营着一块菜地。她栽培的莲花白大个大个的，经常砍了送人。儿女们都叫她不要下地劳动了，她说不下地劳动浑身不舒服。丫关的几个学生一早带了饭来上学，中午不回家；放学时，她已经为他们把饭热好了。一次我跟她聊天，问起她的丈夫，她说已去世三年了。清明节到了，她会依照当地的风俗，用纸剪成衣服，拿到丈夫坟前去烧，给死去的亲人"送寒衣"。

洪老太有三个儿子三个女儿。

大儿子在昆明工作，是双职工，每年春节都会寄钱回家。二儿子也是双职工，在市里有房子；洪老太住的新居是二儿子花钱起的，产权属二儿子。洪老太过去住的老屋还在，就在其新居后边——是南垭现存的唯一的土墙茅屋，不过早已卖给了黔西搬来的吴木匠一家。三儿子叫洪七，洪七的女人林大容是绥阳人，和我算半个老乡，他们的儿子叫洪雨（宅吉小学三年级的学生），一家三口住洪老太隔壁。洪七在市里虽然也有工作，但单位僧多粥少，职工轮流上班，连工资也发不全。

老太太跟我聊过，三儿子的家庭是重新组合的。洪七当年在云南当兵，是个副连长；前妻在贵阳一家公司上班，因长期两地分居，前妻红杏出墙，暗暗爱上了别的男人。军婚是受法律保护的，前妻不敢造次，但她很有心计，跑到部队软硬兼施，让洪七转业回了贵阳。洪七一脱军装，前妻摊了牌。这样，两人离了婚，儿子随前妻去了安顺。当时，林大容在离南垭不远的农干院（贵大分校）打工，经人介绍，这个大手大脚的黔北村姑就来到南垭，成了洪七的第二任妻子。

老太太的大女儿叫洪秀英，即杨敏的妈妈。洪秀英一家住在市内花果园，当电工的杨高工资高，她在单位看水表，也有一份工资，儿子上初中，取了个好笑的名字——拉兹猫。洪秀英痛恨

大地歌吟

赌博，严格限制男人打麻将。杨高不摸麻将，却爱买彩票，他梦想中个百万大奖，让杨敏的学校旧貌换新颜。杨敏在南垭办学校，洪秀英来南垭的次数比较多，有时还会走进教室去听年轻教师讲课。二女儿叫洪秀苗，住在丫关。洪秀苗也有过两次婚姻，第一次嫁给对门水井坎上的卢远腾，也因男人嗜赌，离了，离婚的代价是要负担两个女儿的生活费；第二次嫁给丫关的村长，丫关村长的前妻常常唆使孩子去闹事，日子过得不安宁。三女儿叫洪小菱，洪小菱一家三口和洪老太生活在一起。

老太太隐隐约约感到，三女儿的婚姻也不稳固。三女婿汪子俊，高高的个子，平时西装革履，头发抹了摩丝，像个白领高管；洪小菱小他十岁，看去也还般配。汪子俊家住阳关农场，家里弟妹多，房子不够住，婚后只能住岳母家。一晃，女儿汪丹都上小学五年级了。汪子俊在南溪饭店当厨师，单位濒临倒闭，被分流到市第一浴室；浴室没生意，开不起工资，等于下岗。洪小菱在军事俱乐部当招待员，上夜班。一天深夜，公安局对军事俱乐部突击检查，一举端掉了那里的地下赌窝，洪小菱也下岗了。夫妻双双下岗，经济困难，连女儿汪丹的学费都交不起。两口子白天睡觉，晚上吵架。老太太心痛外孙女，亲自去宅吉小学给汪丹代交了学费。

不久，汪子俊在一家餐馆找到了工作，家里的空气缓和了。但是，几天之后，争吵比先前更激烈了。原来，汪子俊在市里的餐馆上班，每天都是晚上9点过才回南垭。洪小菱问他为啥回来得这么晚，他说站了一天腰杆都站硬了，下班后想舒散舒散筋骨，路过人民广场，就在那里跳跳舞。洪小菱说，明天你下了班就回来，我陪你跳。丰航小学有广播，洪小菱借了钥匙、碟子。下午放了学，叫上女儿汪丹，将广播的音量开得大大的，南垭的人听了，以为学校在开舞会呢。汪子俊回来，洪小菱就拉他去院子里跳舞。才跳一小会儿，汪子俊不跳了。洪小菱问，为啥不跳了？他说，和你跳没感觉！争吵代替了舞步。第二天晚上，洪小菱到人民广场吊线，发现汪子俊搂着个妖里妖气的女人跳得正欢，醋劲大发，上去抓扯起来。回到家里，两人都说日子过不下去了，离了算了！

儿女离婚一次，洪老太伤感一次。在老太太的观念里，婚姻似乎是应当坚守一生一世的。她咋也不明白，现在的年轻人，说离就离了。她的儿女中，有三个离过婚。三女儿洪小菱的婚姻，她一直在极力维护，如今看来，也是难以为继了；她实在不愿看到三女儿一家骨肉分离！就在洪小菱和汪子俊在里间吵得不可开交的时候，洪老太用一根丝帕在外间上了吊。要不是汪丹及时发现，大声哭喊呼救，洪七闻声从隔壁跑过来把老太太放下，悲剧就真的酿成了。

5. 房东魏海云一家

我和老伴在南垭旅居五年，搬过三回家，有过四位房东。魏海云是第一位房东。

　　老魏是个铁路退休工人，个子不高，头发花白花白的；左脚负过工伤，走路不大灵便。家里修建新房时，老魏还在铁路上，但他工资高，寄回家的钱多，所以，房子修得比其他家气派，二楼三面有走廊，楼门嵌了彩色玻璃，墙壁全部贴了瓷砖。老魏家房前是一大块土，房子周围种植着数十株樱桃树；隔着公路，正对着洪家院子。抬头向东望去，丰航小学旗杆上那面鲜艳的五星红旗衬着蓝天白云，显得特别耀眼。

　　老魏的妻子跟杨敏一样，患有风湿心脏病，因为上了年纪，比杨敏的病情严重，上厕所不注意都会晕倒。心脏病一发，嘴唇乌黑，牙齿咬得很紧，手脚冰凉，呼吸困难，必须进行抢救。斜对门就是诊所，魏家的人一喊，医生背起药箱就赶来了。洪老太说，魏海云的妻子过去很能干，老魏不在家，她一个人带三个孩子，还要出工、喂猪。因为修房子，忙里忙外，劳累过度，才得了风湿心脏病。老魏的妻子卧床的时间多，天气晴朗的时候，也会到园子里走走。吴木匠的女人在园子里养花，她会和她说说话。

　　老魏夫妇有两个儿子一个女儿。

　　大儿子魏亚强和媳妇在小关街上开馆子，忙不过来，招了个女工打杂。姑娘是惠水人，比亚强的媳妇肖春年轻，混熟了，姑娘暗中和亚强眉来眼去的。有人提醒肖春注意点。肖春说，钱由老娘掌握，亚强只是个火头军，他能出啥彩？肖春之所以这样说，还有个原因，她的姑爷是黔灵乡的副书记，靠山硬。哪知量大失荆州，一天晚上，亚强趁肖春出去打麻将，砸开箱子拿了钱，连夜和那姑娘坐车去了惠水。肖春大哭了一场，把餐馆转了出去，通过她姑爷的关系，在乡里找了份工作。半年之后，魏亚强回南垭办离婚手续，经法庭判决：属于夫妻俩的那套房子归肖春，儿子丁丁由亚强抚养。亚强拍拍屁股走了，把儿子丢给了老父亲。丁丁五岁，成了爷爷的尾巴根。

魏亚刚是老魏夫妇的二儿子，会开车，大家都喊他魏老二。魏老二结婚比他哥晚一年，但女儿滢滢却和哥哥的儿子丁丁同一年光临人间；而且，魏老二又比他哥早一年把媳妇蹬了。魏老二结婚时没扯结婚证，所以，媳妇离开时也没去办离婚证。媳妇是顺海人，魏老二给了她一笔钱，拿了钱她就回了顺海。魏老二现在的媳妇叫韦彩萍，修文姑娘，两人结婚也没扯结婚证，女儿璐璐快满周岁，还在吃奶。我们在魏家租房住下之后，彩萍常抱着璐璐来串门，老伴问她和魏老二怎么好上的；她说，魏老二常常拉货跑修文，她在修文做服装生意，常常搭魏老二的车到贵阳市西路进货，一来二往，两人就好上了……

魏亚芬是老魏夫妇的女儿，大家叫她魏三妹。魏三妹是个乖乖女，她妈妈患风湿心脏病，她照顾的时间最多，流的眼泪也最多。魏三妹和男朋友已经耍了三年，妈妈问她啥时结婚，她说忙啥。妈妈说，我这病，一口气缓不来，说走就走了，我怕是看不到你结婚的那一天了。听了这话，三妹的眼泪像两条小溪般倾泻。老魏的妻子拿出所有的积蓄给女儿置办了嫁妆，样样嫁妆都是双的。她对洪老太说，不这样，她死的时候就难于闭上眼睛……

大地歌吟

　　我和老伴租魏家二楼的一个套间，里间做卧室，外间做厨房。全年租金为1200元，可以按月交，一个月100元。铺盖卷是带来的，锅瓢碗筷、油盐米面现买，还买了个铁炉子，烧蜂窝煤。老魏说，发火时烟子大，最好把炉子提到走廊上去，不然把室内的墙壁熏黑了。水是用塑料管从垭口的泉眼引来的，上头几家近水楼台先得月，魏家处在尾子上，即使有水流来，也细如麻线。好在房后不远的卢家门前有口水井，我特地去小关街上买了副塑料桶和扁担，一早担一挑水上楼。

　　老伴胆小，怕见死人，悄悄对我说，女房东那样子，说不定哪天就蹬腿了，搬家吧！我们在魏家住了两个月，算清了房租，搬到了斜对门公路坎上的游家。

　　一天清晨，一网哭声从魏家那边传来，鞭炮声接着骤然响起，老魏的妻子去世了。

6. 房东游润发一家

　　丰航小学围墙南边有道侧门，出侧门跨过檐沟上十多步土坎就是游家的院坝。我们选择搬到游家，就因为游家与学校挨邻，上下班方便。游家的房子是一楼一底的砖房，楼上楼下各有两个套间；房主一家住楼下，楼上的两个套间用于出租。游家的地势虽然比魏家高，但是安在院坝的自来水龙头多数时间流不出水；学校的进水管大，用水量也大，只要那里的水龙头一开，游家的水管就断流了。在问及租金时，房东老游主动说，鉴于不能保证客户用水，每个月的房租只收80元，比魏家少20元。于我们来说，这个问题不难解决，游家断水了，可以去学校接水。游家房子南侧的水泥楼梯通向二楼走廊，我们租了靠北的套间，两天之后，隔壁的套间就被一对年轻人租下了。

老游大名游润发，是我们在南垭的第二位房东。

老游50多岁，身坯壮实，红红的脸膛，眼袋下垂，夹克敞着，肚子圆鼓鼓的，一看就是多喝了啤酒所致。老游的妻子年轻得多，至少小老游10岁，我们喊她游嫂。老游的儿子才3岁，叫小莽子，看着这一家三口，让人想起"晚来得子"这句话。其实老游家应当是五口人，他还有个16岁的儿子，叫莽子，莽子和奶奶吃住在一起。明眼人一看就知道，莽子和弟弟小莽子不是一个妈生的，游嫂是莽子的后妈。

老游和他的母亲都给人一种沧桑感，母子身上都挺有故事，而且各属一段历史。老游的故事是洪老太给我摆谈的，游老太太的故事则是老人家自己给我讲述的。

老游的发妻叫申桃。申桃家在丫关，父母死得早，跟着姑妈长大。申桃18岁那年，由姑妈做主，嫁给了游润发。申桃头胎生了个女儿，二胎生了个儿子（即莽子）。土地被国家征用后，游润发用征地费买了辆拖拉机来开，拉货拉人，生意火爆。腰包鼓了起来的游润发顿顿不离啤酒，云里雾里的，和小关街上的一个女人裹上了，申桃知道后，和游润发打了几架，结果两人离了婚，儿子判给游润发，女儿判给申桃，申桃带着女儿回到了丫关。不久，游润发出了车祸，拖拉机折价作了赔偿；游润发没有拖拉机开了，小关街上那女人也不理他了……游嫂是乌当人，与老游结婚时带来个姑娘，现在扁井一家洗脚城上班。

老游的母亲 89 岁了，脸上布满了沟壑般的皱纹，佝偻着腰，很像童话里的"熊外婆"。游老太太很少出门；也许是太寂寞了，有天傍晚，她居然走上楼来，望着在走廊上看书的我呲着牙笑。我招呼她坐，她坐下来，向我谈起了她的身世：

她是安顺人，母亲生下她就去世了。12 岁时，后娘逼她出嫁——给人当童养媳；她不愿意，后娘就用绳子把她捆起来，关在柴房里。半夜，她挣脱绳子，跑进了山林，她在山林里瞎摸乱闯，碰上了一个赶马的。这个赶马人把她带到了安顺。在安顺街头，她碰上了一个当官的太太，官太太自己没有生育，就收养了她。她给官太太端洗脸水、端洗脚水、端宵夜、倒尿盆，总算有了口饭吃……这样过了三年，官太太当团长的男人被人开枪打死了。官太太说；我养不起你了，你走吧！她从安顺流落到贵阳。在贵阳给人洗衣裳、擦皮鞋，当保姆。16 岁上，经人说媒，嫁给了抬滑竿的游树云（就是老游的父亲，去世六年了）……

游老太太的自述没有年代，她讲的是新中国成立前的事。

莽子只读过小学一年级，身板又单薄，去当保安没得单位要。老游在农干院那边承包了倒土场，莽子每天就跟着父亲去倒土场上班，从那些建筑垃圾里把砖择出来，一堆一堆码好，卖给那些图便宜的农民。倒土场的活路又脏又累。游嫂说，她一定让小莽子好好读书，不要像莽子那样，长大只有当苦力的命。小莽子三岁了，游嫂想让儿子去丰航小学上幼儿班，几次对我提起这件事，总是欲言又止。我把这事告诉了校长杨敏，杨敏说出了其中的原委。

洪家和游家是几十年的邻居，两家的关系过去很好。在两家宅基的交界处，长着一株合抱粗的云南白杨；这株树属于谁家，一向没有明确，两家也没在然。直到学校打围墙的时候，两家却为这株树的所属发生了争吵。洪老太说，这株树是杨敏的外公栽的，应属于洪家。游润发说，这株树是他父亲栽的，应属于游家，但两位老人早已作古了，死无对证。洪秀英为了把围墙早点打起来，提出了解决方案：由她出一笔钱，把长树的那一角地买下来。游润发说，地可以卖，树不卖，学校筑墙之后要保证树活。洪秀英见游润发故意刁难，不谈了。现在见到的围墙是让过树而修的，树在墙外，校园缺了一角。洪游两家人自那次争吵之后，再也没说过话。

烧红的铁冷了是捡得起来的。经过我做工作，游润发夫妇决定：树和树周围的角边地都送给丰航小学，让学校把围墙打过。校长杨敏立即做出回应：同意小莽子进幼儿班，而且，小莽子在丰航小学从幼儿班读到小学毕业，一概免交学杂费。杨敏趁热打铁，请工人来改修了围墙，那株云南白杨走进了校园，校园一下子变宽了。小莽子背上了书包，成了丰航小学幼儿班的学生。

大地歌吟

7. 半坡潘家

夜半，突然风雨交加，那风就像个大力士，一下把南垭一户人家的房盖掀翻了，大人细娃被淋得像落汤鸡……此事发生在20多年前；那时南垭还没有一间砖砌的瓦房，家家住的都是土墙草顶的茅屋。南垭当风，这户人家又坐落在半坡，所以就有了新版的《茅屋为秋风所破歌》。这家人姓潘，女主人是游润发的大姐。潘家的房子仍然修在原来的宅基上，一排五间红砖瓦房，坐南朝北，雄立半坡。潘家距游家不足一百公尺，但两家很少来往。时间一长，我终于弄清了其中的原因。

游润发和游嫂结婚之前，与母亲、儿子同锅舀食；结婚之后，游母和孙子就与儿子媳妇分锅另过了。游大姐认为这是弟媳在作怪，说游嫂没有孝心，不赡养老母；游嫂不是弱人，说，你有孝心你就把老人接去赡养吧！吵过几架之后，游大姐再也没登过弟弟家的门。游大姐做了好吃的，就叫儿子去请外婆上坡来家享用。游潘两家的女主人不说话，但两家的男主人却亲热得很。楼上的电灯突然不亮了，我找到房东游润发，问他是咋回事。老游说可能是线路出了问题，他不懂，明天请莽子的姑爹来修。莽子的姑爹就是老游的大姐夫老潘。

老潘带了工具来修好线路；游嫂打了酒，炒了猪肝，笑眯眯地招待姐夫。老游和老潘都是酒坛子，两人喝得红脸红姿的。

老潘是黄平人，年轻时先是在老家务农，然后到部队当兵，转业后当了水电工人。在猫跳河水电站工地上，老潘和去那里打临工的游大姐认识了，后来结了婚，老潘就把家安在妻子的家乡南垭了。老潘曾经去广西修电站，拿双工资，积了钱，最先在南垭推倒土墙盖了新房。所以，当水电九局的工友们来南垭打探职工大楼何日竣工时，老潘早已搬进华居了。老潘的退休工资不太多，别人问，他说够用了。他头发已经花白，梳着大背头，嘴里常常叨着香烟。潘家在半坡，地势高，自来水上不去，用水要下游家来挑。游家没有水，老潘就去斜对门姜家旁边的水井挑。老潘挑水的那根黄杨扁担，打磨得很薄，挑起水来闪悠闪悠的。

老潘有四个儿子，依次叫潘文、潘武、潘双、潘全；文武双全其实谈不上，四人都只念过小学，潘全在黔灵乡派出所当联防队员，腰间别根警棍，倒是和武沾了边。若论长相，潘文、潘武、潘双、潘全酷似他们的父亲：长方脸、双眼皮，只是体格没老潘粗壮。春天，潘家门前的樱桃开花了，潘家的房子好似被一片白云托着。老潘是个闲不住的人，常常见他挥着锄头在坡上锄草。有人说，潘家自从起了新房之后，就好比栽上了梧桐树，凤凰就一只接一只地飞来了。

距小关不远的公路边有家民族印刷厂，老板是从江侗族人；工人呢，也是老板从老家招来的。印刷厂有个叫腊妹的女工，租了半坡潘家的一个套间；因了腊妹的引荐，潘文也进了印刷厂。不到半年，腊妹就做了潘文的媳妇。我到南垭的时候，腊妹和潘文的儿子三岁了，正好在丰航上幼儿班。一天中午，马路上闹哄哄的，原来是潘家老二潘武娶亲，新媳妇也是印刷厂的女工。只见一群青年工人，抬着冰箱彩电，簇拥着潘武和新娘向半坡潘家走去……

潘武结婚不久，潘家又传出了喜讯：潘双去市里摸奖，摸到了一辆桑塔拉。绿色的桑塔拉开回了南垭，就停在潘家坡下的公路旁。老潘主持了家庭会议，一家人讨论的结果，决定把桑塔拉轿车卖掉，卖的钱用来起房子。扁井一个出租车司机听到了消息，带来一万块钱，次日早晨就把桑塔拉开走了。潘家在垭口东边买了一块地，不到半年，就修建了一栋带围墙铁门的楼房。南垭人说，潘家桃花运连着财运，真是运气来了，门板都挡不住。

8. 房东蒯必兴一家

我和老伴租游家楼上的套间住了三个月，又搬家了。搬家的原因是为了解决用水问题。因为无论是在游家的院坝接水，还是去学校接水，我都得天天担水上楼。老伴见我担水上楼有些吃力，寻思要租一套取水方便的房子。具备这个条件的房子还真让她找着了，那就是与丰航小学北侧毗邻的蒯家。

蒯家的院子呈曲尺形，长的一边排列着五间房子，短的一边排列着三间房子，都是一底一楼水泥平顶，每间皆为套间，外墙全部嵌了瓷砖。蒯家在临公路的一头开了个小卖铺，卖烟酒糖饼子之类，还装了电话。小卖铺旁边安了口用水泥板铸的大水缸，大水缸上面用水泥板盖了多半，缸里的水能保证客户们生活所需。我和老伴租了楼下转拐处的套间，再也不用担水上楼了，不足之处是后墙靠近山根，里间有点潮湿。月租跟在魏家一样：100元；每家安了电表，电费照多少算多少。蒯家的宅基原属兄弟两家，哥哥一家搬到垭口去了，留下的是弟弟一家。弟弟叫蒯必兴。

蒯必兴是我们在南垭的第三位房东，客户们叫他蒯老板。

蒯必兴四十开外，长条脸、身板瘦削，秋天穿一件军用黄衬衫，入冬后着有毛领的黑外套。老板娘叫姚碧珍，苹果脸，腰宽宽的，常穿花衣裳，天凉了，就在外面套件棉背心。两口子共同料理着生意，看不出谁做主，家务也是共同做，如果是吃鸡吃鱼，则一定是蒯老板打整。蒯老板当过兵，转业后在黔灵乡派出所工作，听说账务不清，被解聘了。老板娘是扎佐人，扎佐离贵阳近，娘家经常有人来南垭。院子里摆着一辆红色三轮车，吃过早饭，蒯老板就开着三轮车到省政府后面的扁井拉客，生意不错。市里取缔三轮车，蒯老板就只能在小关拉客了。一天清早，蒯老板开门往大水缸里放水，发现摆在院子里的三轮车不翼而飞了。蒯家养了一只黑狗，夜里爱汪汪，可头晚上贼来偷车，咋就没听见狗叫呢？

蒯老板夫妇有两个儿子，大儿子叫顺顺，二儿子叫利利。顺顺长得像蒯老板，初中毕业没考上高中，在家混了两年，17

岁了。蒯老板夫妇商量给大儿子谈个媳妇，结婚后分间房子给他，让其另立火堂。媒人介绍了几个姑娘，顺顺都不满意。老板娘去了一趟扎佐，带来了娘家的侄女芳芳。顺顺和芳芳原本就认识，见了面好得如胶似漆。蒯老板夫妇准备择日给他们订婚，然后再和芳芳的父母商谈结婚的事。哪知顺顺等不得！顺顺利利兄弟同住楼上一个房间，和芳芳对上象之后，顺顺把弟弟赶到了另一个房间，就和芳芳同居了。因为是娘家的侄女，老板娘不好说啥。那芳芳也不觉得害羞，每早晨老半天才和顺顺一起下楼来吃饭。

利利虽然比顺顺小一岁，身材却比哥哥高半个头。听说利利的成绩还可以，有望考上高中；中考成绩公布了，利利却与高中无缘。利利外出散了几天心，带回了个叫晶晶的姑娘。晶晶和利利是同班同学，两人读初二就开始谈恋爱。也许有哥哥做榜样，利利和晶晶也在顺顺隔壁的房间同居了。而且，两人的行为比顺顺和芳芳更外露：在院子里搂着亲嘴谁也不避讳；吃饭的时间到了，利利背着晶晶下楼，吃了饭，利利又背着晶晶上楼。顺顺和芳芳受到了感染，也像利利和晶晶那样彼此背上背下的。家里一下添了两房"媳妇"，是喜是忧，从蒯老板脸上难以捉摸，可老板娘的脸色却分明在起着变化：先是得意，接着是苦笑，接下来似乎愁眉不展了。

老板娘在忍。终于，她再也忍不住了。

早晨，蒯老板刚把饭菜摆上桌，老板娘冲进屋来，稀里哗啦！一下把饭桌掀翻了。接着，老板娘一屁股坐在地上，呼天抢地，号啕大哭起来……残局自然由蒯老板来收拾。蒯老板把老板娘劝了起来，叫上顺顺芳芳、利利晶晶，一人泡了一碗方便面，召开了家庭会，决议有两条：一、芳芳和晶晶各自先回自己的家，婚姻以后再说；二、蒯老板负责和有关单位联系，让顺顺和利利去当保安。冬季征兵到了，利利去乡里报了名，经过体检，项项合格，蒯老板夫妇喜上眉梢。但是，征兵办公室贴出的光荣榜上却没有蒯昌利（利利的学名）的名字。蒯老板去问，征兵办公室的人说，经调查：蒯昌利并未读过高中，他所交的高中毕业证是假的；城市青年应征入伍，必须是高中毕业生。

蒯老板夫妇还有个女儿叫三妹，长得挺俊气；与对两个儿子相比，蒯老板似乎更喜欢女儿。

蒯三妹 11 岁，在宅吉小学读四年级。小姑娘数学不够好，晚上，蒯老板陪她来我的住处，请我给她讲题。蒯老板说，两个儿子就那个样子了，他一定要好好培养女儿，让她将来读大学。小姑娘常跟爸爸撒娇，父女之间有股不同寻常的亲热劲儿。我问老板娘，这是咋回事？老板娘说，他捡的他当然喜欢！从老板娘嘴里，我知道了小姑娘的身世。11 年前的一天清晨，蒯老板开着三轮车去扁井，开出小关不远，发现路旁有个包袱。蒯老板刹住车下去一看，包袱里有个婴儿；婴儿那双眼睛睁得大大的，挺可爱。蒯老板断定这是个弃婴，决定捡回去抚养。蒯老板怀抱婴儿边开车边想，自己已经有了儿子，就差个女儿，这婴儿要是个女孩，品种就不缺了。回到家里打开包袱，果真

大地歌吟

是个女孩……女儿好，女儿是爹妈的小棉袄！我对老板娘说。话虽这么讲，老板娘说，孩子长大了，谁知道是啥德行？

9. 垭口蒯家

如前所述：蒯家的宅基原属兄弟两家，哥哥一家搬到垭口去了。这个把家搬到垭口的人叫蒯必康。

蒯必康和蒯必兴两兄弟长得特像，只是蒯必康比弟弟苍老些。蒯必康的妻子叫张素娥，他们有两个女儿、大女儿叫昌凤，二女儿叫昌群；老三是个儿子，叫松松。就在征地那年，五岁的松松和几个小伙伴在小关街上追着玩，被一辆从丫关开来的汽车撞倒了，当场殒命。蒯必康夫妇中年丧子，悲痛欲绝，好多天吃不下饭。还想生个儿子，成了两口子的共同心愿。两口子去请八字先生算命，蒯必康问他命中该有几个儿子，八字先生说一个。蒯必康说他仅有的一个儿子被汽车撞死了。八字先生瞄了张素娥一眼，说，不怕天干，只要地润，再生一个嘛！不过……蒯必康急了，先生别不过不过的，有话直说！八字先生说，你家现在的宅基元气已泄，必须另选宅基，新宅的地势必须高过老宅，最好离远点，大门的方向要和老宅相反。两口子对八字先生的话深信不疑，用征地费和松松的死亡赔偿金在垭口西侧起了房子。

农转非之后，南垭的人家都不养猪了。但垭口蒯家却修了两排大猪圈，一下子养了十多头长白猪。垭口附近空地多，蒯必康张素娥夫妇起早贪黑，在空地上抢栽红苕，苕藤见风长，很快盖住了黄土，喂猪的饲料有了。每到下午，张素娥就挑着空桶去小关街上收集泔水，回来的时候，两只桶里的泔水盛得满满的。煮熟的苕藤里参上泔水，猪特别喜欢吃。猪多肥多，蒯必康家种的菜猪粪施得足，长得特别鲜嫩。早晨，张素娥挑着一担菜去小关街上卖，一会儿工夫就卖完了。几年下来，蒯必康两口子靠养猪发了财，又修了一栋楼房，筑了围墙，安了大铁门。蒯必康家的房间比蒯必兴家多，除了一家四口的住房之外，全部租给了外地来的农民工。

张素娥的肚子渐渐大了起来，大得就跟怀了孕一样；一年是这样，两年还是这样。蒯必康陪她去医院检查，医生说，肚子里装的都是气，不是怀的孩子。医生问她是不是经常生闷气，张素娥说，儿子出车祸死了，她怄过很长时间。医生说，这就是病根。并告诉他们夫妇，张素娥再也不会受孕了。回到家里，张素娥对男人说，必康，我们离婚吧，离了你再娶个年轻点的女人，让她给你生个儿子；八字先生算过，你命中该有个儿子，既然我不能生，别的女人一定能生。蒯必康难舍夫妻感情，可转念一想，离婚后两口子仍旧住在一个院子里，天天见面，只是不再同床共枕而已，也就答应了。当着两个女儿的面，拟订了离婚协议，对家里的财产作了分割。离婚协议上写着：垭口蒯家的房子分为四份，一家四口一人一份；两个大人分开住，昌凤昌群愿跟谁跟谁。蒯必康和张素娥离婚之后，就地取材，各自在农民工中找到了相好的。蒯必康娶了个三十多岁的寡妇，一年后给他生了个儿子。张素娥招了个四十八岁的汉字。有人开张素娥的玩笑，你又生不出娃儿，招个男人做哪样？张素娥一本正经地说，这个都不懂，身体需要嘛！

在垭口蒯家租房子住的农民工中，有个小伙子叫黎志良。黎志良是黔西人，白天外出打工，晚上就躲在屋里看书。昌凤问他看啥书，黎志良说是高中课本。他去年高考落榜，决定来省城边打工边复习，准备再度参加高考。昌凤一下对黎志良产生了兴趣，进进出出的，总要和黎志良说说话。夜深了，见黎志良还在灯下看书，她会煮上一碗面条给黎志良端去。那年黎志良 18 岁，昌凤 16 岁，正是体内热血贲张的年龄，一天晚上，两人再也控制不住，偷吃了禁果。昌凤的身体很快有了反应，她告诉黎志良，自己怀孕了。黎志良一下懵了。昌凤说，不要紧的，我们结婚就是。黎志良说，我啥也没有，怎么结婚？纸包不住火，事情很快让蒯必康和张素娥知道了。张素娥说，志良和昌凤挺般配，我看就成全了他们吧！蒯必康说，我也是这意思，不过要把事情拴牢靠一点，叫志良把户口迁到南垭来。蒯必康把黎志良叫去谈话，他对他说，男大当婚，女大当嫁，既然你和昌凤好了，我就认了你这上门女婿。不过，丑话说在前头，你要是三心二意的，我可对你不客气！无奈之下，黎志良当上了蒯家的上门女婿。

十月怀胎，一朝分娩。黎志良和昌凤有了女儿，取名春芽；第二年，春芽又有了妹妹春叶。转瞬间，春芽已经小学毕业，辍学留在家里帮助妈妈干活。春叶在宅吉小学上六年级，衣袖上别的少先队标志有三根杠杠，是个大队长。这女孩综合了她父母身上的优点，秀眉秀眼，长大肯定是个美女。春节之后，从垭口传出消息：黎志良离家出走了；一年之后，有个去福建打工回来的人说，黎志良也在福建打工，并安了家。昌凤没有收到志良的片言只语，不知道他究竟到哪里去了。有人问昌凤，志良走之前和你吵过架吗？昌凤说，没有啊！她收索枯肠，努力回忆男人的反常表现，觉得一切都正常啊；只是有一次，她听到黎志良独自在窗前嘀咕：要是不结婚，我大学都读毕业了！这样看来，志良认为和自己结婚，是断送了他的前程，内心一直郁结着。这恐怕就是他不辞而别的原因。

　　昌凤是个敢作敢为的女人。就在黎志良离家出走的第二年，她和一个年轻的农民工同居了。然而世事难料，这年秋天，黎志良又突然在南垭出现了。黎志良没有直接回垭口，而是住在二叔蒯必兴家里。蒯三妹把姐夫回来的消息告诉了春叶，春叶和姐姐春芽立马赶到三妹家，哭着要爸爸回垭口。黎志良说，你们的妈妈同意我回去我才回去。春叶春芽回到垭口，将爸爸的话告诉了昌凤，昌凤心里矛盾极了，恼火地说，哼！我不愿见他！春叶春芽跪在昌凤面前，哭着说，妈妈，你就让爸爸回来吧！妈妈，我们求你了！女人的心肠始终有点软，看着两个女儿苦苦哀求的样子，昌凤叹了口气，说，你们去接他回来吧！春叶春芽离开之后，昌凤对那个与之同居的农民工说，我男人回来了，你走吧！那个农民工挎了个小包，一溜烟从垭口南边

大
地
歌
吟

跑下了麻冲。

黎志良回到了垭口的家，一家人坐下来吃饭，仿佛啥也没发生过，一切都和往常一样。昌凤没问丈夫去了哪里，志良也没问妻子在家怎么过的。黎志良回来住了一个月，再次离家出走了。

昌群也是招的上门女婿。

蒯必康说，我家是个农民工组合。

10. 老姜一家

姜家在魏家南边，两家之间只隔着一条小路，但姜家的宅基要高出两公尺，周围是竹林和树木，尽管我们在魏家住了两个月，却没有去过姜家。次年初夏，姜家竹林边一株高大的树开满了淡紫色的花，远远望去，如霞似锦。姜家的儿子姜金海在丰航读四年级，我问他那开花的是什么树？他说不知道。我要他放学回家后问问他爸爸，第二天姜金海汇报说他爸爸也不知道。后来我和姜金海的爷爷奶奶熟了，姜金海的奶奶告诉我：那叫紫木树，是她 20 岁那年亲手栽在屋旁的。姜嫂这年 54 岁，老姜 57 岁。老姜是 101 系统的建筑工人，提前病退，头发白多黑少。

老姜夫妇没有在老宅基住，而是住在搭建于公路边的简易房子里。房间虽小，却设了个小卖铺：条凳上摆着计时电话，收费跟城里一样；方桌上摆着香烟、饼干、啤酒、矿泉水。开学了，姜嫂特地在门口支了个摊子，摆上话梅之类的糖食果脯，很受小学生青睐。老姜除了负责购货而外，还是个丧葬业务中介人。他请人写了一则广告——买墓地、刻碑、修墓等丧葬一条龙服务，有事者请找房主联系——贴在门外板壁上，看去很扎眼。有顾客来找，姜唐就屁颠屁颠忙开了。每当谈成一笔交易，老姜便回家捧出酒坛，倒上一杯枸杞酒，就着花生米犒劳自己。

　　老姜家房后堆了许多水泥砖和从旧货市场买来的门窗盒子。一次闲聊，我问他是不是准备起房子，老姜说是准备起，但现在不忙了。我问为啥，老姜愤愤地说，起好了老大又要来争！老姜夫妇有两个儿子，大儿子就是姜金海的爸爸姜明胜。姜明胜开三轮车，媳妇在省财校做清洁工。姜明胜买三轮车的钱是用征地费开销的。修建新房时，老姜计算了一下，剩下的征地费不够，便拿出自己的积蓄，并要姜明胜也出一笔钱。姜明胜说，弟弟明耀也应当出。老姜说，明耀要凑钱来娶媳妇。姜明胜觉得父母心不平，说啥也不愿出钱。老姜气不过，说，那新房就没你的份了。本来打算是要修三间的，结果只修了两间。房子装修完毕，明耀娶媳妇占了一间。老姜夫妇正要搬进另一间时，明胜和媳妇手脚麻利，抢先搬了进去。老两口自认晦气，就在公路边搭了个临时住所。

　　姜明胜小两口有三个孩子：老大姜金海；老二是个女儿，叫姜艳，在丰航读三年级；老三才三岁，未取学名，叫小猪儿。

大地歌吟

小猪儿是超生的，被罚了款。姜艳去奶奶的摊子上买话梅，同样要付钱；老姜说，对，不能让她学她爸，啃老！姜金海原在宅吉小学上学，经常逃课，成绩特差；转学来丰航之后，我一面抽时间给他补课，一面做家访。这样，和姜明胜也熟了。姜明胜说，三轮车的生意不好做了，白天城管见到就追，只好晚上拉客；听说不久市里要取缔三轮车，那时他就失业了。所以，他没有时间也没有心情管孩子的学习。媳妇不识字，孩子做不起作业她也没办法。我问，你父亲说，他准备在公路边起房子，如果修起了，你会去争，是这样吗？姜明胜笑了笑，说，那是吓唬他的；其实，老人家不忙于起房子，是另有考虑。

老姜毕竟是建筑工人，比一般人有眼光。当初他把临时住所搭在公路边，而不搭在其他地方，就是看到了在公路边建房的好处。在公路边有了房子，就等于城里人有了门面，随便摆个摊摊生活便不愁了。何况，你找张贵阳市的地图来看看，地图上早就把南垭标成南垭路了，不久的将来，南垭会真正成为南垭路的；那时，老姜的房子就升值了。年初，市里下了文件，南垭现在的公路要扩宽40公尺，老姜的临时住所属扩宽范围，拆迁时政府会按规定赔偿。如果在原处起房子，无论花多少钱，都将成为违章建筑，一分钱的赔偿也得不到。老姜虽经常喝酒，喝得像红脸关爷，头脑还是清醒的。

南垭的公路，从垭口倾斜至省财校附近，将近一公里。

春节刚过的一天，从垭口开来一辆拉沙车，在姜家门前，上演了惊魂一幕：

当时，老姜夫妇正坐在门口说话，拉沙车突然斜冲过来，撞飞摆在公路边的一部人力车之后，继续朝姜家冲去，车子的右前轮已滚下路坎；眼看就要撞着老姜夫妇，幸好刹住了。司机从车上下来，额上冒着冷汗，说话语无伦次。姜嫂从惊吓中回过神来，说，新年大吉的，出这号事，你要给我家挂红（驱邪）！老姜说，那部人力车是一个农民工的，托我照看，被撞坏了，你要负责赔偿！司机说，大叔大婶，你们说的，一定、一定！司机用科机（那时还没手机）给家里说了情况，不一会，司机的女人打出租车来了。女人下车埋怨男人，咋不开慢点？司机说，这下还说这些！女人从包里掏出一块红布，递给男人，司机将红布挂在姜家门上。人力车被撞断了横杆，女人问，赔多少？老姜说，100 元。女人嫌多了，可还是赔了钱。司机打科机叫来了几个朋友，帮忙卸了沙，把车子弄了起来。

沙不要了？老姜问。

不要了，送你了！司机说完，开着空车走了。

老姜后来起房子，用的就是这车沙。

11. 水井坎上卢家

南垭有两口水井：一口距老姜家屋后 50 多公尺，挨着坡脚；一口离魏家后檐 20 来米，紧靠卢家院坝前边的路坎。卢家占地利之优，用水方便；村里在南垭安自来水，卢家没有参与。

大地歌吟

南垭的自来水水源来自垭口的泉眼（修有蓄水池），夏天，泉水消瘦，多数水龙头断流，人们又只好扛起扁担去水井挑水。卢家仿佛有先见之明，还在春上，就在路口贴出告示：凡需来此井挑水的人家，须积极出资，作修补井壁、打围墙之用，以确保井水的清洁卫生。但无人响应，卢家便独资对屋前的水井作了修缮，打了围墙，并安了铁门。这样，外人来挑水，须得向卢家讨钥匙。

水井坎上卢家是个统称，因为卢家早已一分为四：大集体时代的南垭生产队会计卢占清一家、卢占清的大儿子卢远飞一家、二儿子卢远腾一家、女儿卢远姣一家。卢占清和卢远飞两家是砖房，粉墙黑瓦，一正一环；卢远腾和卢远姣两家是水泥平楼，卢远姣家还在平楼顶上修了间耍楼，耍楼的圆柱体栏杆贴了蓝色瓷片。四家的房子环院坝呈半月形排开，院坝边栽了一架葡萄。

卢占清70出头，脸颊瘦削，经常戴一顶呢帽，穿蓝涤卡制服，看去很精神。他在曾家门前经营着一畦菜地，粪水浇得勤，不管是豇豆、四季豆，还是南瓜、茄子，都长得水灵灵的，挑到小关街上去，很受卖。卢占清是党员，一到过组织生活那天，他就穿戴得整整齐齐的，站在公路边，叫上董素华（洪老太），一同到黔灵村党员活动中心去。董素华的二女儿洪秀苗是卢占清的二儿子卢远腾的媳妇，两人是亲家；尽管洪秀苗和卢远腾离婚了，两个老党员的关系并未疏远，都说那是儿女自己的事，做父母的想管也管不了。卢占清的妻子祝惠莲也70挨边了，可腰不弯背不驼,伸伸抖抖的。农转非之后,她在贵医附院找了一份勤杂工作,一直舍不得丢;早晨6点半赶去医院上班,下班回到南垭,老卢已把饭菜做好等她了。他俩说,儿女不一定靠得住,还是自己管好自己吧。

卢远飞和妻子余仲萍同龄,都是49岁;两口子原来在铁路上工作,卢远飞任会计,余仲萍当列车员。夫妻俩已经有了女儿卢花,又想要个儿子,儿子生下来了,因为是超生,卢远飞的铁饭碗也丢掉了。余仲萍在45岁时办了内退,用她的话来说,18岁就在火车上来回颠簸,该歇歇脚了。如今儿子卢生15岁,在蛮坡中学读初三。女儿卢花去浙江打工,在当地结了婚,外孙都有了。卢远飞读中专时爱好写作,从铁路上回来以后,尝试着向晚报投稿,有两篇稿子居然被报社采用了,写作兴趣因此倍增。他上半天出去收集材料,下半天回家爬格子,还当上了晚报的通讯员。余仲萍一天到晚也是行色匆匆的样子,她一早去公园跳舞,下午玩麻将。两口子各忙各的,很少过问卢生的学习;卢生初中毕业没考上高中,两口子似乎并不着急。

45岁的卢远腾与洪秀苗离婚好几年了,仍未续弦。南垭的男子娶的都是外地姑娘,女孩子也都往外嫁。卢远腾和洪秀苗算是青梅竹马,是南垭本地人之中唯一结合的一对。当年有部法国电影《佐罗》,南垭的大人细娃都看过,他们说卢远腾就像影片里的佐罗,无论长相、身材,都称得上美男子;年轻时的洪秀苗也是个窈窕淑女,两人的结合很让南垭人羡慕。洪秀苗生下大女儿鸽子之后,两人的感情依然很好。卢远腾跟他哥一

大地歌吟

样，传宗接代的思想很重，想要个儿子，农村人可以生二胎，但洪秀苗第二胎仍然生的是女儿。洪秀苗叫他给二女儿取名字，他说就叫小鸽子吧。想生儿子的希望破灭了，卢远腾像变了另外一个人，天天出去打麻将，深更半夜不归屋。洪秀苗好言相劝，但他依然故我，拖了好些年，两人离了婚。离了婚的卢远腾成了游魂一个。鸽子很懂事，放学后做饭、洗衣、照顾妹妹。两姐妹的成绩都很好：鸽子初中毕业后考上了省财校，申请到了助学金；小鸽子读初一，是班上的学习尖子。

卢远姣38岁，穿着时尚，风韵依然。南垭人只知道她在城里上班，但不知道她具体做什么。早几年，人们经常见她和在某公司工作的丈夫回家来，但最近半年进进出出都是她一个人。他们的儿子龙龙六岁，明年就上小学了。有人说远姣的婚姻出现了危机，但远姣自己滴水不漏。蒯老板家小卖铺经常有人打麻将，卢远姣路过，也会进去搓两把。贵阳麻将名堂多，"飞"容易包牌。蒯老板说不要飞，卢远姣说飞就飞，怕啥？远姣的口气总是很大，可她如果觉得手气不好，就借故撤兵。二嫂洪秀苗找二哥离婚，卢远姣很为二哥不平，从而对洪家的人也有一股莫名的仇气。杨敏在南垭办起了丰航小学，卢远姣更是心生嫉妒，巴不得丰航办垮台。丰航从人才市场招聘了一个女教师，在魏家租房子住。远姣路过，对这个刚跨出大学校门的女教师说，丰航条件差，工资又低，你来这里教书有啥前途？杨敏知道后非常气愤。

夏天，南垭的自来水供不应求。丰航小学的学生下午拖地板用水量大，但水龙头突然不来水了，值日生只好去老姜家后面的水井抬水。由于去那口井担水的人多，学生抬来的水全是泥浆，根本不能用。值日生要完成拖地板的任务，便去卢家门前的水井抬水，而这口井安了铁门，铁门锁着，学生讨不来钥匙。管钥匙的卢远飞平时和我谈得来，我出面一讲，卢远飞便把钥匙给了我。卢远飞说，要是杨敏那丫头来讨钥匙，说啥我也不给她——丰航小学枉自是个单位，春上修水井叫出钱，硬是一毛不拔！

当天，杨敏未回家，小柳以为她病了，下班后来了南垭。天黑了，暑热仍未散去，小柳想冲凉，但学校没有水。小柳提了塑料桶去卢家门前的水井打水，卢远飞倒没为难他，给了钥匙。小柳在水井旁边冲凉，被卢远飞看见了。卢远飞大声吼，你咋不讲卫生，在水井边洗澡？小柳说，我注意了的，水没有溅到井里。两人争吵起来。卢远飞仗着自己是老辈子，劈胸给了小柳一拳。小柳虽未还手，但随后赶到的杨敏却不依。杨敏说，打人是犯法的，要卢远飞赔礼道歉。这时，从街上回南垭的卢远姣恰好赶到，争吵便在卢远姣与杨敏之间蔓延开来，两人由争吵转为对骂，越骂越难听。小柳毕竟当过警察，连拉带哄地把杨敏劝走了。

次日早晨，卢占清和洪老太在公路边见了面。两个老党员表示，各自回家教育自己的儿女孙辈，不要因为一些小事影响了团结。

12. 洪小菱的诉求

　　洪小菱是洪老太的幺女；结婚之后，一直住在娘家跟母亲一起生活。洪老太的二儿子，也就是小菱的二哥修建新房时承诺：新房落成后让母亲居住，直到母亲百年归天。这样，原本属于洪老太的一间茅草房，被老太太卖给了黔西来南垭打工的吴木匠。自己没有房子的洪小菱，跟着母亲搬进了产权属于二哥的新居。自然，她和丈夫也担起了照顾母亲的责任。市里征地时，给南垭每个人都留了宅基地。不知是由于洪小菱已经出嫁还是别的原因，唯独她没有宅基地。洪小菱自己说不清楚，村里也解释不清楚。她曾多次到村里要求补划宅基地，村长都说研究研究，但就是不予兑现。洪小菱没有办法，就和丈夫汪子俊商量，在原本属于自家的自留地里用砖搭了间简易厕所，以表示抗议。这就引发了洪小菱关于补划宅基地的诉求。

　　魏家门前的那一大块地，原本是魏卢洪蒯四家的自留地。征地之后，一直没有建设，仍由原来的四家管理。魏家的一块，租给了吴木匠家种植串串红，其余三家的地仍旧种蔬菜。我到南垭第二年的五月，村里贴出告示：魏家门前的土地现已出售，买方将在那里修建印刷厂。务请在该地种植蔬菜和花木的各家，限于三日内将土地收拾干净；征地后在该地所搭的建筑物，亦请在三日内拆除。魏家门前的数十株樱桃树，是征地前魏家栽的，按照规定，应由买方折价赔偿。黔灵乡的副书记，是魏海云大儿媳妇的姑爷。这位副书记出面对买方老板说，魏海云的妻子长期患病，经济困难，樱桃树的赔偿费应酌情增加。买方老板说，就当扶贫，给了魏家一万元赔偿费。

樱桃树砍了，蔬菜和花卉腾空了，工地上只剩下洪小菱的简易厕所。施工员问洪小菱啥时拆除，洪小菱说，拆除可以，但必须答应两个条件：一、赔偿修建厕所的经费；二、请村里给她补划宅基地。事情反馈到村里，村长说，在黔灵村，是她洪小菱说了算还是我这村长说了算？哼！不拆除就来硬的！黔灵乡公所和黔灵村委会都在小关街上，相隔不远。村长到乡里反映，南垭村民组的洪小菱在已征地上私建厕所，阻止买方施工，乡长同意了强行拆除的方案。

那天下午，一辆从小关开来的汽车在丰航小学旁边的公路上刚停下，从车上跳下六七个汉子，其中有两个穿着警服。一行人跳下土坎，径直朝洪小菱搭建的简易厕所奔去。守在厕所旁边的洪小菱问，你们要干啥？高个子警察说，你这间简易厕所，村里说是征地之后搭建的，属违章建筑，应当拆除，请你务必配合我们，不要妨碍执行公务！洪小菱说，我讲过，拆除可以，但必须答应我提的两个条件。矮个子警察说，不管是几个条件，你到村里说去；我们是奉命行事，必须完成拆除任务！高个子警察嘴巴一歪，汉子们一拥而上，挥起锄头扒砖。洪小菱豁出去了，扭住一个汉子的锄把不让扒。高个子警察命令，把她拉开！两个汉子各扭住洪小菱的一只手臂，洪小菱只能用

大地歌吟

脚去踢扒砖的人；但转瞬间厕所已被拆除了。高个子警察说，洪小菱，你今天阻挡执行公务，请跟我们到乡里走一趟！洪小菱说，走就走！两个汉子架着洪小菱上了车，呜！车子开走了。

到了乡公所，洪小菱对乡长说，她也知道在已征地上搭建厕所不对，但这是没有办法的办法。乡长问，为啥这样讲？洪小菱说，她是南垭土生土长的姑娘，政府征地时有政策规定，人人都要划宅基地，她当时忙于婚事，被落下了。后来多次向村里反映，村长也答应研究，但就是不兑现。没有办法，才在原来的自留地上搭了间厕所。乡长说，原来事出有因，咋就没听赖村长说过呢？随后赶来的洪老太对乡长说，作为一个老党员，她对村里的工作一向是支持的，但村里在解决她女儿宅基地这件事上一拖再拖，这才到了今天的地步。赖村长独揽了村里卖地的大权，猫腻很多，群众意见大得很！乡长说，你们母女反映的事情，乡里一定认真研究——这样吧，小菱回去写份补划宅基地的申请交到村委会，让村里快些研究解决，我也跟赖村长说说。

洪小菱和母亲回到南垭，当夜即到我的住处，请我给她写份补划宅基地的申请。听了她的诉求，我给她代言如下：

补划宅基地申请书

黔灵村村委会：

我叫洪小菱，家住本村南垭村民组。市里征地时有政策规定，人人都应该划宅基地，但我的被落下了。当时我虽已结婚，但户口一直在南垭，是南垭村民中的一员，应当享有划分宅基地的权利。我曾就此事多次向村里反映，村里也答应研究解决，但至今未落实。所以，特向村委会提出书面申请，希望村里本着以人为本的精神，尽快给我补划宅基地。

此致敬礼

申请人　洪小菱

某年某月某日

13. 赖朝纲其人

赖朝纲这个名字，我初到南垭就听说过。那时我们还在游家楼上住。一天晚上，突然断电了。不是线路出了故障，而是电源被省财校闸了。南垭生产队卖地给省财校时签过协议：省财校允许南垭村民组搭电。有人去问过省财校后勤处，回答是没按时交电费。用电必须交电费，为啥又没交呢？原来是收费员和用电户之间产生了矛盾。收费员叫蒯昌伦（蒯必兴的堂侄）。电费月月增加，用电户怀疑蒯昌伦有贪污行为。蒯昌伦去游家收电费，游润发借喝醉了酒打了他。蒯昌伦挨了打，说啥也不干收费员这差事了。村民去找到村长，希望他来南垭解决这个问题，找了几次，村长只在电话里说，蒯昌伦承包的，你们去找他。村长派头大，不好请！我问洪老太，村长叫啥名字？洪老太说，赖朝纲。有人又去请，赖村长还是不愿来。打了几晚上的黑摸，用电户只得自行开会，选出了新的收费员，收缴了电费，省财校后勤处又才开了电闸。

之后，听洪老太说，赖朝纲老家在黔灵乡的顺海，土改时成分被划为地主，他爹过去挨过斗，他也受过气。十一届三中全会后，政府给全国的地主富农摘了帽子，不搞阶级斗争那一套了。赖朝纲拨云见日，把家搬到小关街上做生意，脑壳灵光，入了党，被选为村长。征地之后，赖朝纲见捞钱的机会来了，独揽了黔灵村的卖地大权，凡来黔灵村买地的若不向他进贡地就买不成。几年下来，赖朝纲吃肥了，在小关街上修起了三栋楼房，一栋自家居住，两栋用于出租，还在几家公司入了股，成了黔灵村的首户……

洪小菱要求补划宅基地的申请送到了村委会，也许是乡长说了话，赖村长终于在南垭露了脸。

赖朝纲50来岁，啤酒肚，矮胖矮胖的。

那天早晨，赖村长在洪家门口和洪老太打过招呼，叫上洪小菱，出侧门上了游家后坡。我对洪老太说，你家小菱的宅基地有望解决了。洪老太说，是啊，看来霉运走完了！但是，中午听洪小菱讲，她的宅基地并未划成。小菱说，她跟着赖村长上了游家后坡，赖村长指着坡上的一块地说，只有这块地没有出售，你若点得上，就拉皮尺画线。小菱说这块地不挨公路，即使起了房子也没门面，没门面做生意也就没生活来源。并且表示，要划就划游家门前那块空地。赖村长说，游家门前那块地有买主了，并且收了定金，村里不能违约。赖村长还要带她到潘家后坡去看，小菱说不用去了，坚持要划游家门前那块地。

赖村长说，妹子，你这就为难哥了！

给洪小菱补划宅基地的事因此搁了浅。

又到了南垭山坡上樱桃花飘飞的时节。

那天，我有事去大十字，回南垭坐的是 68 路公交车。我的座位在驾驶员身后，黔灵乡前乡长的老婆坐在驾驶员旁边。他们俩看来很熟，聊起了最近发生的一则新闻，新闻的主角是赖朝纲，不妨把两人的对话照录于此：

乡长老婆：黔灵村村长赖朝纲涉嫌贪污，前天晚上被反贪局抓了，知道不？

驾驶员：听说了；还听说黔灵村有 100 多村民到省政府静坐，强烈要求严惩赖朝纲。

乡长老婆：赖朝纲不只是贪污问题；他还在选举中弄虚作假，印票、检票都是他做，计票时多出 5 张票，竞选者不依，把事情通了出去。赖朝纲暗中拉票：凡是投他一票的，给 50 元；某干部为他拉票，得了两万元——也被揭发了。

驾驶员：他已经是村长了，这样做，为了啥呢？

乡长老婆：还不是想当村支书，党政一把抓，一手遮天。呃，吃肥了，该让贤了！

公交车行驶到小关场口，乡长老婆下了车，我移到了她的位置。驾驶员仿佛聊兴未尽，瞟了我一眼，说，他的男人还不是贪污挨整过；不过搪塞得好，没查出漏洞——免职当了一般干部。

赖朝纲因贪污受贿被判了七年徒刑。

大地歌吟

14. 丰航小学和 15 中

日子过得真快。刚到南垭时，丰航小学还没六年级，一晃眼，五年级的学生亦面临毕业了。在毕业班学生家长座谈会上，家长们询问，他们的孩子小学毕业以后，将去哪里上初中？这件事还真不好回答。因为城里的中学跟城里的小学一样，需要有城市户口才能就读。在私立小学读书的农民工子女，大多是小学毕业后回农村老家上中学；有的私校办了初中班，升学的问题也就自然解决了。而丰航小学呢，无论是师资，还是校舍，暂时都没条件办初中。在座谈会上，有几位家长说，孩子在城里生活惯了，不愿回农村去读书：孩子还小，他们也舍不得孩子离开。我把家长们的意见向校长杨敏做了汇报。杨敏说，不瞒你，这件事有着落了。

事情还得从"民进"说起。民进会员都是文化教育界的精英，像著名教育家、作家叶圣陶就曾担任过民进中央主席。改革开放以来，民进会员目睹许多私立小学举步维艰，出自于对教育事业和下一代的关心，发出了对私立小学给予帮扶的倡议。丰航小学创办时，市民进就曾捐赠过数套桌凳和十多台电脑，具体操办这件事的是民进会员、市 15 中的校长易嘉锡。易校长听说丰航小学毕业班学生升学有困难，主动提出让丰航小学和 15 中结成对子学校——丰小的学生毕业后可报考 15 中。杨敏说，这得感谢她的爱人柳善才。小柳的父亲（省医的胸外科医生）也是民进会员，一天，易校长去看望柳医生，恰好小柳在家，两人便认识了。那时小柳还是龙洞堡警官学校的学员，听说易校长是心理学硕士，就向学校建议，请易校长到警校作了一次学术报告，两人的关系就更亲密了。通过小柳牵线搭桥，易嘉锡校长对丰小更加关注。20年前我在黔北正安二中执教时也有个学生叫易嘉锡。我问杨敏，15中的易校长是不是正安人？杨敏说，这得问小柳，过几天易校长要来学校考察，你可亲自问问他。

那是个晴朗的日子，易校长由小柳陪同来到丰航校园。虽然眼前的这个易校长身体发福了，但我一眼便认出了他就是当年的学生易嘉锡，同样的，嘉锡也认出了我；师生久别重逢，高兴极了。易校长坐在六年级教室里，听了我和杨敏的课，参加了毕业班的座谈会，宣布丰航小学和15中正式结成对子学校——丰小的学生毕业后可报考15中，同学们听了无不欢欣鼓舞。更出乎意料的是，易校长请我下学期到15中去执教。嘉锡说，15中有8个初三班，其中有两个是重点班。就是这两个重点班，在初二时换了三位语文老师。听小柳说我在丰航小学，特聘请我去教这两个重点班的语文，他相信他高中时的语文老师一定不负众望。我说这得征求一下校长杨敏的意见。杨敏说，将近两年来你对丰航的帮助很大，学校舍不得你走，但易校长解决了丰航毕业班学生的升学问题，我们也应当支持你去15中。事情就这样定了。

15中是所初级中学，地址在油榨街；全校24个班，1400

大地歌吟

名学生，100多名教师。开学了，我一早步行至小关坐68路公交车，途经喷水池、大十字、纪念塔等繁华地段，在油榨街站下车，再步行一截路到15中，正好7：20，差10分钟上早读——学校规定，语文和英语老师轮流管学生早读，我很欣慰，因为没迟到。两个班的语文课都安排在早上。嘉锡关照，除了周五下午的语文教研活动，学校的其他活动包括升旗仪式我都可以不参加。因为是毕业班，周六周日的早上都要补课。这样，我上午乘车到15中上课，下午在南垭家里备课和批改作业。两个班的学生都知道我是他们易校长高中时的语文老师，对我非常尊重，但我知道，不管你是谁的老师，如果课上得不好，学生照样不买账。因此，尽管初中的课文过去教过不下10遍，我还是认真地备课，尽量讲得精彩，讲出新意。

上初二时，由于学生对语文老师的教学不满意，三度换人，作文成了重灾区。好多学生不交作文，即使交了，也是随便写上几句应付老师；语文老师也落得清闲，在学生的作为文本上号个日期了事。上初三了，若不采取补救措施，中考肯定吃败仗。我决定采取强化训练：一周一次大作文，要求必须写足700字；一次小作文，可结合周记来写。无论是大作文还是小作文，做到篇篇必改，篇篇必下评语；评语以正面鼓励为主。每周安排一次作文讲评课，选出写得好的在课堂上朗读，然后讲评。我注意观察过学生的表情：作文得到讲评的学生，喜悦挂在眉梢；没有得到讲评的学生，羡慕溢于眸子。学生作文的兴趣被大大激发起来了，我适时给他们介绍一些课外读物，引导他们打开视野，积累写作素材。同时，要求他们注意观察生活，联系实际，不写假话空话。许多学生把周记也当大作文来写。一个学生写道：这是我精心编织的心灵之花，不让妈妈看，不给班主任看，只让你看，因为你能平等地和我们交流，你是我们值得信赖的朋友。读着这样的文字，我笑了。

南垭山坡上的樱桃花开过，15 中校园里的茶花接着盛开了。经过一年的努力，两个重点班的学生和所有应届毕业的同学一起参加了中考。中考的语文成绩不错，总平均分数超过了往届，语文的总分为 100，两个班各有一名同学的中考语文成绩超过了90 分，这在 15 中的历史上没有过；《贵州教育》有个发表中学生作文的园地叫"新芽"，两个班亦各有一名同学的作文在"新芽"上获得了名次，这在 15 中的历史上同样没有过。

15. 联想学校与水电九局

一年合同期满，我离开了 15 中，尽管该校发来了延聘通知，我还是去了另一所学校。易嘉锡校长先于我离开 15 中，他先是去了省教科所，不久即改行从政，被市里调到小河区任副区长。我去的新环境名曰联想学校，位于贵阳森林公园旁边。与 15 中相比，只教高二一个班的语文，当班主任，工作相对轻松些。联想的校长叫张阳，和嘉锡是西师的同学，原在 6 中教历史，搞了停薪留职，办了这所封闭式的贵族学校。

大地歌吟

年过六旬的我，好奇心不减少时。冲着"贵族"二字去应聘，我要看看这所学校"贵"在哪些地方：校舍是租的市党校的房子，远离闹市，环境幽雅，四周有围墙，铁门一锁，便算封闭了。校园内设有幼儿园、小学部、中学部；学生来源分两部分：一部分为附近工厂的职工子女，收费标准与一般学校相同；一部分为住读生，高中部住读生的收费标准为一年一万元。住读生一日三餐，吃住在校，一周洗一次澡，一年发两套校服，吃饭睡觉洗衣服有生活老师管。住读生多为外地老板的子女，因老板夫妻忙于生意，无暇顾及孩子的教育，宁愿花点钱，把孩子送到了联想。这部分学生多数成绩不够好，教起来很费力。另有3名特困生，来自丹寨、剑河贫困地区。校长张阳许诺，高中3年的费用全由联想负担。这3名特困生品学兼优，高中毕业后都考上了大学，其中的潘必祥（苗族）还考上了西安的一所名牌大学。

联想的老师一律住校，白天上课，晚自习要下班辅导学生。工资按工作量算，比一般的私立学校高；一日三餐和住读生一块儿吃，由学校食堂免费提供。周五下午五点半放学回家，周日下午6点必须到校。学校有两部校车，专门负责接送家在市里的老师和学生（接送地点在贵钢大门旁边）。

以前天天与南垭见面，觉得南垭甚少变化；到联想住教之后，一周才回南垭一次，觉得南垭变化挺快的。房东蒯必兴家对面的印刷厂立起来了，机器开始运转，早晚发出嗡嗡的响声。印刷厂老板颇有闲情逸致，在院子里建了座"芦笙园"：竹篱茅舍，木柱上吊着串串红辣椒，古色古香的桌凳，围绕着边沟盛水的圆形舞台。客人光临，身着盛装的苗族姑娘在门口载歌载舞迎接；客人用餐，苗族姑娘和小伙儿就在圆台上跳舞、吹芦笙，此番情景，比一般的农家乐更有风味。朋友曾丁一家从新添寨来南垭看望我和老伴，我特地招待他们到芦笙园品尝凯里酸汤鱼，既饱了口福，又饱了眼福。

来来去去间，水电九局七栋职工大楼渐次拔地而起。每周回到南垭，常常听到鞭炮声在那里脆响，我知道，又有工人乔迁新居了。这些头发花白的水电工人，年轻时转战鸭池河、猫跳河、南盘江、乌江，在荒山野谷修筑起一座座电站，给高原人民送来了光明；如今，他们集资在南垭修建了楼房，也该享享清福安度晚年了。一次回南垭，老伴说，她去九局那边散步，无意间碰上了正安老乡余邦英。通过余邦英，又认识了退休女工人孙玉兰。孙玉兰说，她女儿在和尚坡有一套房子，想搬去和女儿一起住，以便将九局的房子出租。老伴问，月租多少？孙玉兰说，70平方米，两室一厅，月租250元，不贵——是的，不算贵——听了老伴的话，我说。蒯必兴家出租房的里间太潮湿了，住久了会患风湿病，我们早就想搬。老伴带我去九局见了新房东孙玉兰，当面交了定金。这样，我们就从蒯必兴家搬到了九局1栋3单元的1号。

在水电九局居住的日子里，老伴结交了几位退休女工人，和她们一起上街买菜、散步、聊天、玩扑克，生活比过去丰富多了。其中一个叫肖桂珍的退休女工人和老伴特别好。老伴说，肖桂珍的侄女冬梅在贵州饭店当服务员，人才不错，她想把冬梅介绍给新添寨曾丁的儿子晓宇。我说这是好事，你就去当这个媒吧。通过老伴牵线，冬梅和晓宇见了面，交往不到一年便结了婚。我取笑老伴，成就了冬梅和晓宇的姻缘，是你来南垭的一大收获！每周回到九局，我也融入了退休工人的群体，和他们下下象棋、打打羽毛球，听他们讲讲过去的故事，也感受了他们朴实和真诚。

退休老工人刘恩吉，是除了余邦英之外，我们在水电九局碰上的第二个正安老乡。听刘恩吉讲，他当过水电九局的革委副主任，曾与党委书记梁子庠（正安第一任县长）共过事。当年正安修良坎电站，缺少器材，派人到九局求援。他和梁书记商量，送去了水泥、风钻之类的物资，支援过家乡的建设。几年前恩吉的老婆死了，他心情落寞，常喝闷酒。我找到恩吉的儿子，对他说，小子，你要多多关心你的父亲咧！

对于联想学校的"贵族"生活，老伴不满足于我的口述，去那里看过两次。第一次我陪她游了森林公园，第二次我带她去龙洞堡飞机场看了飞机。至于联想食堂的饭菜，她品尝之后说，味道不咋样！我说，大锅菜嘛，就那个味道！其实，还是家里炒的菜好吃！

我跟联想签了两年的合同；合同期满，一刻没有恋栈。

16. 告别南垭

大概是出身寒微的缘故吧，对于衣食住行，我一向随遇而安，不甚讲究。但老伴却不行，她说，水往低处流，人往高处走；我们到省城四五年了，不能老是租房子住，应该有自己的窝。老伴天天在耳边念经，我只好和她各处去走走，看看哪里宜居而房价又便宜些。最后选定了头桥海马冲的宏福景苑，用按揭的方式买了一套两室一厅的房子。此处于晚年的我们来说，有两大好处：一、距黔灵公园近，每天早晨好去公园散散步；二、离贵医附院不远，坐51路公交不用换车，看病方便。房子装修完毕，请了搬家公司的工人，一趟车连人带家具就搬走了。

搬家之前一个月，南垭公路的扩建工程启动了——扩宽40米，将来的南垭路，街道够宽的；停工好几年的南馨苑重新开工了，规模够大的，这座商品楼一旦建成，又将为南垭增加数千人口，而且，68路公交车已经从小关延伸到了水电九局和南馨苑之间，人们出行更加方便；垭口东边云岩区检察院的地盘上也响起了钻机的轰鸣声，可以想见，要不到多久，顶着国徽的区检察院亦将在那里耸立起来……

搬家之前，我和老伴去向南垭的乡邻——作别。

离开南垭的那一刻，诸多人生感慨汇聚心头，潮水似的，一下漫过了心的堤岸。

2013.12.31

大地歌吟

玉树余痛

津枚旺扎留着光头，额上有数颗青春痘，但五官清秀，身材颀长，着红色短袖藏服，很像已故的班禅大师。在华西医院二门诊住院部六楼，我认识了这位年轻的喇嘛。

从穿着来看，你应当是川大佛学院的学生，对吗？

是的，我在川大佛学院读四年级。

这么说，你今年就要大学毕业了？

不，还有两年才毕业。

为啥呢？

佛经内容丰富，我们要学六年哩……

我和津枚旺扎正在护士站旁边交谈，他的堂姐桑吉卓玛走了过来，对我歉意地笑笑，招呼他回了病房。

桑吉卓玛是兰州大学中文系的学生，特地向学校请了假来华西陪护堂弟。桑吉卓玛说，别看她这堂弟说话温文尔雅的，发起病来可吓人了。他经常冲动，砸东西，大吼大叫。上飞机时检票，空姐看了他一眼，他问空姐你看我做啥？把票抢了过来，说不坐了，好不容易才哄上飞机。昨晚他说，人都是自私的，你们不管我，我不如死了算了！其实，亲人们都关心他，叔叔婶婶也跟着坐飞机来成都照看他。

津枚旺扎的父母常年在外行医（做藏药生意），无暇回家照顾儿子；旺扎小时候和奶奶一起生活，没有玩伴，从小学到初中，学习倒是很好，但性格内向，别人跟他说话，说不上两句，他就走开了。旺扎从六岁起就不吃肉，吃素；他对奶奶说长大了要当喇嘛（和尚）——在藏区，喇嘛是有修养有学问的人，非常受人尊敬。尽管家里只有一个儿子，父母还是依从了旺扎的选择，让他进了川大佛学院。

因为他姐姐死了，旺扎精神受了刺激。

他姐姐怎么死的？

地震——玉树地震，你知道吗？

2010 年 4 月 14 日，青海省玉树地区发生 7.1 级强烈地震，2698 人遇难，我怎么能不知道？玉树地震距现在将近四年了，旺扎心灵上的创伤，应当是玉树的余痛。

是的。玉树发生地震，正好是旺扎在川大佛学院剃度的第三天。叔叔在玉树城里买了一套房子，旺扎的姐姐一个人住在那里。地震发生了，房子倒塌了，他的姐姐被砸死了。旺扎知道了这个不幸的消息，非常悲痛，患了抑郁症。所以，和旺扎交谈，不能提地震，不能提他的姐姐！

因此，你看见我在和旺扎交谈，担心我问漏了嘴，就把旺扎叫回了病房？

是的，我们跟他说话，也很注意。

大地歌吟

　　津枚旺扎住的病房是个单间，在开水房对面。

　　早晨，我去打开水，看见主治医生正在那里查房。旺扎在床上坐着，主治医生问他心情好点没有，旺扎木木地坐着不回答；一会儿，倒在床上拉被条蒙住头，表示不愿再听了。主治医生说，旺扎，我只是问问你的病情，可没说你什么不好的话……主治医生转过头对身后的实习医生说，他这是由抑郁转向了狂躁，应当停××药，加××药……

　　津枚旺扎的病就是这样，时起时伏。狂躁起来，叫陪护的人滚，甚至拳脚相向。

　　桑吉卓玛沮丧、无奈，但坚持着。

　　半个月之后，旺扎的病有了好转，出院了。

2014.2.28 于成都

老袁

老袁是我在华西医院陪 L 治病时认识的。

我们住的是个双人间。一位病友刚走，老袁便在妻子的陪伴下住了进来。他 57 岁，1 米 75 的身高，西装笔挺，皮鞋擦得亮亮的。早春时节，外面虽然寒风嗖嗖，但病房里安了空调，不一会儿，老袁就觉得热，忙把西装脱了，换上拖鞋，让护士给他量体温、测血压……从此，我们和老袁夫妇朝夕相处，渐渐熟悉起来。

老袁患焦虑症已经十年了。春节期间，摔了一跤，昏迷了两天两夜——送县医院抢救，体能基本恢复。此次住进华西二院，既要治疗焦虑症，又要治疗因摔伤留下的后遗症——头昏、头痛、头皮发麻。经查，头昏头痛头皮发麻乃酒精中毒所致。医生问老袁，平时喝酒不？老袁说乡镇干部哪有不喝酒的！医生告诫老袁不能再喝酒了，老袁说他酒龄虽长，但没有瘾，保证戒掉。老袁的妻子瞟了他一眼，仿佛在问，你戒得了吗？

老袁是李白故里江油市（现为县级市）战旗镇的人大主任（之前是副镇长）——听了他的自我介绍，想起三年前驱车去九

大地歌吟

寨沟路过江油广场见过的李白塑像，问，那算是江油的标志吧？是的，李白站在那里，一只手朝前伸着，好像是在向人要钱哩！听了老袁的话，觉得他这人挺逗的。老袁介绍道，江油建有李白纪念馆，珍藏着有关李白的文物4000多件，有李白的稀世墨宝，有记载诗人青少年故事的宋碑，还有桃花潭、洗墨池、大石狮等文物古迹……

老袁讲起自己的人生经历来更是滔滔不绝。他家在江油乡下，距镇上不远。刚满一岁，父母就离婚了（他没讲父母离异的原因，我也不便问）。老袁是跟着奶奶长大的。在乡下上了小学、初中。姑父在县里当卫生局长，劝他读卫校；班主任则希望他读师范，但老袁却报考了绵阳农校。农校毕业没能参加工作，老袁干起了个体：先学缝纫，后养鹌鹑，接着承包了鱼塘，可以说佳绩连连，当上了区个协主席。但老袁并不满足，1990年，县里在战旗镇公开招聘副镇长，老袁一举夺魁上岗，步入了仕途。在江油的乡镇长中，老袁的酒量是出了名的。凡有外宾来江油，县里都让老袁去陪酒……

"老袁，"我问，"李白斗酒诗百篇，你喝了那么多酒，一定写了不少诗吧？"

"我写诗不行，"老袁说，"书法倒小有名气，是江油的书协会员。"

老袁自然也讲自己的家庭。妻子姓章，长他两岁，一个村的姑娘，从小认识，没上过学，但干活挺能干（老袁讲到这里的时候，老袁的妻子也参加进来，说集体那阵在生产队挣工分，她拿的工分最高）。老袁夫妇有一儿一女，都已大学毕业，结了婚。而就在两个孩子上中学时，老袁得了焦虑症。当时，为了方便孩子上学，老袁在县城租了房子，既要忙镇上的工作，又要照顾孩子的生活（老袁讲到这里的时候，老袁的妻子插了话，说她在农村同样忙，既要出工，又要喂猪）。虽然患了焦虑症，仍然边吃药边坚持工作。

老袁烟瘾大，经常躲在洗手间抽烟。护士发现了烟头，告诉老袁，病房里是不许抽烟的。老袁说，过去他一天要抽一包烟，现在偶尔抽一枝。老袁的茶瘾也大。护士说茶是解药的，渴了就喝开水。老袁不同意护士的看法，说他喝的是早茶，有利于健康。老袁喝茶很有讲究：先用开水烫杯子，倒掉之后才泡茶，而第一道水要泌掉，换上第二道水，泡上几分钟才慢慢地喝。老袁抽的烟不是一般的烟，是吉林的"长白山"；老袁喝的茶也不是一般的茶，是西湖的龙井茶。老袁对我说，烟和茶都是他那在发改委工作的女婿孝敬的。

一天下午，老袁觉得早茶未喝够，下午又要重新泡茶。老袁的妻子说，医生讲的病人要少喝茶；你又要泡茶，怕喝多了晚上睡不着觉。老袁生气了，说我就这点爱好，你都要干涉，你叫我怎么过？老袁的妻子说服不了老袁，就打手机告诉在成都工作的女儿；女儿给老袁打电话，老袁赌气不接。第二天中午，老袁的女儿和两个女友一起来医院看望老袁，送了一篮水果、一个红包。三人离开之后，老袁打开红包，得意地把票子数给我看：五张百元票。我笑着调侃他，往后你接着赌气、撒娇，肯定还有红包的。老袁两口子跟着笑了。

　　住了半个月的院，老袁头部的病治愈了；至于焦虑症，还得坚持服药。出院时医生叮嘱老袁，回去千万别再喝酒了。

2014. 3. 18 于成都

书缘

一、音乐家李启明

去年秋天的一个早晨。

正在黔灵山公园散步的我，突然接到一位陌生男子打来的电话。此君在电话里说，他叫李启明，是我的老乡，最近看了我的散文集《旅筑随笔》，觉得很亲切，希望和我见见面。我努力搜索记忆，咋也找不出老乡中有叫李启明的。此君大概发觉了我的疑虑，忙补充说，他以前叫胡泽明。哦，我一下想起来了：胡泽明、毛儿！一个有着像赵本山那种脸型的小学同学。

"上小学时你家在安场上场口八圣宫住，是吧？"我问。

"是的。"他说。

"你咋知道我的电话，得到我写的书的呢？"

"是韩世杰告诉我的，书也是他借给我的。"

韩世杰是我中学时代的同学韩世栋的大哥，我到贵阳之后，

大地歌吟

和他有所交往。他也是"尹珍文化研究会贵阳联系组"的成员，"贵阳联系组"成立那天，我的《旅筑随笔》刚出版，便送了一本给世杰兄……

"老弟，"我问，"我们有半个多世纪没见面了吧?"

"是的，五十多年了!"他说。

"你在贵阳哪个单位工作，大概退休了吧?"我问。

"我在省黔剧团工作，早退休了。但和退休前一样忙，被几个乐团请去当指挥，还要创作歌曲。"

我俩约定下周一在黔灵山公园白象桥相见。启明家住八角岩，我家住海马冲，两处与黔灵山公园的距离差不多。

《旅筑随笔》里所写的大多是新中国成立初故乡的往事。当时我和启明都还是小小少年，以后各自外出求学谋职，再也没有晤面。是《旅筑随笔》这本书，为我们架起了将要相见的虹桥，这就是"书缘"啊! 这本书里的文章，虽然他大多看过，我还是决定送一本给他作纪念。

那天早晨，我先到白象桥东边。不一会，一位蓄着歌唱家刘欢那种长发的男子在白象桥西边出现了。白象桥小巧玲珑，下临七星潭狭窄处，东西两岸近在咫尺，明晃晃的阳光下，我一眼认出了李启明。听见我的喊声，他跨过桥来和我握手，我随即把《旅筑随笔》赠送于他。岁月掳走了我们的青春和壮年，彼此脸上写满沧桑，但热情依然如故。

我们在七星潭边的树荫下坐了下来。

"启明，"我问，"我记得你上小学时就会拉二胡，你是跟谁学的呢?"

"女同学周光华,你记得不?"他问。

"记得,挺开朗的!"

"那时我家在八圣宫住,"启明说,"八圣宫南边是上场口的城门,城门外是周光华家。周光华的父亲周文选在绥阳读过书,会拉二胡,每逢月夜,周伯伯把躺椅搬到院子里,泡一缸茶,坐在躺椅上拉开了二胡;琴声悠扬婉转。我常常去听周伯伯拉二胡,听得如痴如醉的……"

"这么说,你的二胡是跟周文选学的啰?"

"不是。"启明说,"那只能是一种音乐感受。我的二胡是跟隔壁的大同学邓吕銘学的——我自己锯竹筒、自己制琴柱、自己剐蛇皮蒙二胡……"

"邓吕明同学我认识,高我两级,可惜得肺病死了!"

"真正把我领进音乐之门的是沈泽云老师,"启明深情地说,"沈老师上我们班的音乐课,他发现我有点儿音乐天赋,就教我练习指挥、识谱、拉琴,对音乐的爱好,让我朦朦胧胧地感到此生和她分不开了!小学毕业,我家搬进县城,住南门老街,我也考上了初中。在初中阶段,我学会了拉小提琴。"

"初中毕业,你就参加工作了?"我问。

"不。"启明说,"我只读完了初二——那是 1958 年,县里成立了文工团,我被文工团要去拉琴。接着,省黔剧团来正安物色琴师,一下看中了我,我被抽调到了贵阳。在省黔剧团这片艺术天地里,我敲扬琴、担任指挥、担任作曲,技艺日益精

大地歌吟

进，一直干到退休。其间到贵大艺术系进修一年，是国家一级作曲。"

"你也算功成名就了。"我说。

"哪里，"启明眼里似乎有光波闪烁，"艺术追求无止境哩！"

"是的，活到老学到老。"

"老哥，"启明倏然转移了话题，"我还看过你的长篇小说《风云恋歌》呢。"

"你从哪里得到了我写的这本书？"我问。

"陈代英，黔剧团的退休女演员，也是正安人。"

"陈代英我认识，我在正安一中读初三，她读初一。但没送书给她啊！"

"是韩世杰给她的。"

"这就对了。《风云恋歌》出版那年，我和世杰兄刚认识，就送了一本给他。"

"我知道，"启明说，"《风云恋歌》是长篇历史小说，里面的人物大多有生活原型；胡元成的原型就是我的父亲胡银成。我父亲被伪镇长陈兆冥杀害了，剩下我们孤儿寡母，多悲惨呀！老哥，你只比我大一岁，对于我父亲的死，咋了解得那么详尽呢？"

"你父亲被暗杀的时间是 1950 年 7 月 15 日晚上，暗杀的地点距龙洞沟我家不远，当晚我们几姐弟都听到了枪声。次日清早，我父亲从下坝赶场回家，路过丁家坡石灰窑，看见地上有许多血，路旁田里的稻谷也被踩得乱糟糟的，不晓得发生了什么事。过后才知道乡丁大队副胡银成被人黑杀了；陈兆冥的狗腿放出话来，说胡银成私通八路……而你父亲遭暗杀的真相，是我写《风云恋歌》时采访刘永柱，永柱兄告诉我的。刘永柱大我们几岁，新中国成立后当过安常镇的镇长，他的话比较可信。"

"我父亲虽然不是解放军的探子，"启明说，"但他是个正直的有良心的军人。这样的人，心狠手辣的陈兆冥是容不下的。父亲为何被害，过去我一直不明白，看了你写的书，终于弄清楚了。老哥，感谢你和你写的《风云恋歌》！"

"我写《风云恋歌》，采访过许多当事人，力求尊重史实。但毕竟写的是小说，你也别全都当真。"

末了，我邀请启明参加"尹珍文化研究会"，以便经常见面，一起参加活动，启明欣然同意了。

二、图书管理员刘桂花

今年五月，我主编的散文集《桃李芬芳》在北京线装书局出版了。

这本书集100篇文章，31万字，历时两年，由昔日我的100名弟子共同完成。100位学子跨出校门之后，人生经历各呈异彩，看点多多。老作家青树华读后感言，其价值不亚于《风云

大地歌吟

恋歌》。出了新书，遵循惯例，一部分用于馈赠，一部分拿来销售。六月份回了一趟正安，在销书过程中，结识了正安二小的校长唐波。去二小那天，新宇相伴而往。唐校长了解到新宇是正安一中的语文教师，诗写得不错，遂请他为二小校歌创作歌词，新宇悦然允诺。唐校长还说，歌词写好之后，可请省城的音乐家李启明作曲。

回到贵阳，我将唐校长请宇、明两人为正安二小合写校歌的事电告了李启明，启明愉快应承。十天之后，新宇发来了歌词，我即转发启明。根据歌词的有关要求，启明提了修改意见。歌词定稿后，启明开始酝酿曲子。他在电话里说，灵感来了，一夜未眠，将曲子一气呵成。启明要我一早去八角岩他家，好把刚谱写的校歌唱给我听。

第一次去朋友家，不带手信不行，我带的手信是《桃李芬芳》。

到了八角岩启明家，启明说老伴刘桂花到黔灵山公园晨练去了，要有一阵才回来。他招呼我在客厅的沙发落座，我见对面墙上挂着几幅照片，蓦地被其中最大的一帧吸引住了。照片上有五个人物，中间那个不是我所熟悉的邱月娟吗？启明说，邱月娟是桂花的大嫂，邱右边的那个男的是桂花的大哥刘效堂，刘效堂右边是他的儿子胡旭。邱月娟左边的是刘桂花；刘桂花我在公园见过，但那是美人迟暮的刘桂花。照片上的刘桂花年轻、漂亮，笑得那么灿烂。邱月娟和刘效堂也在笑，而刘桂花左边的李启明却是一副似笑非笑的样子。我对启明说："咋这么巧，你们两家的亲人都是我小说里的原型呢。"

启明请我去他的音乐创作室，放了三张歌碟给我听。他说，这三首歌都是与正安的词作者合作完成的。我听得出有一首似花灯调，有一首带花鼓味儿。然后，启明展开新谱的校歌歌篇，认真地哼唱起来："依着山色，映着湖光，正安二小屹立大堡顶上；美丽的校园，花儿伴琴声绽放……"旋律确乎明朗优美。我说："明天新宇要来贵阳，你可唱给他听听，征求一下他的意见；而最终呢，正安二小的唐校长满意了才算数。"正说着，刘桂花晨练回来了。她一眼瞥见桌上的《桃李芬芳》，说："你又出新书了！"

趁启明进厨房做饭的当儿，我和桂花在客厅攀谈起来。主要是她说，我不时插一句。

"我也喜欢看书，"桂花说，"你写的《旅筑随笔》和《风云恋歌》我都看过，正如你所说，我是把《旅筑随笔》的第一辑当作《风云恋歌》的下集来看的。我知道小说人物和生活原型是有区别的，我大嫂邱月娟（辛月娟原型）是你着重描写的人物，小说怎么写我们管不着，但回到生活里来，有的情节却不是那么回事。比方说，邱月娟解放初考上了贵阳卫校，卫校毕业分配到凤岗县医院；组织查出她在正安中学读初中时参加过三青团（背着学生报的名，本人并不知晓），因而被开出工作。邱月娟回到正安，因为懂医术，参加了东门的联合诊所。我大哥刘效堂也在该诊所上班，他们过去是同学，好上了，不久结了婚。不是有的人对你讲述的：邱月娟新中国成立后去务

大地歌吟

川进了卫训班，在那里和刘效堂结的婚。"

"那么，解放初邱月娟和县委周书记谈过婚事，这是真的吗？"我问。

"这倒是真的。"桂花说，"如你在小说中所写的：桃珠和宝珠是表姐妹，宝珠人才出众，周书记最初喜欢的是宝珠，但桃珠工于心计，主动出击，把'4号'（即周书记）从宝珠那里争了过去……1983年，周书记和桃珠从北京来正安写回忆录，桃珠请表妹宝珠去招待所相见，被宝珠（即邱月娟）婉言谢绝了，可见那件事对我大嫂伤害之深。"

"你见过周书记吗？"我问。

"见过。解放初我家在南门县医院住，父亲是医生，常有解放军来医院看病。周书记是河南洛阳人，听说我家也是河南洛阳人，亲自到医院登门认老乡，还和我母亲一起包饺子吃。"

"你家是北方人，又怎么来到了正安呢？"我问。

"这得从我父亲说起。我父亲叫刘镇亚，洛阳伯谋医学院毕业。值抗日烽火正炽，我父亲参加了国民党的抗日部队，在军政部三十八后方医院救治伤员，是一级军医、少校军衔。蒋介石夫人宋美龄视察三十八医院，我母亲和随军家属们一起排队欢迎。父亲医术高明，思想进步，参加了共产党在国民党军队里的秘密组织。据父亲生前讲，他曾多次到洛阳城楼去和上级接头，传递情报。日本鬼子占领了河南，三十八医院先是随部队撤退到武汉，接着撤退到湖南——我就是在湖南的宝庆生的。因为是单线联系，父亲和组织的关系中断了。日本鬼子占领了长沙，部队撤退到贵州，在玉屏驻扎下来。这期间父亲曾代理玉屏县卫生院院长。

"1947年春，正安发生瘟疫（伤寒），37岁的父亲被贵州省政府任命为正安县卫生院院长，举家前往正安主持防疫。父亲不辞辛劳，深入疫区，治好了不少病人，制止了疫情蔓延。任务完成之后，我们一家再也没能回到部队，因为解放战争爆发了。父亲是个有抱负的医生，他竭尽全力，在南门武圣宫开办了正安县医院。新中国成立后，人民政府接管了医院，父亲因有着国民党少校军医的身份（地下党员的身份又无从证实），没能留用；县医院只招收了大哥刘效堂。父亲郁郁寡欢，疾病染身，不久离开人世。安埋父亲时，县医院只给了20元钱。钱不够，向街坊化了些钱，才把父亲安葬了。"

"你是哪年参加工作的？"我问。

"1959年7月，我在正安一中初中毕业。一天，蓝校长来我们班讲话，说，你们将要走向社会，服务于社会。我不在然，因为我想读高中呢。蓝校长喊同学们站起来。站起来干啥呢？只见县宣传部的古灿炎干事在窗外盯着一个个学生扫描；扫描完了，叫我独自出教室。这时，大家才知道古灿炎是在给省黔剧团挑选演员，只选中了我一人。就这样，我成了省黔剧团的一名演员。当演员要从小练功，我已经16岁了，早过了练功年龄，那份练功的'罪'咋也受不了；当演员要练唱，尽管有李启明在旁边拉琴带唱，我就是羞于开口。我非常苦恼，打报告申请离开剧团回学校读书。省文化厅的领导找我谈话，说：'学

大地歌吟

校不属于文化厅管，不便联系。省图书馆是文化厅的下属单位，读书也方便，如果同意，就调你去那里。'这样，我就到了省图书馆，担任图书管理员。几十年来，兢兢业业地工作，入了党，担任过省图科技部部长，直到退休。"

一缕清香飘来，启明已经把饭菜摆好了，三个人便坐到桌边去吃饭。刚才桂花和我的谈话启明是听到了的，他补充道："老哥，上初中时，我和桂花还是同桌哩！"我说："恐怕那时你就在打桂花妹子的主意呢；而且，当年省黔剧团到正安挑选演员，那么多女生，为啥单单选上了桂花呢，是你在幕后操作的吧?"启明笑着推脱："只能说与我有关——在乐器伴奏方面，我是剧团的台柱，但不安心工作，团领导了解到我的女友刘桂花在正安一中读书，决定以招演员的名义把桂花调来贵阳；桂花来剧团见了面，我才知道了这件事。"由此可见剧团领导对青年演员的关心，是组织成就了启明和桂花的美满姻缘。

2014. 8. 14

流浪汉葛永华

"那是个疯子，和疯子有啥可说的？"

"他的那些流浪狗脏得很，身上有跳蚤；你们站开点，谨防跳蚤跳到身上！"老太太见围观的人没动又补充了一句。她说话时气咻咻的，那神情，不仅对流浪汉和他的流浪狗表现出不屑，甚至对围观者也表现出不屑。

围观的人来了又走了；走了又来了……

看！两个衣着讲究的女人走近了流浪汉。

她们是母女俩。

姑娘从挎包里掏出两元钱来丢进流浪汉装钞票的背篼；母亲呢，把刚咬了一口的油煎粑丢给了流浪狗。

流浪汉口里道着"谢谢"，右手伸出大拇指朝母女俩比了比。

姑娘受到了鼓励，又从挎包里掏出一个酥饼微笑着递给流浪汉，然后和母亲一道转身走了。

流浪汉挥着手朝着姑娘的背影大声夸赞："大学生呐，祝你考博士，当专家！"

大地歌吟

穿白裙子的姑娘显然听见了，回过头来嫣然一笑……

流浪汉带着流浪狗，每天早晨，在街头乞讨，这成了枣山路接近黔灵山公园大门口西侧的一道风景。既是风景，就有许多来往路过的行人驻足观看：流浪汉的头发灰白而蓬乱，眼珠似乎有些混浊，嘴里左侧的门牙掉了一颗。夏天，他通常赤裸着上身，下面穿一条灰不拉几的马裤，趿拉着凉鞋。肚子挺大，脸上和身上的皮肤呈现出久经风吹日晒的那种粗粝的褐黑色。有时脖子上挂着一块硬纸板，硬纸板上用白色的广告粉写着威风凛凛的六个字——"流浪狗要饭团"。路人的目光自然会投向那群流浪狗家族：大小不等，颜色驳杂；有时是五六只，有时是七八只，有时会多到十四五只；最近竟带来了一窝白绒绒的狗仔，一数，有五只，很吸引女人和孩子的眼球。流浪汉用白色的广告粉写在沥青路面上的字遒劲有力，很见书法功底；内容多为警句，有宣传筑城气候环境和注意行车安全的，比如：

"爽爽贵阳，避暑天堂！"

"贵州贵阳，生态福地！"

"安全胜万金，车祸猛于虎！"

末尾写着"葛永华宣"，因此，路人便知道了这个流浪汉的名字。

为了吸引路人观看，流浪汉会像戏台上那些扮演小丑的演员一样，经常变换着脸谱：有时头上戴着小孩子过生日戴的那种色彩鲜艳的纸帽子，行着举手礼和路人打招呼；有时用广告粉在鼻梁上涂上一塌白的，眨眨眼睛做做鬼脸；有时披着一块从垃圾箱里翻出的红布，在街上扭起秧歌舞，嘴里还咿咿呀呀地唱着什么。游客读了他那些写在街道上的醒世标语，观看了他那滑稽可笑的形体表演，还有那一堆需要食物喂养的流浪狗，一张张淡绿色的一元票就会像秋天的树叶一样飘进他的背篼里。

这么多年了，每天早晨，我和老伴都坚持着去黔灵山公园散散步、吸吸氧、做做操。我们从宏福景苑去黔灵山公园，其间必经枣山路。经过枣山路时，自然会朝在那里行乞的流浪汉投去一瞥。记得一年前在街道边作书法表演的是个中学生模样的姑娘。那姑娘写字不是用广告粉，而是用墨汁；写字也不是直接写在路面上，而是先把一张张黄色的毛边纸贴在路面，然后挥笔在毛边纸上写字。出现在毛边纸上的汉字，点、横、竖、钩、撇、捺，居然十分老练，大概是进过书法培训班的吧？想想：那墨汁、那毛边纸、那进书法培训班都是要花钱的。就在姑娘弯着腰表演书法的时候，头发花白的流浪汉就双手捧着纸盒，走到观众面前，观众就会掏出一张一元的或者五角的钞票放进纸盒里……

曾几何时，那个中学生模样的姑娘不来枣山路表演书法了，她和流浪汉是什么关系？她是去南方打工了吧？我和老伴是退休之后来筑城定居的。这之前，我在黔北的一间农村中学教书。这间中学的校长姓向，机构改革那年，向校长调到县政府办公室当主任去了。几年之后的一个星期天，我进城在街上碰上向校长，怪亲热的。记起在学校的时候，向校长和他的爱人李老师无论到哪里总是如影随形，十分亲密，就笑着问："咋不在家陪陪李老师?"不料向校长却说:"在家里坐着你看着我我看着你有啥意思?"我私下想:不是有句话叫"长相厮守"么,向校长怎么有"没意思"的感觉呢?不久,我把这件事告诉了一个侄辈的年轻人,年轻人说:"这叫'审美疲劳'。"年轻人的回答让我想起文化大革命那年坐火车去杭州途中的一件事。当时我急着去杭州游览西湖,但听说怕破四旧破坏西湖景点,政府就把通西湖的路封了。我向同车的一位杭州学生打听是不是这回事。这位学生说:"西湖周围到处都是路,西湖是封不住的。"接着他又说:"看你对西湖那么向往,其实西湖没什么好看的:我家就住在西湖边,天天面对西湖,没见它美在哪里!""若把西湖比西子,浓妆淡抹总相宜",千百年来,西湖的美是公认的,那位学生之所以会产生那种感觉,也是"审美疲劳"在作怪的缘故。就说对流浪汉的行乞表演吧,最初路过时我和老伴总会停下来看看,现在则匆匆而过,这种感觉也属于"审美疲劳"吧?但流浪汉的体貌不仅不美,相反丑得很哩!

筑城卫视一台有个栏目叫"百姓关注",播放的都是发生在筑城当天的新闻故事,老伴很喜欢看。昨天傍晚,我正在书房打电脑,突然听到老伴在客厅大声喊:"快来看,那个流浪汉上电视了!"我跑进客厅,只见流浪汉正在电视里讲述什么,他的嘴角有一抹血痕,很委屈的样子。"他被人打了!"老伴说。"谁打的?"我问。"他说是穿便衣的城管。""他断定?""我咋晓得?"流浪汉的镜头晃过之后,接着是主持人的评说:"这个挨打的老人,上'百姓关注'栏目不止一次了。这次打他的人,几拳打了就跑了；他说是穿便衣的城管。到底是不是城管？记者正在作调查。我们觉得对待这样的老人，即使他有不对的地方，也应当好好劝说，不应当拳头相向。"我心里嘀咕：岂止不应当拳头相向？打人犯法哩！这个流浪汉，从外表看：赤身裸体、蓬头垢面、邋里邋遢，的确像个疯子。但从他的街头书法来看：不仅笔法娴熟，而且书写的内容没有一条是违反宪法的；岂止不违反宪法，有的还宣传了时尚、针砭了时弊！好几次路过的时候，我都想跟他聊聊，但又怕他误解，遭其唾骂，自讨没趣。这个流浪汉呐，挨了拳头，大概会带着他的流浪狗转移阵地，到别处去表演街头书法了吧？

吃罢早餐，我和老伴出了宏福景苑，照例朝黔灵山公园方向走去。走到枣山路接近黔灵山公园大门口西侧的时候，只见流浪汉又在那里出现了。强台风"尤特"余威所及，气温比往日降低了三度，流浪汉上身套了件皱巴巴的蓝方格 T 柚。他左手端着广告粉瓶子，右手捏着笔，刚刚完成了街头书法。那些流浪狗或立或坐或卧分布在书法区内，有一幅书法分明写着"流浪狗要饭团"。

就在距流浪汉的书法区两公尺的梧桐树下，蹲着两个穿牛仔服的小孩：姐姐大约六岁，弟弟大约四岁，都很瘦；他们面前摆着纸盒子，一看就是要钱的。

可能是昨天傍晚看了"百姓关注"的缘故，我和老伴同时停下了脚步。一位路过的中年妇女走进书法区，往背篓里丢了一张一元票。流浪汉忙放下手里的笔和广告瓶，双手合十，对中年妇女说："谢谢大姐！好心人啊，你必将大富大贵，儿孙满堂！"

中年妇女微笑着走了。

流浪汉回过身来，从背篼里拾起中年妇女适才施舍的一元票，走到梧桐树下蹲着的姐弟俩跟前，把手里的票纸递给了那个女孩子。

说真的，目睹流浪汉这一举动的瞬间，我的心壁像被重重地撞击了一下。啊，这不只是"告花子怜悯相公"，我仿佛窥见了流浪汉那颗善良的心！原来流浪汉对于比他更弱的弱者也怜悯着哩！不少疑问汇聚在我的喉头，我决定和流浪汉聊聊，不管他是否会拒绝。当然我首先得取得他的好感，让他知道我是同情他的。我掏出一张一元票，走进书法区，像其他施舍者一样，把一元票投进了背篼。就在流浪汉对我道谢时，我叫出了他的大名：

"葛永华！"

"呃！"流浪汉笑着答应道。

我走到他面前，问道："昨晚我看'百姓关注'，知道你被人打了，他们为啥打你啊？"

"昨天，"流浪汉说，"我不是在这里搞街头书法么？正写着，来了两个穿制服的城管，一个城管说：'不准写了！'我问：'为啥不准写？'另一个城管说：'你这是污染环境！'听到这话，我的火气一下上来了，说：'你们才是污染环境！''你把话说干净点'城管的火气也上来了，'我们哪点是污染环境？'我说：

'我看见你们把那些卖菜的追得扑爬翻筋斗的，西红柿、洋芋、白菜被扔得满街都是！'城管说：'我们这是在执法！''哼！'我说，'你们把农民的水果搬上车，拉起就走，这是鬼子进村，活抢人！'两个城管被我骂得脸青面黑的，想打人；但围着看热闹人很多，两个穿着城管制服，不好动手，分开人群走了。哪知过了半小时，两个换了便装，几大步跨到我跟前，一阵拳头巴掌，打得我两眼发花，牙齿流血，打了就跑了！有的人给'百姓关注'打了电话，一会记者就来采访了……"

"你断定是城管打的吗？"我问。

"我和其他的人无冤无仇，不是他们是哪个？"流浪汉说。

"听你的口音，好像不是本地人。"

"我是毕节人。"

"啊，怪远的；多大年纪了？"

"七十六了。"

"啊，比我还大三岁，我该称你老哥子！"

"嘿嘿！"流浪汉龇着牙笑笑。

"你的字写得这么好，"我指着地上的书法，"过去一定练过吧？"

"写了二十年了。"流浪汉说。

"你以前干过啥啊？"我问。

"先是在毕节老家当教师，后来又到遵义当工人。"流浪汉说。

"当教师本来不错，咋又不干了呢？"我问。

大地歌吟

"我当的是民办教师，不是公办。"流浪汉说。

"你的这个，"我指指自己的脑袋，"是不是受过刺激？"

"没有没有！"流浪汉摇着乱蓬蓬的灰发，"我只是年轻的时候晃！"

"怎么个晃法？"我追问。

"老了，记不得了。"流浪汉不愿说出晃的内容。

"老了，身边得有个人照顾啊！"我问，"以前跟着你表演书法的那个姑娘，是你的女儿吧？"

"是我捡来抚大的——捡的时候才三个月；我给她取了个名字——葛传奇！"

这的确是个传奇故事，我的心壁又像被重重地撞击了一下：面对眼前这个比我大三岁的汉子，倏然增加了几分敬意；"这么说，你没结过婚？"

"没有。"

"葛传奇的字写得那么好，也是你教的吧？"

"是的。"

"她去广州打工了吗？"

"没去广州。"流浪汉得意地说，"传奇就在本市一家茶楼上班，一个月两千块钱的工资，可以了吧？"

"当然可以，"我问，"你们父女还住在一起吗？"

"姑娘大了，"流浪汉眼里有一丝柔和的光在闪动，"有工作了，讲卫生了，懂得打扮了！她自己租房子住。"

"你住哪里呢？"我问。

"我和这些流浪狗，住在自己搭的一个棚棚里；不瞒你说，有一股臭味！"流浪汉说。

这时，一个路过的小男孩从妈妈手里接过一张一元票，走进街头书法区，把钱丢进背篾里。流浪汉立即中断了和我的对话，转身向小男孩大声发表着感言："谢谢谢谢！小乖乖，将来一定考上清华咧、北大咧！"

不远处是黔灵山公园大门。

我和老伴朝公园大门走去的时候，心想：这个叫葛永华的流浪汉呐，让人琢磨不透哩！

（载2017.3.27《江南作家》）

2013.8.25

大地歌吟

酷似蒋介石的苏广涂

今年是抗战胜利 70 周年。为了纪念这一难忘的日子，电视台天天晚上都在播放抗战连续剧，荧屏上不时会出现蒋介石的身影，老百姓对蒋介石自然也就熟悉了。有时会听到这样的对话：你说这个蒋介石演得像不像？只能说有点儿像，但比起孙飞虎来，我看差远了！电影《西安事变》里的蒋介石是孙飞虎扮演的，国人看了《西安事变》也就记住了孙飞虎，认为他是蒋介石扮演者之冠。可是，当你走在筑城街头，不经意间看见一位个子高高的男人时，你会寻思：蒋介石怎么跑到贵阳来了？

我第一次遇见"蒋介石"是在枣山路。

那天早晨，我和老伴吃过早餐，正朝着黔灵山公园方向走去，望见人流中迎面走来了一位高个子男人：他身板挺挺的，留着光头，穿着黑布长衫，执着手杖，那眉眼和嘴脸、神态和派头，活脱脱就是个蒋介石！我们彼此擦肩而过，当各自走出三四步时，我突然大喊一声：老蒋！高个子闻声扭过头来，四处张望，见无人搭理，回头走了。老伴骂道：你疯了？我嘿嘿地笑：疯不疯的，试探嘛！事实证明，我的试探是成功的。这个高个子男人，要么真的姓蒋，要么平时就以蒋介石自居，不然，当听见有人喊"老蒋"时，何以要往回看呢？

几天之后，我在黔灵山公园又遇见了"蒋介石"。

依然留着光头、依然一袭黑布长衫、依然执着手杖。我特别注意到他上唇蓄着短髭，两只手戴着白手套，皮鞋也擦得黑亮亮的。当他从我身旁走过时，我陡然大声喊道：蒋介石！他回过身来，站住了，笑笑，似乎在问：你在叫我吗？见他不仅没有反感，反而显出得意的样子，我说：你太像蒋介石了！恰好有几位游客路过，也说：像！真的像！我问：你怎么不去和某个导演联系，出演蒋介石这个角色呢？他正要回答我的话，被同行的一个男子叫走了。

今天早晨，我又在枣山路的人流里发现了身着黑布长衫的高个子男人，因为在公园里见过面，算是熟人了，便大声喊道：蒋介石！他也认出了我，两人便站在街旁聊了起来。他叫苏广涂，身高1米76，今年65岁，土生土长的筑城人，家住太慈桥小区。1981年，西安电影制片厂要拍摄《西安事变》，到处物色能担任蒋介石这一角色的特型演员，人们都说苏广涂身相酷似蒋介石，鼓励他把照片寄了去，西安电影制片厂来了通知，叫他去试镜。就在这时，他去一家餐馆吃饭，碰见几个年轻人打架，动了刀子，本来是劝架的他却被牵扯进去，从而错过了机会。后来是"贵州话剧团"的演员孙飞虎去了，孙飞虎在《西安事变》里成功地扮演了蒋介石，因此一举成名。人们说，要是苏广涂出演蒋介石，会比孙飞虎更像，因为孙飞虎的身相

大地歌吟

偏胖，苏广涂的身相和蒋介石一样，偏瘦。

苏广涂去过台湾。台北蒋介石官邸有尊蒋介石塑像，苏广涂站在蒋介石塑像旁留影，台湾人都说他极像"蒋公"。适逢抗战胜利 70 周年，苏广涂去广州参观黄埔军校，因为他长得像"蒋校长"，黄埔军校特地送了他一枚纪念章。苏广涂胸前戴着两枚纪念章，还有一枚是抗战胜利 70 周年纪念章。最近有家影视公司联系苏广涂，邀请他去扮演蒋介石，苏广涂却不想去。他说：我何必定要上台去演蒋介石呢？走在大街上，叫我蒋介石的人多得很哩！

2015. 11. 16

甩动佛珠的老人

老人满头银丝，脖子上挂串佛珠，走路时，随着脖子的晃动，那串佛珠便绕着他的脖子画开了椭圆。我迎面朝老人走去，笑着点点头，他即刻止步，仿佛遇见了知音，报之以一笑。

老哥，请问尊姓大名！

王安业。

安业——安居乐业，这名字好！

我本来是业字辈，父亲给我们取名字时，把字辈放在了后边，哥哥叫王建业，我叫王安业。

高寿？

78 了。

老家在哪？

南京。1953 年哥哥在南京医学院毕业，响应国家支援内地建设的号召，来到贵州，参与创办了贵阳医学院。受哥哥的影响，1964 年我在南京林学院毕业，也来到了贵州，分在省林业厅工作。

当个啥子官？

大地歌吟

没当啥子官。我是个林业工程师，专门从事林业科研工作。

一定有不少科研成果喏？

也没啥成果（谦虚了！）不过，这么多年来，我倒是见证了贵州的发展：60 年代贵州才 1700 万人口，现在是 3500 万，贵阳当年才 300 万人口，现在是 460 万，至于建设方面的成就，你都看到了。

贵阳被称为林城，空气质量居全国大城市之首，不像北京天津那样经常出现雾霾。这里的蓝天碧野，是你们林业工作者的青春和汗水染就的！

应该说还有泪水，每当发现森林遭受乱砍滥发时，我们都会心痛得流泪！

是的，我们应当像爱护眼珠一样爱护每一棵树！呵，我还没问，你的老伴呢？

她有病，在家。

孩子呢？

两个孩子，一个在贵阳工作，一个在广州工作。

所以，你就来公园扮演济公活佛？

我颈椎有病——听医生说，在脖子上挂串佛珠，每早晨坚持这样锻炼，可以治疗颈椎病。

呵，误会你了，你这一串佛珠，一共多少颗？

54 颗。

有啥象征意义吗？

没啥象征意义；你看，这 54 颗佛珠形成的椭圆，恰好与我的两肩同宽；如果佛珠少了，转动起来速度过快，脖子承受不了；如果佛珠多了，转动起来费力，脖子同样承受不了。

好了，我不问了，耽误了你锻炼的时间！

没有，没有！

王安业又迈开了方步，晃动着脖子，那 54 颗佛珠形成的椭圆也绕着他的脖子甩动起来。

2015. 12. 25

大地歌吟

雪　梅

雪梅是大哥的小女儿，我的侄女。

此次（猴年12月3日）回乡给父母迁坟，坐在从老家门前的河沟边开往上坝公墓的车上，我和雪梅有了一次难得的谈话。

我的这个侄女，聪明、直爽、特立独行、几分幼稚。她的小船一度倾覆，好在上岸之后，又择舟起航了。

"雪梅，以往二爸对你的事绝少过问，望你见谅！"我真心检讨。"我们过去接触太少！"雪梅说。两人不约而同回忆起前年春天在正安三小相逢的情景：

当时，我去三小售书（《桃李芬芳》），走进教务处，见有个在那里改作业的女教师不时抬起头来注视我，旁边一位教师问："你认识他吗？"女教师答："像是我的二爸。"听她这么一说，我亦认出她来了。雪梅招呼："二爸，我是雪梅，你怎么不喊我呀？"我说："二爸老眼昏花呵！你既然认出了我，就应当先招呼呀！"雪梅说："我怕认错了，你住在贵阳，咋晓得你走到我们学校来了！"

"雪梅，你在三小教什么呀？"我问。"教一年级。""啊，"

我调侃道，"开学了，开学了！来来来，来上学……"接着问："你们三小的校长还是王杰吗？""王校长很有开拓精神，调任一小校长去了。""那，一小的校长黎廷辉（大哥在建政小学的学生）呢？""黎廷辉调到三中当了副校长。"

"雪梅，你的孩子叫啥？""叫冯彬蔚。""呵，他表姐刘蔚鸣的名字也有个蔚字呢。""是呀，两个孩子小时候样子也相像——额颅突突的！""冯彬蔚读几年级了？""高一。"时光过得真快，孙辈都长大了……

"雪梅，你当年在遵师读书，刘大林老师夸你的作文写得好呢。"我说。"我们读师范，"雪梅说，"哪有你们那时读师范专心！""可你当年读中师，还同时读了个中文大专班，拿了双文凭！""那是混的！其实，我喜欢的是数学。""这是受了你爸爸的影响，他读书时，数学一直很好。你二姐迎春在遵义市一中教的也是数学，这是你们家的特色！""可我参加工作后，多数时间却是教的语文。""一个人的志趣、特长，能与所干的工作相契合，固然好，但现实生活中往往并非如此，又要求我们把工作做好，这就叫小我服从大我……"

正谈着，车子突然停了下来。驾驶员佑刚说："下车吧！"我们下了车，一起朝上坝坡上的公墓走去。

注：安场镇延修西环路，父母坟茔属拆迁范围。

2016.12.6

大地歌吟

— 249 —

拜祭故里先贤尹珍

　　我于 1998 年在正安二中退休之后定居省城，日子不算短了，常听人提到贵阳东山的阳明祠，后来又听说阳明祠还塑有尹珍的像，很想去一睹尊容，但一直未能成行。今年 6 月 5 日，读了记者白凤发表在《贵州都市报》上的《尹道真祠忆文化拓荒人》一文，才知道和阳明祠南北并列的还有个尹道真祠，而尹珍（字道真）塑像即在该祠享堂供奉着。只因阳明祠、尹道真祠和扶风寺三者同属一个大门进出，而大门匾额上又写的是"阳明祠"三个字，路人尚不知里面还有个尹道真祠呢。尹道真祠是贵阳市文物保护单位，其石碑立在墙外一棵古树下。由于一般人不知道尹道真为何许人，尹道真祠平时是比较冷清的。鉴于此，我们正安县尹珍文化研究会贵阳联系组同仁商量，决定前往尹道真祠拜祭故里先贤、我国西南文化教育的开拓者、东汉大儒尹珍。

　　6 月 27 日，风和日丽，贵阳联系组一行 11 人跨进了阳明祠的大门，穿过花木掩映的庭院，来到左侧一处洞开的圆拱门前，但见门额上有康有为的题字：尹道真先生祠，我们便踱了进去。

这是一个有着三层台阶的四合院，两株枝叶繁茂的梧桐树高与檐齐，最高的一层是尹珍的享堂，享堂前有廊柱，双柱联曰："北学游中国，南天破大荒。"堂大门门额为"德廉教养"篆体四大字。前者出自清代贵州巡抚曾璈，后者则是清代中叶著名学者、文学家洪亮吉之手笔。堂中间是尹珍先生留了胡须的汉白玉坐像，两边挂有多位贵州历史文化名人的画像和简介。我们正在瞻仰那些画像，作曲家李启明过来说，他已联系了阳明祠的董事长罗仲鸣，罗先生不仅支持我们的拜祭活动，还乐意为我们介绍有关情况。

于是，大家到享堂对面戏楼的茶室坐了下来。罗先生是个热情的中年汉子。2001 年，贵阳市黔阳明文化产业发展有限公司承包了阳明祠的管理工作，公司投入了大量的资金，对两祠进行了修缮，设置了茶室，使之成为省城的一处旅游胜地。比较起来，由于人们对尹珍缺乏了解，尹祠的游客没有阳明祠多。而公司呢，从上到下都对先贤尹珍怀着崇敬之情，每天都有员工给尹珍坐像敬奉茶水，逢初一十五和清明节，公司全员则到享堂祭祀。罗仲鸣是搞建筑的，却对弘扬尹珍文化情有独钟。他激动地说，在你们贵阳联系组来访之前，还没有哪个单位到尹道真祠来举行过拜祭活动，今天，终于有人来拜祭尹珍了，希望这是个良好的开端！末了，罗先生告诉我们，几年前有三个姓尹的汉子来到尹道真祠，自称是尹珍的后代，还留下了电话号码……

下午 4 点半，贵阳联系组举行了拜祭先贤尹珍的隆重仪式。

大地歌吟

为了烘托气氛，先播放了音乐《尹珍颂》，播放之前，由我对歌词作了朗诵。然后，大家走下戏楼，步入尹珍享堂。李启明备了香烛纸钱，但祠内禁止燃放祭品，只能象征性地把香烛纸钱摆在坐像前面的拜台上。接着，由我领头，11个人围着尹珍坐像绕行一周，毕，大家肃立坐像前，面对故里先贤的汉白玉坐像三鞠躬。最后，以尹珍汉白玉坐像为背景，大家合影留念。贵阳尹道真祠建于1916年，明年就是100年。岁月悄悄流逝了，不知道人们过去是如何祭祀的，今天我们就按照自己的方式作了此番拜祭。拜祭者之中有中学教师、大学教授、资深记者、表演艺术家、音乐家、作家、公务员，除了省文化厅的胡旭正值盛年之外，余者皆苍颜白发，但每个人的心又都是炽热而虔诚的。

接下来是座谈，因有一对年轻人要在尹珍祠举行婚礼，座谈的地点便改在了阳明祠斜对面的"艺术人生"茶室。

座谈会上，我向与会者汇报了创作《尹珍组歌》的动因和进程。坦率地说，本人虽然生长在尹珍的故乡正安，但过去对这位先贤是一无所知的，这得感谢"正安县尹珍文化研究会"的成立及活动的开展，感谢在《正安文史》"尹珍栏目"上发表文章的作者，通过有关活动的参与和大量的阅读，让我认识了尹珍的历史功绩。一千九百年前，牂柯（贵州）还是蛮荒之地，尹珍"自以生于荒裔，不知礼义，乃从汝南许慎、应奉受经书图纬，学成还乡里教授，于是南域始有学焉。"正如记者白凤所言，尹珍不甘落后追求知识向往文明、艰苦求学勤奋务本、不忘根本不忘回报乡里的精神，的确是我们贵州读书人的典范。同时不难发现，尹珍精神与现在党中央倡导的社会主义核心价值观是如此合拍。那么，为了弘扬尹珍精神，我又能做点什么呢？经和作曲家李启明商量，决定由我作词，李启明谱曲，共同来创作《尹珍组歌》，我们的想法得到了遵义市政协文史委主任谢爱临和正安县政协副主席罗遵义的支持。如今，《尹珍组歌》（5首）的歌词已写出来了，并通过了谢、罗两位领导的审查，组歌之一的《尹珍颂》也由李启明谱出，同样得到了谢、罗两位领导的首肯。下面就是如何谱写其他4首曲子、如何制作歌碟，进而如何制作视频（这些均需要经费）的问题了。

听了我的汇报，与会者都说，如果《尹珍组歌》的碟子和视频真的搞出来了，那么，通过电视屏幕，尹珍就会走进千家万户了。

说到宣传尹珍，有个问题，即尹珍故里的问题，经常会引起人们的争论。这次座谈会上，这个问题又被扯了出来。过去，南川、綦江、思南、石阡、印江、道真、旺草、曲靖、富源等地的学者都曾说过，尹珍故里在他们那里，但不论是在史料方面，还是在文物方面，他们都拿不出充分的证据来，以至于不得不承认尹珍故里在正安（具体一点就是正安的新洲）。而据宋科炳说，具有权威性的《辞海》无论老版还是新版，对于尹珍条的阐述，都说尹珍故里在独山，这就值得我们深思了。科炳建议是不是向《辞海》编辑部写一封资料翔实的信，请他们更正这一谬误呢（请不要讥笑科炳老人的执着）？其实，关于尹珍

大地歌吟

故里在正安而不在独山，禹明先先生在《评莫与俦的毋敛考》（载《正安文史》2013 第 4 期）一文已经讲得很清楚了。

请看，禹明先先生是这样考证的：

东汉人尹珍是我国古代历史文化名人，今天遵义市所辖的道真县，就是为了纪念尹珍而以他的名字命名的，据晋人常璩《华阳国志》记载，尹珍字道真，东汉时期牂柯毋敛郡人。明代以前（包括明代），尹珍故里毋敛县在今正安和道真一带一直成为定论，并在那里修建起"务本堂"和"乐道书院"等纪念物。但是到了清代，随着我国考证学的兴起，独山学者莫与俦与其弟子郑珍两人，以郦道元的《水经注》和颜师古《汉书·地理志》注两书中，有关毋敛县的论述为依据，否认唐、宋两代史学家关于汉代的牂柯郡治和毋敛县在黔北的论点，提出汉代毋敛县不在黔北，而在黔南之说，对当代贵州史学界产生了较大影响，大有动摇道真县命名之势。为了慎重地研究和对待历史，笔者近年来通过认真细致地查阅史料和排比研究分析，认为唐、宋两代史学家肯定毋敛县在黔北一事是正确的，毋庸置疑。而莫与俦与郑珍两人说毋敛县在黔南独山一带是错误的。禹明先先生对于上述论断的详细论证我就不援引了。智者千虑，必有一失。说尹珍故里在独山，源于莫与俦和郑珍治学的失误，而莫、郑师徒的失误，又源于郦道元、颜师古、常璩著述中的失误，以至于以讹传讹。郦道元、颜师古、常璩、莫与俦、郑珍都是历史上学术界的权威，禹明先发现了他们的错误，不避讳、不遮掩，旗帜鲜明地指出来，实事求是，正本清源，这种治学精神非常值得我们学习。

　　"艺术人生"茶室的饭菜已经摆好了，但与会者谈兴犹浓。我说先贤尹珍一下是谈不完的，还是吃饭吧，如果还有见解要表述的，可以写成文章，《正安文史》正等着我们赐稿呢。

　　　　　　　　　　　　　　　　　　2015. 6. 28

大地歌吟

附 1

尹珍颂

关山千里，雄心万丈，

不甘落后，毅然北上，

看，英姿勃勃的尹珍，

跨进了中原文化的殿堂，

黄河涛韵伴他夜读，

龙门隶书亲他手掌，

啊，洛阳牡丹八度盛放，

成熟了尹珍学问担当。

回报桑梓是他的初衷，

教书育人是他的理想，

听，新州河畔书声琅琅，

南域有了第一间学堂，

尹珍讲学八方奔走，

文明种子撒遍蛮荒。

啊，一千九百轮霜风洗磨，

磨不去先贤尹珍神采飞扬。

（载 2017. 2. 17《遵义晚报》）

（尹珍组歌一）

尹 珍 颂

刘礼贵词
李启明曲

1=♭A 4/4

（独唱、合唱）

（稍慢）豪迈的　　　　　　　　　　　　　　（由慢渐快）坚毅的

```
(6 3 5 6 7 7- | 6 3 5 6 7 6- | 5 6 7 7 5 6 7 6 | 7 6 7 6 5 6 0 0 | 7 6 7 6 3 2 6 5 6 5 2 1 |
                                                           咚
（女男高）0 0 7- | 0 0 6- 0 | 7 0 6 | 7 6 7 6 5 6 0 0 | 0 0 0 0 |
            啊！　　　啊！　　　啊！　啊！啊！啊！啊！
（女男低）0 0 ♯5- | 0 0 3- 0 | ♯5 0 3 | ♯5 3 5 3 2 3 0 0 | 0 0 0 0 |
```

（渐慢）

```
3 2 3 2 1 6 3 5 6 7 1 7 1 2 | 3 3 0 6 2 2 0 5 | 1 1 0 3 7 7 0 3 | 6 6 0 3 7 7 0 3) 0 0 0 0
0 0 0 0 | 0 0 0 0 | 0 0 0 0 | 0 0 0 0 | 1- 6-
                                                （男低）（柳　莲
```

mp

```
0 0 0 0 | 0 0 0 0 | 0 0 0 0 | 6- 3- 1 | 6· 6-
                （男领）关　山　千　里　　　　　　嗬
2· 6· 6- 1- 6- | 5· 6- | 0 0 0 3 5
柳　喂　　柳　莲　柳　喂　　　　　嗬
```

mf

```
0 0 0 0 5- 6- | 2· 3·3- | 0 0 0 0 3· 5 6 1 0
雄　心　万　丈，　　　　　不　甘　落　后
1 6 2 6 5 6· 6- 0 0 0 0 0 0 1 6 5 3 6 3 2 3· 3- 0 6 1 5 6
柳　莲　柳　喂　　　　　嗬！柳莲柳　喂）　　不　甘　落　后
```

mf

```
1· 6 6 2 | 1 2 3 5 3 6 6 6 5 3 | 2 1 3 5·35 | 6 7 6 3 6 3 5 3 | 6 5 6 7 7-
毅然北上，　看嗬，英姿勃勃的尹　珍，　跨进了中原文化的殿　堂
00 0 5 3 2 3 | 0 0 0 | 0 0 0 0 | 0 0 0 | 0 0 0
毅然北上，
```

大地歌吟

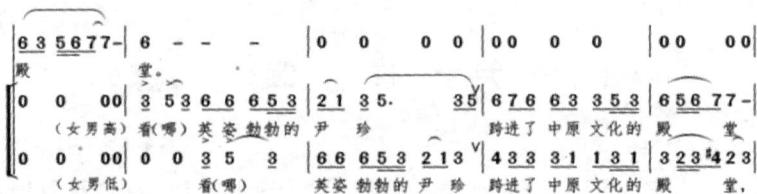

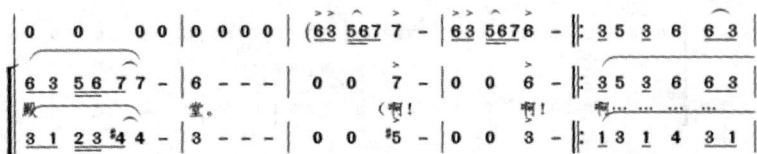

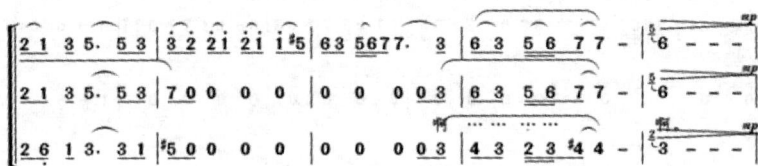

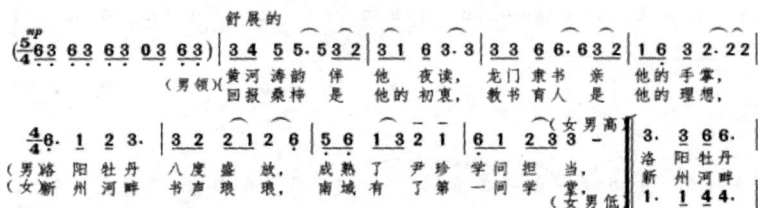

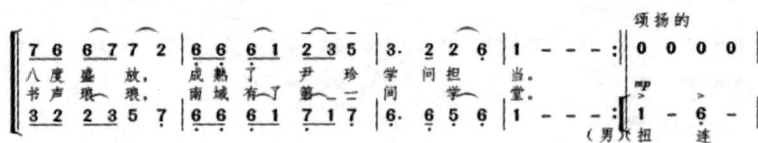

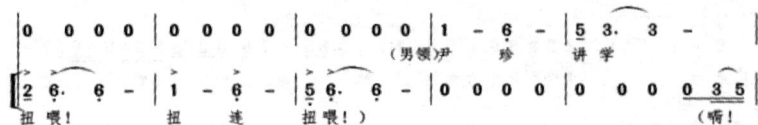

（载 2015. 8. 26：北京《音乐周报》）

附2：祭尹珍文

刘礼贵

先贤尹珍，东汉鸿儒；教化蛮荒，彪炳史书。

尹珍故里，牂牁毋敛；考证沿革，贵州正安。

省会贵阳，尹珍祠在。吾乡同仁，再行祭拜。

思我先贤，身处荒裔，不甘落后，矢志奋起。

北望中原，神往心驰；千里跋涉，何等坚毅。

抵达汝南，拜师许慎。八载修炼，精通五经。

学成回乡，不忘初心：创办学校，传播文明。

新州河畔，草堂三楹；收徒教授，南域先声。

外出讲学，步履匆匆；黔桂滇渝，俱留芳踪。

武陵书院，谒师应奉，研习图纬，三才皆通。

孝廉楷模，奉师举荐，荆州刺史，政绩斐然。

告老还乡，重执教鞭。流风遗韵，沾溉深远。

北有孔子，南有尹珍。尹珍文化，后继有人。

中国梦圆，先贤显灵：欣逢盛世，民族复兴。

先贤功绩，山高水长；尹珍精神，世代流芳！

（载《正安文史》2017第一期）

大地歌吟

为弘扬尹珍文化建言献策

2015 年 11 月 3 日下午，正安尹珍文化研究会贵阳联系组羊年年会在正安驻筑办事处召开，到会会员 14 人，正安政协副主席、尹珍文化研究会会长罗遵义、副会长黄明福、秘书长周东升及市方志办邱洪同志出席指导。

会上，联系组组长刘礼贵汇报了近一年来的工作，一是为《正安文史》组稿，有郑亚宇、李朝虎、李易生、宋科炳等会员的文章先后发表；二是组织会员到贵阳"尹道真祠"拜祭故里先贤尹珍；三是助推完成《尹珍组歌》的歌曲创作；四是会员宋科炳文集《千日风云》、李朝龙文集《文艺学·美学随想录》新近出版。对于来年的工作，初步设想：一是深入开展对尹珍文化的研究，可拟出诸如"研究尹珍文化与现实工作的关系"之类的题目，在组内开展讨论；二是继续为《正安文史》组稿；三是努力促成《尹珍颂》视频及早面世。

接下来，与会者各抒己见，为弘扬尹珍精神、宣传家乡正安建言献策，兹将部分会员发言整理于下：

宋科炳（退休老干部）：独山、兴仁先后举办了一、二两届

"尹珍诗歌节"，作为尹珍故里的正安，不能老是默不作声。为了弘扬尹珍文化，扩大正安在全省乃至全国的知名度，建议我们正安举办第三届"尹珍诗歌节"，或者另辟蹊径，举办第一届"尹珍文化节"。

李朝虎（退休文艺工作者）：今年6月27日，我们贵阳联系组在"尹道真祠"举行了拜祭故里先贤尹珍的活动，为在省城集体纪念我国西南教育文化的拓荒者尹珍开了一个头，今后应当让更多的人来参与这样的活动，扩大尹珍文化的影响。

李启明（退休文艺工作者）：对于宣传尹珍，不能局限于小敲小打、写几篇文章了事，应当搞点大手笔的举措。尹珍不甘落后、后发赶超的精神正是我们正安人在经济建设中所需要的精神，县的领导在如何宣传尹珍方面应当有所构想，让尹珍文化成为助推"文旅兴县"战略的又一措施。从某种意义上来说，了解和宣传尹珍即是了解和宣传正安，尹珍既是正安的名片，也是贵州的名片。

陈锡褆（退休中学校长）：东汉大儒尹珍是正安人，研究尹珍，是为了激发正安人的自尊心、自豪感。但是，现在还停留在学院式、书斋式的研究上。是否考虑走出书斋、走出正安，比方和道真县联合，达成共识，开展一些活动。贵阳的学者重视王阳明的研究而少有研究尹珍的，不是说研究王阳明不对，但王阳明终究是外地人，尹珍才是贵州本土的，贵州的学者为啥放着本土的先贤不去研究呢？所以，我们正安人应当努力发掘有关尹珍的史料和文物，为学者们的研究提供依据。

大地歌吟

陈代英（退休文艺工作者）：研究尹珍，应当让史料说话。尹珍生活在东汉时期，年代久远，史料缺失；王阳明生活在明朝，距现代近一些，史料丰富，两人所处的时代不同，不好比，也没有比的必要。我们所掌握的有关尹珍的史料少之又少，因此，应当认真去挖掘、去发现，只有占有了翔实的史料，底气才足，其他地方来争（听说独山争得最凶），说尹珍故里在他们那里，说啥也争不去。

胡　旭（省文化厅政策法规处处长）：今天，我们靠什么来树立正安人、贵州人的文化自信？依我看，应当靠宣传尹珍、宣传尹珍文化，因为尹珍才是贵州本土的文化名人。基于此，我建议：一是县里送一尊尹珍塑像给贵阳孔学堂。而现在的贵阳孔学堂还看不见尹珍的影子、没有关于尹珍的信息。目前增设了尹珍展示馆，尹珍塑像和有关资料可放置其间；二是打造一台有关尹珍生平事迹的剧目。

荣　芳（省政法委退休干部）：尹珍是贵州的名人，也是中国的名人。我同意胡旭的意见，创作剧本，拍成影视剧，这样宣传尹珍的力度就要大得多。我曾到四川都江堰旅游，见到那里有一尊尹珍塑像和许多中国名人的塑像排列在一起，心情非常激动，因为不仅是我们正安人贵州人才尊崇尹珍，四川人和其他地方的人也尊崇尹珍啊！

李朝龙（大学教授）：在贵阳孔学堂安放尹珍塑像，陈列有关尹珍的资料，这个建议很好，因为它为人们（包括南来北往的游客）纪念故里先贤、宣传尹珍、弘扬尹珍文化搭建了一个很好的平台。

最后，正安政协副主席、正安尹珍文化研究会会长罗遵义作了讲话，指出：贵阳联系组的同志对于如何更好地宣传尹珍、宣传正安提了许多宝贵的意见，回县以后，我一定向领导汇报。对于尹珍文化的发掘、研究，把这张名片做大，时机已经成熟。习总书记非常重视发扬传统文化，这是我们弘扬尹珍文化的有利条件。我们县的历届领导，对宣传尹珍都很重视。我们应当增强文化自信、文化自觉，进而实现文化自强，只有这样，才不至于经济搞上去了，文化却成了荒漠。传统优秀文化是我们中华民族的根，任何时候都不能丢。我们正安制定了"文旅兴县"的施政方针，只要全县人民上上下下共同努力，它一定会开出美丽的花，结出丰硕的果。

2015. 11. 4

大地歌吟

尹珍故里采风记

尹珍是我国西南文化教育的开拓者，堪称一代伟人。今年春天，我在《正安文学》第一期上发表了《尹珍组歌》；组歌一共五首，作曲家李启明决定将它谱成歌曲。启明兄辛勤劳作，谱出了组歌之一《尹珍颂》。为了创作下面的四首曲子，启明想去新州采风。作为歌曲搭档，我自然应当成全他。5 月 20 日晨，我俩乘班车到了距正安县城 100 里的尹珍故里——新州镇。

新州镇副镇长朱文艺接待了我们。由于事先联系过，文艺把我们接到他的办公室，边泡茶边说，他已约定了四个人给我们唱山歌，他们是：陈绪生、杨福龙、张国祥、张天禄。陈绪生是新州镇综治办主任，见我们来了，忙过来握手。接着进来的是身材高大的杨福龙，福龙退休前当过新州镇教办主任，年届古稀，是我的老朋友，我将带来的《旅筑随笔》和《桃李芬芳》赠给他，算是见面礼。趁等张国祥和张天禄之际，启明把 U 盘塞进微机，放《尹珍颂》的曲子给文艺、绪生、福龙听。福龙对音乐内行，听后评说：旋律优美、大气。启明说，这次来新洲接地气，收集民歌调，以便写出的曲子有尹珍故里的特色。

一会儿，老城村石峰组的张国祥到了。国祥59岁，蓄大背头、留唇髭，穿蓝条纹衬衫，家庭是野木瓜种植大户。新洲村青冈组的张天禄最后到。天禄67岁，右脸颊有颗黑痣、身板瘦削，衬衫和裤子都是红色的，他家种了数亩红豆杉，收入可观。人到齐了，启明捧着录音机，讲清要领，请他们依次演唱。

新州农村过去兴薅打闹草，绪生带头唱了一首打闹歌：太阳下山摸背儿黄，/我来唱首矮人王，/三尺麻布缝三寸，/又嫌宽大又嫌长。/他去后园摘茄子，/茄子树下歇阴凉！（矮人王，意在讽刺薅草时偷懒的人）

国祥嗓音洪亮，唱起12月歌：正月龙灯玩下坝，/二月青草遍地发，/三月清明坟上挂，/四月才把秧把拿，/五月才把龙王画，/六月才把扇儿拿，/七月才把袱子画，/八月才把早谷拯，/九月才把耙来打，/十月才把红苕挖，/冬月才把雪来下，/腊月才把年猪杀。

国祥接着唱太阳歌：太阳起来照白坡，/白坡高上姊妹多，/白坡高来好吃酒，/弟兄多来好唱歌。/太阳起来晒白岩，/白岩山上搁砚台，/砚台高上搁笔架，/笔架高上考秀才。/太阳落土又落岩，/打把龙骨车扯转来，/你把太阳扯得转，/我把重庆抬得来。

天禄的声音显得苍老，唱起12月雷电：正月打雷雷打雪，/二月打雷雨水节，/三月打雷是秧水，/四月打雷秧上节，/五月打雷是端阳，/六月打雷热忙忙，/七月打雷秋风

大地歌吟

凉，/八月打雷早谷黄，/九月打雷重阳会，/十月打雷小阳春，/冬月打雷刀兵降，/腊月打雷斩草王。

从音调来看，都似粗犷的打闹歌调，启明问没有其他调子，天禄唱了一首扯谎歌：太阳天天下了坡，/拿把糠头搓索索，/索索搓齐黄桶大，/逮住索索唱山歌。

启明问有没有诙谐点儿的，天禄来了一首：苞谷花豆子花，/苞谷豆子两亲家，/苞谷拿来煮酒吃，/豆子拿来推豆花。

启明问有没有谈情说爱的，天禄唱道：平木山一对岩，/那些小姑会缂鞋，/风儿的一声逮过去/，风儿的一声逮过来。

启明觉得不够味儿，问有没有像蒙古族《敖包相会》那样的情歌，福龙说，汉族的情歌一般较含蓄，没少数民族的情歌大胆泼辣。我说我在乐俭收集的一首薅秧歌，很见风情：大田薅秧行对行，/三路青来两路黄，/秧子黄来缺粪草，/姣妹黄来欠小郎！

国祥跟着来了一首：这坵薅了薅那坵，/捡个螺蛳往上丢，/螺蛳晒得半张口，/姣妹晒得汗水流！

天禄也来了一首：大田薅秧行对行，/两个秧鸡在歇凉，/秧鸡盯到秧路走，/小姣盯到少年郎！

我想起在乐俭收集的另一首情歌，也乘兴一秀：扁担担水担钩长，/两手摸到桶耳梁，/娘问女儿想啥子，/假装担水去望郎！

天禄唱了四句盘歌，提到铧口、犁辕、打杵，但仍然是打闹歌的调子。福龙说，唱打闹歌有打闹师，可唱以往沿袭下来的歌词，也可随机应变，即兴编词，边唱边敲锣鼓。末了，他翻开我写的《新州谣》唱了几句。

于作曲家启明来说，他采风的侧重点是山歌的曲调。于词作者我来说，我则很欣赏山歌的歌词。我品味着国祥、天禄他们唱的一首首山歌，蓦然想到了我们诗歌的圣典《诗经》。时代不同了，诗歌（包括山歌）所表现的内容固然不同，但《诗经》的赋比兴表现手法，《诗经》所用的夸张、比喻、借代、排比、反复之类的修辞，不是在上述所录的山歌里亦有么？农民不大懂得这些，但他们在编唱山歌时不知不觉地就用上了，我们得多多向他们学习呢。

录音结束，大家的话题转到有关尹珍文物的发现和保护上。福龙是尹珍碑和神位牌的发现者，绪生则是务本堂山门联（上联，石柱上刻"学者必由是"）、尹珍碑碑座的发现者，两人各自讲了四件珍贵文物发现的经过。我对朱副镇长说，这四件文物所发现的时间、地点、人物、经过，可写成一篇价值不菲的文章，文艺，你来写吧。文艺当即答应，要得。自沙滩文化主将莫与俦开了先河（智者千虑，必有一失），说尹珍故里在独山，独山人便自以为是，就连最具权威性的辞海也据此这般刊载。事实胜于雄辩，我们应当拿出具有说服力的证据，证实尹珍故里在（贵州）正安而不在独山，直至让国家出版的辞海更正那一以讹传讹的词条——这并非"争"与"不争"的问题，而是要不要发扬实事求是的优良作风的问题。

谈到这里，启明有些激动，说，前次到务本堂，一晃而过，

大地歌吟

没有注意这四件文物，今天一定要认真看看。于是大家便再次走进修缮一新的务本堂。启明一边仔细察看尹珍碑的碑文、神位牌、山门联及碑座，一边打开相机，将其一一摄入镜头。我想，他胸中一定激情涌动，在为下一步的歌曲创作积累情感哩。

吃罢早饭，福龙邀请大家去他家里品油茶。28 年前，我带着儿子到新州拜访福龙，福龙家还在老街转角住。而新街呢？只有福龙的妻子春秀贷款来修建的一间养猪场，显得孤零零的。如今此处的街道、房屋已建设得跟城市一般气派了，这是改革开放以来，尹珍故里旧貌换新颜的明证啊！先贤地下有知，定会为故里的乡亲们过上了安居乐业的好日子而欣慰的。走进福龙家，我被堂屋镜屏里的家训所吸引，老友效法先贤，立德立言，优良家风当会代代相传的。我正嘀咕，春秀大妹子呢？一缕油茶的香味飘来，春秀把一碗碗油茶端到桌上，这才和我相认，拉起家常，不免一番感慨。还说啥呢？一切回忆和祝愿都融进这浓浓的油茶香里了！

满载尹珍故里的深情厚谊和歌声，我和启明登上了回城的车子。

2015. 5. 22

郑皓如轶事

郑皓如，女，仡佬族，1937 年生于正安县杨兴乡韩溪沟，1949 年毕业于安场小学，系中国舞蹈家协会会员；2015 年 6 月 10 日在贵阳医学院去世，享年 78 岁。郑皓如在安小读书时名德琥（读儿化音），参军后更名，离乡较早，故正安人大多不知其人及事迹，现将其轶事整理于下，以飨读者。

一、13 岁参军从艺

1950 年中秋，正安全境解放，韩溪沟郑皓如家进驻了一个班的解放军及文工队。当时，文工队在郑家院子里排练打腰鼓，13 岁的皓如跟着练习，很快掌握了打腰鼓的要领，被吸收加入了文工队，穿上了军装。部队在正安境内的剿匪任务完成，皓如随文工队到了遵义，被选入十六军文工团。1952 年春，16 军要开赴东北参加抗美援朝，皓如以年幼不能随军而被裁员。她苦恼异常，心想：已经出来参加革命了，决不能走回头路！她

大地歌吟

想到了在贵阳医学院上学的大姐郑德珩，便坐车到了贵阳，在大姐处住了下来。

郑皓如的大哥郑亚宇，1948 年在大学读书时即参加了共产党，新中国成立后在西南公安部工作。大姐问皓如："三妹，想不想大哥？""想啊，"皓如说，"不知啥时才能见到他！"在长长的思念中，皓如终于盼来了大哥郑亚宇。1952 年 6 月，任西南公安部展览会办公室主任的郑亚宇，由重庆、成都经贵阳，再赴昆明等四大省城，组织巡回展出，在贵阳时被安排在巴黎饭店用餐。皓如得知消息，便去巴黎饭店看望他。兄妹相见，分外亲热，说不完的知心话。郑亚宇知道了皓如被裁员的情况，便请一同用餐的正组建文工队的指导员收留她。指导员见皓如既有一技之长，相貌也好，便欣然应允。此后，文工队扩建为贵州民族文工团，皓如任舞蹈演员，后任演员兼教员。

1955 至 1957 年，郑皓如被派往北京舞蹈学校和文化部所办的华南舞蹈教师培训班学习，获苏联专家与国内专家亲授培养，以优异成绩回省工作，开展我省舞蹈艺术教育。1964 年调贵州省艺校开创舞蹈专业教学，为国家培养了数以百计的舞蹈人才，成为中国舞蹈家协会会员。

二、受到周恩来总理热情赞许

1956 年夏天，印尼总统苏加诺访问中国，中国政府在北京颐和园组织游园活动欢迎客人。当时正在北京学习的郑皓如随北京舞蹈学校（现北京舞院）师生一同参与了游园表演活动。临近中午，周恩来总理陪同苏加诺走到舞蹈学校表演队伍当中，对表演者鼓掌致意。苏加诺兴致很高，情不自禁地跳起舞来，周总理给身旁的皓如使了个眼色，皓如立刻上前给苏加诺伴舞，顿时欢声雷动，游园活动推向了高潮。面对此情此景，群众热血沸腾，簇拥着周总理和苏加诺热情问候。部分人员陪着周总理和苏加诺进入了休息大厅。

当周总理和苏加诺就座后，总理招呼站在近处的郑皓如走到身边，亲切地问："你是哪个地方来的?"皓如回答："是贵州来京学习的。"总理听后称赞道："很好嘛! 好好努力!"总理知道贵州少数民族很多，而且能歌善舞，就问："你是少数民族吗?"皓如即向总理点头认可。总理高兴地从桌上拿了半边咸鸭蛋递给皓如，嘱咐她好好参加活动。

游园演出活动结束，郑皓如仍旧沉浸在受到周总理接见的幸福中。回到住处，她以《我在北京看见了苏加诺》为题写成文章，寄给家乡的《贵州日报》，该文发表在 1956 年 8 月的《贵州日报》上。

三、在上海做针刺麻醉心脏手术

郑皓如对舞蹈艺术事业的热爱与钻研精神在业界有目共睹，

受到广泛称赞，但加班加点忘我地工作也给她的健康带来了伤害，因过度劳累而积劳成疾。1960 年因感冒住院被医生误诊，造成风湿侵蚀心脏，落下了风湿性心脏病。

1972 年，皓如因生孩子心脏病恶化，组织批准她到上海做心脏二尖瓣扩张手术。当时还处于"文革"期间，向世界宣传中国支援第三世界的革命理论在医疗卫生界也是重要任务。郑皓如在上海治疗时，正好有亚非拉国家的医疗人员到沪参观学习，故医院领导及相关专家医生决定在郑皓如做心脏手术时采用中国传统中医的针刺麻醉，以展示中国传统医学的成就。用针刺麻醉是有风险的，尤其是对人体要害部位。为了消除家属的顾虑，医生在术前对家属说，他们已预设了辅助和补救措施，保证术后病人不适反应要轻许多。

手术由上海著名心外科专家主刀，配备了针灸、麻醉各方面骨干医师配合手术。外国客人通过透明观察室参观了手术全过程。为了展示病人是在大脑清醒的情况下进行手术的，由护士递上果汁让皓如饮用，并询问感觉如何，皓和均做了正常的反应。整个手术做得很成功，刀口虽达近 30 厘米，创面很大，然而术后后遗症少，身体恢复得也比较顺利。

（与郑亚宇合作）

2015. 1. 24

王凤翔遗稿《何以救国救民》发现经过

马年六月十五日，昔日正安二中学生王稳忠与张睿夫妇请我去他们在县城西门的家里小叙。摆谈中，方知稳忠是正安新学的奠基人贵州省著名教育家王凤翔的曾孙。稳忠将他珍藏多年的王凤翔遗稿《何以救国救民》取出让我看。该遗稿是一篇长达 134 句的四言长诗，抄写在一张白粉纸上，因年代久远，白粉纸已泛黄破损，但字迹清楚。初读之，窃以为是一件史料价值颇高的珍贵文物。

稳忠说，他们家原有一本"命簿"，是王凤翔制备的，凡家中要事均记录在册，曾祖这篇四言诗即抄写在该命簿里。王凤翔于 1934 年去世，命簿传到了他的长子王作舟手里（王作朋为王凤翔第四子）。王作舟视此诗为传族家训，要儿子王长明（稳忠的父亲）习诵于心。土地改革时，王家被划为地主，王作舟被政府逮捕（后死于狱中），王家录有《何以救国救民》诗的命簿被抄走、毁弃了。现在的这份遗稿是土改后王长明凭记忆抄录。王长明只上过几年私塾，文化不高，回忆抄录时不免出现错漏。他将这篇抄件交给儿子王稳忠保存，嘱之后代。这份

大地歌吟

抄件至少保存 60 年了。王长明至今健在，已经 81 岁高龄，还能全文背诵该诗。

我向稳忠建议，将此抄件送县政协《正安文史》编辑部复印存档，稳忠便托我办理此事。次日早晨，我携此件去《正安文史》编辑部，说明原委，编辑周东升同志即作了复印，归入有关王凤翔的文档。

当天晚上，我和新宇一起将此件逐字逐句地进行了初步推定，注出文中部分错别字的本字。个别句子，比如第 8 句"梯形密结"，没有佐证材料，无法判定本意，甚为遗憾。抄件中没有写明创作时间，据王凤翔生活年代及诗中反映的历史境况，大致推断为作者于日本留学回国之后，作于二十世纪二十年代。《何以救国救民》一诗以忧国忧民的情怀，描写了当时列强纷纷入侵、政府保守衰朽，民命困苦不堪的形势，呼吁全国人民团结起来，致学强兵、富民全法，为振兴中华而努力奋斗。特别是诗中提倡的"不尚空谈，惟求实忱"，与当前国家倡导的"空谈误国，实干兴邦"的风尚不谋而合。总之，王凤翔的遗作《何以救国救民》是一篇闪耀着爱国主义精神的光辉诗篇。

2014. 6. 18

附：王凤翔遗诗《何以救国救民》

惶惶（煌煌）中国，适（是）居亚洲。开化最早，地广人酬（稠）。先逝（世）背棺（闭关），群推上国。四方环巩（拱），梯形密结。

海井（禁）大开，矿宝密藏（采）。欧风美雨，相逼而来。

欺我人民，挠（攘）我权利。轮船火车，通商赴（埠）事。

首跨广折（浙），既挠（扰）津京（京津），利益均粘（沾），何（和）约误人。甲申甲午，屡次失败。庚子之变，大事几坏。

联军告退，西狩回鸾（銮）。孜孜变法，勿敢忽焉。

葡租厦门，始于友闽（盟?）。上海香港，次弟（第）繁兴。

旅顺威海，军港尽失。既撒（撤）藩篱，遂入门阃。

卧榻酣睡，祸心包藏（缠）。率路率矿，虎视耽耽（眈眈）。

天主福音，教堂林立。冲突时起，权利干涉。南昌事起（发），命妇扣押。会审公堂，刑律不齐。动辄要挟，□□□□。

只有强权，不论公法（公法不论）。侵占不已，倡言瓜分。方针数变，有形无形。有形瓜分，无敢发难。无形瓜分，势力膨胀（泛滥）。

英之势力，在扬子江（扬子江干）。趋缅破藏，近瞰云南。

法据越南，垂涎两广。越督游离，其情可想。

俄吞北广，蒙古新疆。德看（瞰）山东，祸起交（胶）州。经营青岛，大有阴谋。台湾属日，民损（甚）优观（忧愁）。

跨我辽阳，被虽从耳。据经（？）公议，次等强国。

商业进（竞）争，次为利尽（竭）。略我工人，奇（其）于（余）各国。

啥（纱）丝酿子（纸），唯利是图。窥探破洞，乘邪（隙）更入。侮我人民，括我工人（工人是括）。为牛为马，无生人乐。

不令入学，锢庇（蔽）其聪。不令致富，苛税重重。不令当兵，参预军务。永世沉沉，黑暗之路。

凡我国民，值此时世，努力向学，勿坠厥志。我有志惠（智慧），误（勿）用可惜。我有热心，激烈无益。

国何以兴？兵练则强。民何以富？唯工与商。

军民相结，上下相辅。众志成城，孰敢予侮！

西人笑我，一盘散沙。金钱主义，个人生涯。

愿我同种，去伪诚（存）真。不尚空谈，惟求实际（忱）。

人而不学，禽兽何异（异禽兽何）！邪说势衰，立（力）却文弱。尚武桓桓，智勇双全。愿我志仕（士），亦雪国耻。四万万人，共结团体。

（与刘新宇合作）

2014. 6. 18

王凤翔祭母诗及其母墓志铭的发现

  《正安文史》2015 年第 4 期发表了黔北散人《关于王凤翔遗稿〈何以救国救民〉的进一步讨论》，读罢，甚为欣然。黔北散人是骆科强的笔名，骆科强毕业于正安二中，现在新疆喀什大学任教，他古文功底深厚、知识渊博、治学严谨，可以说，王凤翔先生的遗稿《何以救国救民》经过他的进一步考证，更加接近其原来的面貌了。诚如新宇所言："发掘历史的最终目的是建设现在，大的价值观念上一致就好，我们不是专业的历史学者，做到这种程度就可以了，至于引起的进一步探讨，影响了更多的人，自然是一件幸运的事。"

  骆科强在文中写道："第 49 句'动辄要挟'显然漏掉了一句，这一句也是押'齐'字韵，既然王长明老先生还健在，而且还可以背诵全诗，希望刘礼贵老师去请王长明先生背诵核对，以期补全。"读了这段话，我一方面为科强的求索精神所感动，一方面有些为难。科强从二中毕业之后，我们师生间一直未见过面，也未通过信，他尚不知我早已迁居贵阳，以为我仍住在安场，安场距三江很近，来去方便，而贵阳距三江三百公里，

大地歌吟

年纪大了，去一趟实在不易。话虽这么说，我却始终把科强所嘱放在心上。猴年清明，终于借回乡给老人挂亲之机，去了一趟三江。于三江河畔王家见到了 83 岁的王长明，转达了科强的意思，哪知王长明兄因年事已高，原来背得溜溜熟的《何以救国救民》一诗，如今只背诵了三分之一，再也难以为继了——这是意料之中的事。尴尬之际，王长明的话语却异峰突起，他说："我给你背诵祖父王凤翔的另一首诗。"我赶紧掏出纸笔，记下了王凤翔先生写于 1925 年的《祭母诗》："直起云飞四十年，横尸浅葬现春天。砌石成茔蜂蚂列，记不晨昏奉九泉。从兹祭扫长挥泪，身在正安心在川。"

王长明兄给我讲述了发现这首《祭母诗》的经过。

小时候，王长明常听父亲王作舟讲祖上的故事：同治年间，曾祖父王发高和曾祖婆冯氏为躲避祸乱，逃离老家刘三屋基，到南川黄泥堡谋生。两夫妇不辞劳苦，日夜奔忙，由小本生意做起，积攒了大笔家业，在南川颇有声望，王凤翔（懋德）即在南川出生。冯氏克勤克俭，善于理财，教子有方，对幼年王凤翔的影响很大。冯氏积劳成疾，于丙戌年暮春不幸病故，时逢南川爆发匪乱，一家人草草将其埋葬于响鼓湾老桃坡……四十年之后，从日本留学归来的王凤翔孝心涌动，决定给母亲冯氏"修山立碑"，墓已修成，正安人刘德章帮忙撰写的墓志铭也已刻好，前来拜祭的乡绅不少，王凤翔恭请乡绅即兴赋诗，以资勒碑纪念。怎奈乡绅心生畏惧，迟迟不敢下笔，王凤翔见状，挥毫写下了那首亲情沛然的《祭母诗》。

又一轮甲子过去。1985年的清明节，王长明带着儿子到南川响鼓湾老桃坡祭祖，许是地势偏僻的缘故，曾祖婆冯氏的墓和碑均在，只是墓门有些破损。王长明叫儿子把刘德章撰写的墓志铭抄写下来——铭文是用繁体字刻的，仍用繁体字抄写。《祭母诗》只有六句，王长明早已听父亲背诵过，而今见到刻于碑上的祖父手迹，激动不已，一下就铭记在心里了。我问："刘德章写的墓志铭吗？""在，"王长明说，"我复印了好多份呢。"王长明进屋取出一份铭文送我，而且，还捧出一帧相框让我看——是1934年王凤翔先生在贵阳病故之后，灵柩运回三江老宅，他的亲人守灵的照片，其中就有他的外孙郑亚宇（如今健在的贵师大离休老教授），我即用手机拍了下来。回到贵阳，我打开电脑，对王凤翔先生母亲的墓志铭进行了检校、断句，以便年轻人阅读。有些漏误之处，我未轻易处理，留待高明者阅后提出宝贵意见再行定夺，特别要提醒新疆喀什大学的骆科强：活路来了！

王鳳翔母親之墓志铭：

王府馮太孺人，正安縣安順場水窩馮思祿公之第三女也。賦性仁慈，終溫且惠，幼嫻姆教，長無（"無"應為"撫"）儉勤。自適發高公，既并（"并"應為"井"）臼躬操，佐理家務，事翁姑孝，待弟妹和，一家雍睦安懷，各賴以得所，由是賢聲四達，慶溢門楣，乃不數年，即遭同治甲子年之亂，雙親仙逝，封翁遂率眷及女徠娣來南（川），住東街貿易。乙丑年生長子其孝，遽殤。丁卯年仲冬初二亥時生次子其盛，學名戀德，吉邀天相，衣食渐充，贻迨贩布賣丝，億（？）則屢中，而家聲丕振，皆赖孺人，書（"書"应为"晝"）則相夫營業，夜則佐子讀書，常日學，不成不足以光前裕後，真坤道中僅見矣。越至丙戌，封翁旋梓。孺人于暮春初五因病後（"後"应为"殁"）于婿簫文鬆家，遂賣《"賣"应为"買"》梁姓半幅土而葬。馬（"馬"应为"懋"）德翁變（"變"字疑误）謹遵遺訓，篤志潛修，乙己年由廩生而留學日本，丁未卒業。轉即捐名利心，辦公益事，應任正安縣校長、視學會長、局長等事，均貽親有令名，孺人應笑于九泉矣。晚生二女：一名满姑，適馬顕臣；一名七姑，殀葬墓側。语雲明德有後，非特這（"這"字疑误）吾邑（之）光，洵足为當世風（範）也。謹志此以貽来者，并綴以銘曰：坤維立極，巽順無爭，儀昭闋節，诚格太清，相夫致富，教子成名，共無（"無"应为"撫"）鬆眷，惟德是（馨），魂歸仙島，魄息佳城，地來人祭，世代（昌）榮。

正安教廉方正年侄刘德章邦（"邦"应为"帮"）撰并書。

中華民国十四年乙丑岁下（"下"字疑误）日建立。

2016. 4. 10

正安县前卫生院院长
刘镇亚历史资料的发现

其一、

1946 年（民国 35 年）12 月 12 日玉屏县政府关于拟请刘镇亚为该县卫生院代理院长向贵州省政府呈送的报告：

示由

为签请核派刘镇亚代理玉屏县卫生院院长附其履历祈核

示由

办法

案据玉屏县卫生院院长丁云敏呈：为因病未便继续工作，恳请准予长假等情；据此，核为实情，拟于照准。遗职拟请以刘镇亚代理。理合检具该员履历。签祈

鉴赐核派，示遵。

　　谨呈

主席　杨（森）

计呈送履历一份

（民国）三十五年十二月十二日

大地歌吟

其二、

刘镇亚履历：

姓名　刘镇亚

性别　男

年龄　三十七岁

籍贯　河南洛阳

出身　河洛中学毕业，民国二十五年五月一日入洛阳伯谋医（学）院（至）毕业

曾任职务

军政部第五十一陆军医院一等军医、佐军医

军政部第三十八后方医院一等军医、佐军医

十七路军独立团少校军医

（已制卡）

其三、

贵州省政府"签呈"：

签　呈

拟交人事处核鉴

此行（行字为草书，待辨）　卅、十二、十二、

丁云敏拟准免职，刘镇亚拟准派暂代（盖章）

十二、十七

其四、

　　1947 年（民国 36 年）5 月 25 日贵州省卫生处关于委派刘镇亚为正安县卫生院院长的任命书；

　　贵州省卫生处呈请派免卫生院院长　三十六年五月二十五日

派或免	新任职务	原任职务	姓　名	派免缘由
免	正安县卫生院院长		王少白	工作不力玩忽职守
派		正安县卫生院院长	刘镇亚	补王少白缺

备注　该员并未在筑，履历无法附呈。俟饬填送，再行补呈。

　　谨将本机关右列职员异动情形呈析

鉴核　谨呈

贵州省政府

　　　　查王少白未经本府委派，毋庸令免。拟准派刘镇亚充（充字待辨）正安县卫生院院长。

　　　　贵州省卫生处处长贾智钦（盖章）人事主管人员陈希周（盖章）

　　本表依照贵州省政府处理人事任免案件简化办法印制

大地歌吟

以上资料经省文化厅政法处处长胡旭于省档案馆发现并复印。胡旭是李启明（音乐家）刘桂花（省图书馆退休干部）夫妇的儿子，他听母亲说外公刘镇亚生前曾在玉屏正安两县任过卫生院院长，遂于2013年在省档案馆中找到有关资料。

笔者阅《正安县志》第二十八章——卫生体育，想获得有关刘镇亚在正安任卫生院院长的记载，然而没有；只在790页所在"机构、人员、设备"一节见到如下文字："民国26年（1937年），县政府设卫生专员，民国27年增设卫生指导员，6月成立县乙种卫生所，7月改为三等卫生所。至民国31年升为一等医院。民国37年有医生1人，护士2人，药剂生1人，病床16张。""新中国成立后，县人民政府接管卫生院。1950年10月1日，建立正安县人民政府卫生院，院址县城南街武圣宫。"刘镇亚是贵州省政府于民国36年（1947年）派往正安担任卫生院院长的，民国37年当在任上，县志上说"有医生1人"，此人应当是刘镇亚，而且刘镇亚还是院长，直到新中国成立后（1950年9月30日）才卸任。据省档案馆所存资料可知，从1947年5月25日至1950年9月30日的3年半时间里，刘镇亚1个人既是院长，又是医生，无论怎么说其工作都是辛苦的。

据刘桂花说，她父亲刘镇亚曾是地下党员，只因随国民党部队南撤和组织失去了联系，可惜这一经历现已无从查考。而国民党少校军医的身份却是存在的，就因这一身份，刘镇亚于新中国成立后不仅失去了院长之职，连做医生的资格也失去了。

刘镇亚是一级军医，医术应当不错，如果让其留用，他是会在县医院发挥一定作用的。

　　整个抗日战争时期，毕业于洛阳伯谋医学院的刘镇亚一直在国民党部队后方医院任军医，救治从抗日前线运送下来的伤员，应当说，刘镇亚起码是一名爱国军医，且对抗战有过贡献。而据刘桂花讲，1947年5月贵州省政府之所以委派刘镇亚赴正安任卫生院院长，因为当时正安瘟疫（伤寒）蔓延，刘镇亚当是临危受命。经刘全力施救，瘟疫得以遏止，患者多数康复，这不能说不是刘镇亚的又一功劳（笔者当年全家感染了伤寒之后痊愈即可证实此事）。刘镇亚在正安县卫生院院长三年多的任期内，对于正安的医疗卫生事业应当说也是有所建树的，至少比那个"工作不力玩忽职守"的前任李少白强。

　　刘镇亚于1954年病故，生年43秋。笔者看过刘镇亚的档案材料，又听了其女儿刘桂花（共产党员）的讲述，窃以为对刘镇亚不能全盘否定，应当还其本来面目，肯定他在历史上作过的贡献。

2014.9.4

万里桥边女校书

　　"万里桥边女校书，枇杷花里闭门居。"是胡曾《赠薛涛》一诗中的句子。薛涛是唐代著名女诗人，"女校书"即指薛涛。

　　薛涛字洪度，原籍长安，随父宦居蜀中，自幼聪颖好学，才智出众。父丧后，因家贫，十五岁编入乐籍。她能诗善文，又谙练音律，时称女校书。据记载，薛涛有诗五百首，与她同时的著名诗人元稹、杜枚、刘禹锡、白居易等，都对她十分推崇，并写诗互相唱和。可惜这些诗歌大多散失，流传至今仅存九十余首，清末有《洪度集》木刻单行本行世。薛涛晚年曾在住地碧鸡坊自制一种深红色小笺，世称"薛涛笺"，历代多有仿制。她死后葬于望江公园附近。

　　望江公园坐落于成都东门外锦江河畔，距华西医院不远。马年早春，我陪L在华西住院，抽空游览了望江公园。华西附近有此名胜，是病友老袁的妻子告诉我的。袁妻不识字，只说去那里可坐公交车至九眼桥再步行一段路即到，至于有何景物可供观瞻却说不清楚。坐上出租车，出租车司机说望江公园就是竹子多，其他没啥子看头，听了不免失望。问及人文景观，回答有薛涛井，听了为之一振。年前初来成都，游了武侯祠、杜甫草堂、都江堰等景点，但遗漏了薛涛井，今天可补上这一课了。

步入望江公园，的确满眼修篁，绿荫砸地。竹径右侧，一尊薛涛的汉白玉雕像：亭亭玉立，面目姣好，似在吟哦，呼之欲应。女诗人，您好！我在雕像前悄然问候，伫立良久。数步之外是薛涛纪念馆，馆里陈列着历代咏赞和研究薛涛的诗文，想买本薛涛的诗集作纪念，怎奈无人值班。沿竹径再往里走就是薛涛井了，井畔围着石栏，井口加了盖；只能想象井水何等清冽，相传薛涛就是提取此井的水制作薛涛笺的。纪念馆墙壁上挂着刘少奇和王光美夫妇参观薛涛井的照片：工作人员掀开井盖，刘少奇探身凝视，神情那么专注。薛涛井对面是巍峨的望江楼，楼高 39 米，五层，飞檐翘角，雕梁画栋，雄伟壮观，望江公园亦因此楼而得名。登上顶楼，可纵览锦江春色。我上至二楼，见楼门锁着，只好却步。

园里有块标识，指示薛涛墓所在方位。一路寻去，果然在西北角竹林深处找到了薛涛墓。其主体由墓、墓碑、墓基平台组成，四周有护栏分隔。墓体直径约 3 米，由三层红砂条石砌成圆形墓基，环墓为 1 米宽的墓基平台，用石板拼成环墓小路，墓与平台形成一个整体，视觉效果甚佳。碑高 1.58 米，宽 0.82 米，正面刻着"唐女校书薛洪度墓"八个大字，背面有四川省薛涛研究会副会长刘天文撰写的"重建薛涛墓碑记"。看了碑记，方知薛涛墓原在川大校园内曾被捣毁过。现在的薛涛墓是

大地歌吟

后来修建的，为了方便游客凭吊，修在了薛涛井所在的望江公园内。

"水国蒹葭夜有霜，月寒山色共苍苍。谁言千里自今夕，离梦杳如关塞长。"薛涛这首题为《送友人》的七绝，初读似清空一气；讽咏久之，便觉短幅中有无限蕴藉，藏无数曲折。把它与女诗人同时代的杜牧、刘禹锡、白居易的诗放在一起比较，我以为也是毫不逊色的。行文至此，该说说本文开头援引的"万里桥"了。万里桥是不是九眼桥的前身？没有考证过。总之，它应当横跨于锦江之上，与薛涛井相距不远。也许，它就在望江楼边，因年代久远，早已坍塌了。至于称薛涛为"女校书"的由来，史料确有记载：唐德宗贞元（785—804）中，韦皋任剑南西川节度使，曾拟奏请朝廷授以（薛涛）秘书省校书郎的官衔，格于旧例，未能实现，但人们往往称之为"女校书"。

2014.3.12 于成都

沙滩记游

令羽是学法律的，近来却对"沙滩文化"产生了兴趣，谈起有关沙滩的典故来，如数家珍一般。兴许是爱屋及乌的缘故吧，他约我去沙滩实地看看，于是便有了我们的沙滩之行。

那是个晴朗的日子，艳阳高照。早上 11 点，我们在遵义市茅草铺坐过席（一位朋友的女儿出阁），即开车出发。虽未去过沙滩，但手机设了导航仪，所以就直奔目的地了。沙滩在遵义县新舟镇禹门乡，距遵义市区 94 里，抵达时正 12 点。

我们下车，信步朝沙滩村走去。正像一首诗里写的，"阳光伏在叶子上打盹"，村子里一片宁静。路旁的竹林、荷塘、稻田、青纱帐般的玉米地，到处挤满了绿，那在阳光下缓缓流淌的乐安江更是绿得发蓝。哦，如此美丽的田园风光，当初选址定居的人一定有一双慧眼。讲对了，令羽说，明万历初，黎氏先祖黎朝邦从四川广安迁居沙滩，繁衍生息，至今已有 400 多年的历史了。那么，黎姓不是播州的土著了。是的，他们迁来之后，渔樵耕读、诗书相继，濡染的是儒家文化。

左侧丹阁高耸，檐角翼然。绕至前院，但见阁匾书曰：大悲阁。阁旁立有石碑，碑文上说，大悲阁曾毁于兵火，此阁是现在重建的。阁高五层，第一层供着关公塑像，第二层供着观音菩萨，忠勇与慈悲，在此相得益彰。院子里有株胸围6米的水红树，树龄已达3000岁，老得成了精，令人叹为观止。大悲阁附近，还有两处景点：远处立着双拱的沙滩大桥，近处则是洛安江堤，银瀑奔泻，雪浪滔滔。

沿公路前行，右侧有一处颇大的院落，"沙滩文化陈列馆"就设在里边。跨进大门，迎面是三贤堂，影壁上勾勒着郑珍、莫友芝、黎庶昌三位先贤的画像：三人衣袂飘飘，气宇轩昂。往里走有个水池，池里塑了个线装书模型，上书"遵义府志"。令羽说，《遵义府志》是郑珍和莫友芝二人的杰作，被梁启超誉为"天下第一府志"。他在两处给我摄了影，说有纪念价值。再往里走，错落分布着十多间包房，住满了游客，有麻将声传出。找到古色古香的陈列馆，门却锁着，不觉怅然。对门有家冷饮店，一人吃了碗冰粉，买了泳裤，便下河游泳。令羽是游泳好手，在碧蓝的乐安江里劈波斩浪，游了好远好远，我乃古稀之人，只能浅尝辄止。

上得岸来，和冷饮店的女店员闲聊。问，"沙滩文化陈列馆"怎么不开门呢？女店员说，平时都开的，今天是星期，客人多，老板可能忙不过来，你们如果要参观，找到郑老板，他会给你们开的。正如女店员所说，我们找到有几分儒雅风度的郑老板，郑老板拿了钥匙，给我们开了陈列馆的门。说，我忙，就不陪你们了，但你们进去之后，我得把门关上。为啥？有的游客带了小孩，我怕小孩进去损坏文物。关上门，我们便在馆内浏览起来。馆藏文物异常丰富，不仅有郑、莫、黎三贤的照片、诗集、著述、书法、碑刻，还有省内外学者的有关论述。资料繁多，只能择要阅之。

郑、莫、黎三人，数黎庶昌成就最高。21 岁的黎庶昌，胆识过人，赴京乡试期间，向同治帝上"万言书"，力陈时弊，受到朝廷重视；后被派往英、法、西班牙等国任参赞，两度出使日本，是贵州走出国门、放眼世界的第一人。而郑、莫、黎之中的郑珍，还和我们正安有缘，郑珍之字子尹，就是慕故里先贤、贵州文化的拓荒者尹珍之名而取的。郑、莫、黎三个家族互为师友，结为姻娅。自乾隆至清末民初的 100 多年间，三个家族中涌现了几十位诗人作家和学者，刊行诗文集和学术著作 156 种；其代表人物郑珍、莫友芝和黎庶昌，成了享誉海内外的文化名人，在中国文学史和学术史上都占有相当的地位。抗战期间，浙江大学史地研究所编写的《遵义新志》，把郑、莫、黎三人共同创造的丰硕文化成果及所体现的人文精神，统称之为"沙滩文化"。

走出陈列馆，令羽说，有一个地方，我们必须去看。哪里？

沙滩。沙滩即琴洲，四面环水，去那里得坐船。经人指点，找到了码头。有两只木船，一只载了游客正朝上游划去，一只靠在码头边。见我们来了，船夫跟了过来。听他介绍，船费按里程计算，如坐到琴州那儿，船费是 30 元。一次可载 8 人，我们只有两人，船费却不能少。不少就不少，划吧！我们上了船，

大地歌吟

船夫两手扳桨，朝琴州划去。船夫一边划船，一边回答我们的提问。一问一答的，我们大致了解了船夫的境况：他叫黎志良，44岁，上过初中，因家庭困难，没能继续上学，一直在家务农。近些年沙滩出名了，游客逐年增多，黎志良买了木船，载客观光，生意还不错。你是黎庶昌的后代吗？令羽问。不是，黎志良说，黎庶昌的祖上是黎恂，我的祖上是黎恂的弟弟黎恺。黎恂黎恺都是清朝举人哩。正说着，琴洲到了，我们便上了岸。黎志良操桨离去，说好一会儿来接我们。

洲上有草坪、柳树、竹林。六位游客先于我们登洲，正在那里搞烧烤，4个大人、两个小孩，看来是两个家庭组合在一起的。一株柳树下拴着一头黄牛，不远处有三只白羊，此是船家有意安排，让游客上岛来体验农牧生活。我们沿着草岸漫步，一边欣赏水光山色，一边交换着观感。这里叫琴洲，是什么琴呢？我问。是琵琶，令羽说，整个岛呈菱形，且一头要大一点，是可以将它想象为一张琵琶的。不叫琵琶而叫琴洲，这又是要有一定的文学素养才能想得出呢。我看是受了《诗经》"关关雎鸠，在河之洲"的启发吧！绕了一圈，我们也捡了地上的菜叶来喂羊喂牛，令羽喂牛时要我用手机给他拍了几张照片。半小时不到，黎志良就划着船回来了，我们和那六位游客一起上了船，不一会儿，便在夕阳的金辉里登上了码头。

一方水土养一方人，是沙滩的水和土地养育了郑、莫、黎，孕育了沙滩文化，禹门沙滩村，堪称地灵人杰。

返筑途中，路过遵义飞机场，想起四川翰林赵尧生点赞郑、莫、黎的《南望》一诗，不禁吟诵起来：

绝代经巢第一流，乡人往往诮蛮陬。

君看缥缈綦江路，万马如龙出贵州。

（载2017.3.21《豫园文风》）

2015.8.10

丽江之旅

一、

这次去丽江，我和令羽结伴而行。机票住宿均在网上预订，中午两点还在贵阳，三点半就到丽江了。丽江是个大范围，从机场到丽江城还有一段路程，和一位出租车司机讲好价钱（80元），我们便上了车。司机姓杨，皮肤黑黑的，是个旅游专业毕业的大学生。小杨说，丽江海拔高（2400米），紫外线辐射强，致使本地人肤色因此显黑。丽江城的中心叫四方城，原住民都是纳西人。改革开放后，纳西人把城里的房子租给外地人做商铺，他们则到郊区修起了别墅，或跑运输，或靠收租金过日子……说话间，出租车开到了城北"一棵树"商铺旁边，"绿野仙居"的小伙子便来把我们接了去。

"绿野仙居"客栈的老板姓连，戴副眼镜，四十出头，新加坡人。小伙子是他的帮手，广西人，也姓连。喝过茶，小连把我们引到二楼标间，放下旅行包，我们便下了楼。连老板问，你们打算去哪些景点？除了丽江古城，令羽说，当然是泸沽湖了。泸沽湖的风景倒是漂亮，但去那里路况不好，现在正值雨季，山里常有泥石流发生——前不久就出了一次车祸——我劝你们最好不要去。哦，让我们考虑考虑！丽江至泸沽湖正在修高速公路，两年之后你们再来这里，去泸沽湖就便捷了。

街巷转拐处有家餐馆，一下想起还未吃中饭，我们便走了进去。吃点儿什么？老板问。请问有些什么特色菜？令羽问。腊排骨火锅、烤鱼都是丽江有名的特色菜，你们喜欢哪样？令羽示意我点菜，我说，家头冰箱里的腊肉还多得很哩！令羽说，那就来条烤鱼吧。一条烤鱼 65 元，两个米饭 6 元。烤鱼上了桌，味道还真香。令羽问，这是什么鱼？老板说，鲤鱼。我很少吃烧烤，这位丽江餐馆的老板能把一条普通的鲤鱼烤出如此鲜美的味道来，还是下了一番功夫的。

才下过雨，天气特别凉爽，雨后复斜阳，到处明亮亮的。丽江古城街道不宽，路面由五花石铺就，为了防滑，五花石凿有浅浅的凹凸。街道两旁的客栈几乎全为"三坊一照壁"的院落，门面装饰很见个性，明艳的三角梅与纳西族东巴象形文字点缀其间。大街小巷四通八达，淙淙流水随处闪现。旅游旺季刚过，古城外围游人不多，进了四方城，浓浓的商业气息迎面扑来，游客就显得拥挤了。在各色各样的店铺中，手鼓店别具风情，随着音乐的旋律，姑娘咚咚地拍着手鼓招揽生意。我们踱进一家手鼓店，和售货员攀谈起来，她叫韦柳柳，是四川泸

大地歌吟

州人，去年从旅游学校毕业来丽江打工，月薪3000元。手鼓店不仅出售新疆羊皮手鼓，还卖吉他和吉他玩具，一把吉他玩具80元。两位年轻妈妈带了孩子来到店里，各自给孩子买了一把吉他玩具，说是带回去作纪念。令羽花100元买了一盘丽江歌手的原创歌曲。

丽江大大小小的餐馆，无一处不挂着腊排骨招牌，看来腊排骨的确是丽江主要的特色菜了。吃晚饭时，令羽点了腊排骨火锅，说，尝尝，也许和我们家乡腊肉的味道不一样哩！配菜为白菜和水性杨花。问年轻的老板娘，水性杨花是什么菜？水性杨花又叫海菜花，采自泸沽湖，很好吃。一盘水性杨花上了桌，没有花，只有藤，细细的、嫩嫩的，夹在滚汤里烫一下即可入口，品之，有点儿韭菜花的味道。至于腊排骨，不能说不香，可也不比黔北老家用柏枝熏制的腊肉香多少。丽江和黔北同属云贵高原，腊味相差无几，若是其他省份或外国游客，一定觉得其味特别。云南特有的玛卡酒，老板娘说喝了强身健体，令羽要了2两，让我抿一口，怪刮喉咙。咋样？令羽问。跟黔北苞谷酒差不多。

入夜，在街上信步溜达。路过小吃一条街，令羽问，想吃点儿啥？我说，你想吃啥就吃吧，我晚上不宵夜。令羽说，那我们去酒吧听歌，既然到了丽江，它的夜生活也该体验体验。于是，上搂，找位子坐下。窃以为听听歌也好，哪知歌手的嘶声嚎叫，配之高分贝的音响，震耳欲聋，何来艺术享受矣！我问，咋这么闹？令羽说，这是闹吧，年轻人喜欢，你不习惯，我们换家静吧。下了楼，令羽说，不要太吝啬，出来就是要适当消费。走进一家静吧，快散场了，只有两三对年轻人在那里缠绵。吧台摆着啤酒之类的冷饮，价格比外面贵数倍。客人点歌，歌手弹着吉他演唱。令羽看了歌单，到歌手身边报了歌名。歌手唱完一曲，高声宣布，《父亲》——刘先生给他老爸点的歌！是不是刘和刚常唱的那首呢？但歌手嗓音沙沙的，一句也没听清楚，尽管如此，心里还是挺感动，因为儿子为我点了歌。

二、

比起酒吧的喧闹，"绿野仙居"客栈是宁静的，一夜沉沉睡去，次晨9点方醒。按事先拟定的计划，游览范围仍在丽江城内。漫步街头，不时为那些客栈的雅称所吸引。比如"荷塘月舍"、"安之若宿"，一字之改，既切题，又横生妙趣。又如"静听花开"，很见文化品位，"路过蜻蜓"，好像听到主人在招呼。也有取名"狼窝""虎穴"的，那是抓住了年轻人的心理，他们不是喜欢刺激么？我们造访了"安之若素"，发现它的确优于"绿野仙居"：标间摆了两张床，而不是一张日本式榻榻米；顶棚呈拱形而非平面，躺之无压抑感；客栈离城中心近，服务也更周到。令羽当机立断，决定明天搬至"安之若宿"。

外出旅游，凡有人文景观，我是不会放过的。丽江五一街文治巷的方国瑜故居，其建筑风格与其他纳西民居略有不同，

大地歌吟

徽派色彩较浓，据说与方祖上乃安徽移民有关。方国瑜（1903——1983）是我国著名的教育家、民族文学家、历史学家、语言学家，他在丽江度过童少，后到北京上大学，师从钱玄同、陈垣、梁启超等大师，学成回云大任教，潜心学术研究；他以敢为天下先的勇气、实事求是的态度、刻苦认真的精神，撰写了《云南史料目录概说》《中国西南历史地理考释》《彝族史稿》《汉晋民族史》《纳西象形文字谱》等专著，被誉为"南中泰斗，滇史巨擘"。故居正厅的方国瑜铜像，看去那么睿智慈祥，想及方老教书治学的风采，让人仰之敬之。

参观四方城的中心——木府，应当是游丽江的重头戏。门票要140元，我凭身份证免票。木府为木氏土司王府，建于明洪武十五年，西依狮子山，东、北、南三面有护城河环绕，选址和布局讲究风水。据《徐霞客游记》记载，明末时的木府已是"楼阁极盛"，"宫室之丽，拟于王者"。惜于清咸、同年间大部毁于兵燹，后人恢复重建，占地近3万平方米，在长369米的中轴线上，从东往西，两边是一字排开的大门、议事厅、万卷楼、护法殿、光碧楼、玉音楼、三清殿等古建筑，颇具王者之气。近旁的土司家院为一家三院布局，环境幽雅，陈设一如当年。三年前上演的电视连续剧——《木府风云》，既取材于斯亦拍摄于斯。参观万卷楼时，一位女生主动帮我用手机留了影。秋阳灼人，令羽躲在茶室未进府一览，我告诉他，木府确实恢宏矣！

丽江古城水井多，当地人叫"三眼井"。顾名思义：三井相连，一眼用来挑饮、二眼用来淘菜、第三眼用来洗衣，丽江民风淳朴，至今遵从这个规矩，井水清波盈盈。查丽江城区图，距木府不远的三眼井颇有名气，经人指点，我们到了该处。井台上立着一株古树，枝叶繁茂；用来挑饮的第一眼井砌了围墙，形成一个半圆。有两个女孩在第三眼井边洗衣，自觉遵守着卫生规则。令羽是研究环境法的，要我以此井为佐证，给他拍了几幅照片。城里土地虽然金贵，但民居与水井相距数丈，不致造成污染。一户民居的楷书对联，描摹了此处的独特景致，曰："迎户清泉如半月，阖庐古柏欲参天。"

三、

进出四天的丽江之旅，已经完成一半。接下来的行程是去泸沽湖，虽有"绿野仙居"连老板的劝告，令羽仍未放弃游泸沽湖的打算。一早，我们和连老板结了账，把旅行包存到"安之若宿"，便去找开往泸沽湖的车子。行至街口，一位揽客的纳西女子缠上了我们。她问，你们去游泸沽湖，安排多少时间？令羽答，就今天一天。她说，无论乘中巴小巴，去那里单程都要7小时，去来要花14个小时，哪里还有游玩的时间？游泸沽湖，至少得两天哩。那可不行，令羽说，我们预购了回贵阳的机票，明天下午4点的飞机，要是不能及时返回，会误事的。纳西女子说，我建议你们去游茶马古道，去那里可骑马划船，

大地歌吟

很好玩的。听说可以骑马，我和令羽都跃跃欲试，上半天的活动便定了下来。下半天安排去"宋城"看演出，令羽打电话给"安之若宿"的吴老板，托她订购了两张进宋城剧院的入场券。

送我们去茶马古道的司机是纳西女子的丈夫。他叫和旺，脸孔黑黝黝的。和旺一边开车，一边和我们拉呱。他说，纳西人以黑为贵，胖为美，称男人叫胖金哥，称女人叫胖金妹。令羽说，你老婆那么瘦，那就是不美啰！和旺说，我老婆当姑娘时胖，生了孩子才瘦的。他们有一个儿子、一个女儿，都在上小学。和旺自己读到初二就辍学了，当时他只有16岁，就去跟叔叔学开车，是那种工程车。有了技术，和旺自己买了车，开始跑运输，现在他家有一辆中巴，一辆小巴。那么，令羽问，你们一家的生活来源，全靠拉客挣钱啰！不，和旺说，我在山里承包了40亩土地种植玛卡，去年收成特别好，除去成本和工人工资，净赚百多万。我都不想跑车了，但不行啊，纳西是女人当家，我得听老婆的。老婆在城里照顾孩子，想把我拴在身边，要我继续开车，她给我揽客……到了拉市海旅游服务公司，和旺很守信用，照他老婆定的价，只收了10元车费。

公司墙上贴着价目表，游茶马古道和拉市海全程1人560元，经令羽砍价，两人600元成交。女经理领我们到马场，指着一褐一白两匹马，说，轮着你们啦！一个穿牛仔服的马哥头走了过来，把我扶上了前面的褐马，两匹马是用缰绳连着的，令羽便上了后边的白马。马哥头"期"的一声，两匹马迈开步伐，载着我们上路了。公路两旁的田野里，火红的格桑花正在开放，花香拂面，身体随着马背一颠一颠，直觉飘飘欲仙，心旷神怡。看看旁边的马哥头，很像个学生的样子，一问，果真才从初中毕业，我们便聊了起来。他家是纳西族，随母姓，母亲叫木宣，他叫木子；父亲姓陈，是上门女婿。木子有个哥哥，在城里餐馆打工，父母在家侍弄蔬菜。木子赶的马是他舅舅的，舅舅家养了 8 匹马。木子赶一轮马可得 20 元，一天赶 5 轮，可得 100 元，一个暑假赶下来，上高中的费用也就差不多了。

木子挥挥手，褐马拐进右边树林，踏上了有凹槽的茶马古道。凹槽两侧，各有一条两尺来宽的石板路，去的马若走右边，来的马便靠左行，两马相遇，不会相撞。滇马矮小，惯走山路，上坡下坎，非常稳健。虽然如此，我却牢牢地抓住马鞍，不敢掉以轻心。木子呢，只是在下坡时才勒勒缰绳，一副悠然老练的样子。每到一个景点，他就报告一声。他说，褐马已满 10岁，熟悉地形，从来不会走错。我说，这叫老马识途。蓦地，林空风起云涌，雷声隆隆，山雨骤至。咋办？我们只带了一把伞！木子说，莫慌！他从马褡子里取出雨衣，递给我穿上，令羽打伞，问题解决了。雨中走马，多了一番情趣。碰着几泼游客，他们在马上也都乐呵呵的。行至"茶马古道"石碑处，我们稍作停顿，让木子帮忙照了几张相。"舍身崖"是纳西姑娘殉情之处，立马崖头，可眺望白茫茫的拉市海。"仙女谷"应该是有传说的，但木子不知所云。转了一个弯，我发现路旁的景物似曾相识，木子说，已经回到来路上了。雨过天晴，两匹马迈着轻快的步子，转上了公路。

　　回到旅游服务公司，喝了杯普洱茶，我们便直奔拉市海。拉市海是个地质断层湖，有 1000 公顷水域，深 9 米，被云南省定为湿地自然保护区。见我们到了，船夫从帐篷里走出来，看过船票，便带我们朝码头走去。码头边泊着两只木船，我们坐上其中一只，船夫把手里的篙竿一点，小船切开翡翠般的湖面，悠悠地朝湖心荡去。秋阳吻着湖里的花花草草，四周静静的，我和令羽掏出手机相互拍照，也把湖区的生态摄进了镜头。湖里有一种白花，花瓣贴着水面，一副柔媚的样子。问船夫，那是什么花？船夫答，海采花，也叫水性杨花。这种花不是说要泸沽湖才有吗？我们这里也有啊！船夫用篙竿定住船，让我们给水性杨花拍照。征得船夫同意，我们捞起一株海菜花的藤——细细的，嫩嫩的，跟我们在餐馆吃过的一样。划到湖心，船夫开始往回划，我对令羽说，今天游拉市海，观赏了水性杨花，也算弥补了未去泸沽湖的遗憾了。

　　下午 3 点半，和旺托朋友开车来送我们到宋城剧院，凭身份证领取了"安之若宿"吴老板为我们订购的入场券——优惠价，两张 360 元。走进剧院找位置坐下，不一会儿，大型歌舞《丽江千古情》拉开了帷幕。《丽江千古情》分纳西创世纪、泸沽女儿国、马帮传奇、木府辉煌、玉龙第三国等五个部分，综合了舞蹈、杂技、武打、舞台机械、全景特技、装置艺术等元素，通过高空反重力走月亮、大鹏神鸟救祖、高空撞门杠、水雷、洪水、瀑布、雨帘栈道、大型雪山机械模型等上万套高科技机械与原生态艺术相结合，勾勒出一部充满着灵与肉、血与泪、生与死、情与爱的文化传奇；演绎了丽江长达千年的历史与传说，引领观众穿越雪山，在旷远原始的洪荒之域、在泸沽湖畔的摩梭花楼、在挟风裹雨的茶马古道、在金碧辉煌的木府、在浪漫凄情的玉龙第三国、在世外桃源般的香巴拉相约一场风花雪月的邂逅，一幕幕，动人心魄。令羽说，这样的艺术精品，真是难得一见。

四、

一夜雨声潇潇，天明，放晴了。丽江之旅还剩半天时间，如何安排呢？令羽上网查了一番，决定去束河。束河距丽江14公里，曾是茶马古道重镇，比丽江古城历史更悠久。令羽说，我们去束河观光之后，可直接乘车去飞机场，不必再回丽江了，因此，得把包背上。离开"安之若宿"时，我们站在客栈门口，请吴老板帮忙拍了照。"气锅鸡"是城北一家餐馆的美食，去那里一人吃了一罐（2两），味道确实不错，一人又喝了碗稀饭。一辆出租车开了过来，说去束河包车要80元，令羽也不砍价，便招呼我上车。在车上，问司机束河有些什么景点，司机说就是些商铺，跟丽江差不多，我们也就没再问下去。

束河到了，在车站下了车，按司机的指点，径直朝大门走去。那是一座彩绘牌坊，上书"束河古镇"四个大字，很有气派。牌坊两边的底座，右边是爿书店，左边是爿首饰店，想着

大地歌吟

该买点纪念品了，我选了一本画册，令羽购了十副手链。束河的街道亦由五花石铺就，但比丽江的街道要宽。民居亦如丽江，一楼一底，底层为商铺。有家成衣店的牌匾书曰"衣见钟情"，见之不觉会心一笑。一家火柴店里，坐着个七岁的小女孩，眸子亮亮的，让人想及安徒生的童话。我们就这样踩着晨光，在束河街上缓缓地移动着脚步，亦如古镇所散发的气息：恬然、自在、闲适。当然，见到那种作坊式的商铺，比如绘画、雕刻、刺绣、编织之类，我们也会进去浏览一番。一位纳西女子在店里编织披肩围巾，倏然思及老伴的弱肩，买了一块红色的塞进了旅行包。

束河是有河的，源头叫"九鼎龙潭"，潭水透明清澈，流到古镇四方街，所经之处，水声淙淙，绿杨垂地，民居错落有致，犹如江南水乡。太阳当顶了，我们在一家临河的茶馆坐了下来，要了一壶红茶，一杯一杯，慢慢地品。一壶品完，老板娘马上过来续水。令羽说，照张相吧！老板娘自告奋勇，接过令羽手中的苹果手机，从不同的角度给我们照了几张。令羽通过微信，将照片转发到我的手机上，我又转发给远在黔北的侄女。不一会儿，侄女发来微信：刘姑爷一天好潇洒也！两壶茶喝过，令羽要了两个炒饭，吃罢，结了账，已是下午两点半。

背着旅行包赶到车站，不巧，从束河开往机场的班车刚走。问旁边摆水果摊的纳西嫂子，客车要多少时间才来？回答说，一个小时。令羽说，不等了，坐出租车吧！纳西嫂子听说我们想坐出租车去飞机场，说可以帮我们联系车子。多少钱？120

元。行，不过要快点！车子就在附近，我马上给你们联系。纳西嫂子打过手机，说，司机是我老公，一会儿就到。不到 5 分钟，纳西嫂子的丈夫开着小车到了车站，我们便上了车。这又是一位健谈的胖金哥！他叫和平，45 岁，有一个女儿、一个儿子，女儿在读大二，儿子在上初中；除了小车，家里还有辆中巴，用来拉货。你都拉些哪样货呢？令羽问。主要是拉水果，和平说。为了正在上学的两个孩子，我说，你不拉货就拉人，够忙的！忙是忙点，和平说，但生活有奔头！我想，和平说的生活有奔头，就是指的实现中国梦吧！车轮飞驰，半小时，丽江机场到了。和平接过令羽递上的车费，待我们下了车，道声再见，开车走了。

　　4 点 30 分，我们准时登上了由丽江飞往贵阳的客机。

（载 2017. 3. 14《旅行作家》）

2015. 9. 21

后 记

　　《大地歌吟》里的文章，大致分为两部分：一部分是对于乡土故人的怀念，另一部分是旅居出游的记录。岁末清点，居然有四十来篇，可以编一本集子了。给文集取个啥名儿呢？长期行走于社会底层的我，自觉挺接地气，那么，就叫"大地歌吟"吧。

　　怀旧篇章的编织，发端于偶然的契机。2013 年 7 月 25 日，"尹珍文化研究会贵阳联系组"在筑成立，会长罗遵义（正安县政协副主席）在会上说："'尹珍文化研究会'不限于只研究尹珍文化，凡是在正安这块土地上出现过的人物、发生过的事情都可以研究、都可以写。目前，县政协主办的《正安文史》比较缺乏反映二十世纪50 年代生活的文章。而贵阳联系组的成员大多是 60 岁以上的老同志，正好是那段历史的见证人，希望大家就那段历史多多赐稿。"作为组长，理当带头撰稿。既然是研究尹珍文化，本当写有关尹珍的稿件，但我对先贤尹珍知之甚少，一时难以遵命，那就写写建国前后在故乡度过的那段岁月吧。这样，那些尘封已久的记忆便纷至沓来，伴着海马冲的春

大地歌吟

花秋月，演绎成了20来篇散文随笔。

文集的另一部分，算是现实篇章。来贵阳所写的散文，先后收进了《蜜路》和《旅筑随笔》，此集里的"半壁河山"，是近年的作品。上街买菜购物、去公园散步、与亲友交谈，所见所闻，觉得有那么点儿时代色彩，回家就把它描在电脑里了。写得较长的一篇是《南垭纪事》，我来贵阳的最初5年，在三所不同类型的学校（私校、公校、贵族学校）重执教鞭，但落脚点都没离开过南垭；我和南垭那些因土地被征收而自谋出路的农民很谈得来，他们的生存状态、遭遇诉求文中都做了忠实的记载。正如友人申元初所言："你总是走在人生路上，写在人生路上。"

中国作家协会会员、著名作家石定应我之请，阅读了集中文稿并为之作序，在此特表谢忱。

作者 2017.1.12 于贵阳海马冲